掌上明珠

4 完

風文創 286

月半彎 著

目錄

第八十七章

「雲貴安撫使家的嫡次子？」聽官媒報出對方家世，容文翰明顯有些感興趣的模樣。

那官媒一看有戲，趕緊打起精神。

「相爺，那位公子，老婦也見過的，生得可真是俊俏無比，性子又溫柔得緊，真來至容府，說不得小姐這輩子都不會受委屈——」

話卻被另一個官媒給截住。

大楚建朝以來，就容家出了個世女，不拘是誰，只要能促成了容家小姐的婚事，定然就是當仁不讓的官媒第一人，怎麼也不能讓人把這官媒第一人的籌碼給搶了去，忙顛顛地上前。

「唉喲，相爺，小婦人聽說，咱們容小姐可是天上的善財童子下凡，最是經營有道。瞧瞧這房間裡的擺設，一看就定是容小姐的手筆，這般勝過男兒的心胸，自然要配個志同道合的。小婦人這裡有一個，是山東首富家的公子，人長得那是沒話說，做起生意更是一把好手。要是真成了，那可是比翼雙飛了……」

一番話說得天花亂墜，引得旁邊的丫鬟紛紛掩了嘴笑個不停。

其他幾個官媒也不肯相讓，忙爭相上前，推薦手裡的人選。

眼看上朝時辰已到，容文翰站起身來，衝幾位官媒擺了擺手。

「本相還有公務在身，這樣吧，妳們回去，傳言其他人，只要有合適的人選，可在十日後偕了那公子一同前來，本相要親自相看。」

啊？容文翰此言一出，那些媒人當下便有幾個冷了臉，眼看容文翰已經離開，眾人也只得跟著快快地出了容府。

「你說議親就議親吧，還要親自相看？」一位官媒嘟囔道：「自古哪家婚姻不是父母之命媒妁之言？哪有把人叫過來當面相看的？這容相爺也忒疼女兒了吧？」

雖然手裡的這個，自己誇得是天上有地上無，可這個主兒委實太過高大威猛，那膘肥體壯的身形，堪比街頭殺豬的張二狗。不過自己覺得倒是相配，世人誰不知道，那容府小姐是個堪比夜叉的慓悍主兒……

那次公堂之上，霽雲雖戴著軟帽，可那般拔刀一躍而上逼住武世仁的颯爽英姿，卻是被當時在場的人越傳越離譜，到最後，十個上京人有九個都認為，容小姐身高丈二，面目黧黑，聲如洪鐘，目似雞蛋。

以致容家僕人每每聽到這種流言，都氣得暴跳如雷。明明他們家小姐明眸善睞、嬌美如花，這些混帳東西那是什麼眼神！可他們越是和別人吵得凶，那些人越是以為容家人作賊心虛，都認為坐實了他們的猜測，不然這麼大反應幹啥？

倒是他們家小姐和相爺，依舊什麼都不在乎，每天悠哉悠哉的樣子。

目送著那些官媒四散而去，門房終於長吁了口氣。

實在是自從小姐及笄後，相爺放出要給小姐議親的消息，每日便有多位官媒或私媒上門。

一開始大家還挺開心，想著這麼多主動來議親的，小姐定然可以找個如意郎君。

而且大家也都留了心，一旦聽了哪個媒人說起條件特別好的公子，所有僕人都發動七大姑八大姨地去幫忙打聽，可得來的結果卻每每讓人失望不已。

這起子盡會耍嘴皮子的媒婆，十句裡有一半都是胡謅的！

那些個上不得檯面的，怎麼配得上自家小姐？有那生得好的，性子卻又荒唐了些……

別說容府的主子了，這些下人們都有些愁得慌。怎麼就沒人配得上小姐呢？

容文翰心裡也是煩躁得很。

待來至朝堂上，其他人紛紛上前和容文翰打招呼。

今日朝堂明顯和往日不同，眾朝臣之間明顯多了些喜氣。

今日正是殿試之期，也是大楚王朝開國以來，第一次由皇上親自主持的殿試。

容文翰邊和他們拱手見禮，邊瞧向那已經站定的一眾舉子，眼睛越過人群，落在雖是一般躬身肅立，仍難掩其磊落風姿的傅青川身上，眼中露出一抹欣賞之色。

沒人知道，自己心中早已有了理想的女婿人選，那就是傅青川。

一則是青川和雲兒早就相識，自己看得出來，青川對雲兒可是維護之至，女兒跟了他，絕不致受委屈；二則是青川的人品才學也算女兒的良配。

「容相。」安雲烈踱過來，順著容文翰的眼睛瞧過去，感慨道：「大楚已經多久不見這般盛事了？如此興盛時局，可是全賴容相一人之力啊！」

又破例和容文翰多說了幾句客套話，容文翰頓時丈二金剛摸不著頭腦，實在是安雲烈生的是武人剛烈直爽的脾氣，最耐不得和人這般客氣，這樣和顏悅色地談天說地，甚至語氣裡還隱隱有些奉承的意味，委實太過奇怪了些。

卻不知安雲烈心裡卻也是不自在得緊。

還不都是那個臭小子鬧的！竟然死活鬧著非要「嫁到」容府去！可憐自己堂堂一個威風凜凜的大將軍，為了寶貝孫子「嫁到」容家後不受欺負，也只能這麼低眉順目、委曲求全。自己這個爺爺，當得糟心啊！

「皇上駕到。」三聲靜鞭（注）後，遠遠傳來太監的傳唱聲。

待楚琮上了龍座，眾人盡皆跪倒，三呼萬歲。

看到那些年輕面孔，楚琮臉上也不禁喜氣盈盈。

「小姐，這般時辰了，前三甲八成已經出來了。」謝玉手下的大丫鬟秋棠抿了嘴道：「我猜呀，那狀元郎非安府郎君莫屬。」

小姐平日裡有意無意總愛詢問一些安家的事，那安家少爺因和少爺交好的緣故，也經常在謝府出入，自己瞧著老爺夫人的意思，怕是真打算把小姐許了安家郎君呢。

謝玉咬了下嘴唇，臉上顯出些惱意。秋棠嚇了一跳，以為哪句話不當，惹得小姐生氣，忙閉了嘴。

卻不知謝玉心裡卻是懊惱不已。為什麼時至今日，秋棠提到安家少爺時，自己心裡第一個想到的仍是安彌遜那個混蛋？

這一日，京城無數權貴人家的內宅，很多夫人、小姐無一例外，說的全是狀元郎人選，可所有人都沒有想到的是，最熱門人選的安鈞之居然不過占了第三名的探花，而狀元和榜眼卻都是外省舉子。

特別是那狀元郎，據說年紀輕輕、尚未婚娶，更兼儀表堂堂、瀟灑俊逸。以致朝會剛剛結束，眾多家有嬌女的官員便紛紛把皇上讚為「天降我宰相才也」的傅青川視為佳婿人選。

只是一回頭看到成為傅青川座師的容文翰，頓時眼紅不已。

這狀元公剛一出爐，便被容文翰給霸住了，使得其他一些家有兒女，想要好好觀察一下傅青川人品的官員望而卻步，又想到容家近來正為女兒議親，不會是……

這樣一想，頓時充滿了危機。可轉念又想，容家可是要招贅婿，這麼英俊瀟灑、才華橫溢的狀元公怎麼會如此窩囊，到他們家倒插門去？那容家再是門第高貴，奈何卻是要娶不是想嫁，也只有那種表面興盛、其實早已敗落的破落戶才會把兒子送上門去，狀元公這樣的人品，斷不會受這般委屈……

「雲兒十日後要議親？」傅青川一愣，神情有些不解。

容文翰無奈。青川於學識一途委實通透，怎麼涉及到個人婚姻大事，就變得如此遲鈍？只得直言道：「青川，你以為我家雲兒如何？」

注：靜鞭，一種舊日朝會的儀仗。以綢纏繞編成的軟鞭，鞭梢塗蠟，揮打時發出陣陣響聲，使人肅靜。

「自然是心地善良、貞靜賢淑，絕非尋常女子所能比。」傅青川毫不猶豫道，語畢突然一怔，訝然道：「恩師。」

此時兩人近旁並無別人，容文翰也就不再遮遮掩掩，當下點了頭道：「此事雲兒並不知曉，但本相想來，若那人是你，她應當也是願意的。」

傅青川怔了片刻，手不自覺地握緊又鬆開，再次握緊，可見心裡正承受著極大的煎熬，卻最終低下頭，黯然跪倒。

「雲兒於青川而言，自然是世上最好的一個，可是，青川卻不是她的良配。」

「你這是何意？」容文翰臉一下沈了下來。難道竟是自己錯看了他？

「恩師，」傅青川磕了一個頭，眼神越發清明。「這麼久了，恩師還不明白，雲兒是個什麼樣的人嗎？皎若雲中月，皚如山上雪，雲兒雖是女子，卻生性高華，雖為弱質女子，行事之磊落，心胸之寬廣，更勝男兒。雲兒這般性子，若不是能入得了她的眼，只怕她一生一世都不會快活。」

其實自己心裡，一直是偷偷喜歡著雲兒的吧？從被雲家打出來時，那伸向自己的手，到目睹家破人亡崩潰時，那一聲聲「三哥」的不離不棄……

可，這份愛放在心底就好，只要能看著雲兒一生喜樂便於願足矣。

「青川，你起來吧。」到了此時，容文翰也不得不承認，傅青川的話是對的。從相認以來，女兒都會送給自己意料之外的驚喜，甚至為救自己於困厄，越過關山險隘，飛赴邊關，一路冰霜雪雨，甚至被人刺殺，都沒能阻止她來到自己身邊的腳步。

這樣的女兒，即便在婚姻大事上，也定然是有主見的吧？怕是如青川所言，他這個做爹的是強求不得。

只能這樣靜候有緣人嗎？只是似安彌遜那般，能算得上雲兒的有緣人嗎？倒不是他看不上眼，而是心裡明白，安府那樣的人家，怎麼肯放唯一的孫兒入贅容家？自己立雲兒為世女，是不是反倒害了女兒呢？

送走容文翰，傅青川走沒幾步，就被阿遜攔住。

還是第一次，他衝著傅青川深深一揖，由衷道：「三哥，謝了。」

傅青川側身避過，斜了阿遜一眼。「不必謝我，我可不是為你。」

「我知道。」阿遜也很乾脆。「可我仍要謝謝你。」

沒有人比自己更清楚，雲兒和容相感情有多深，這一路走來，父女相認有多歷經磨折、驚心動魄。

那般深厚的父女親情，怕是這世上任何一個人都無力撼動。

若然容相堅持要招傅青川為婿，自己簡直不敢想像會發生什麼事。

現在傅青川主動退出，自己終可以無後顧之憂了。

「我說不必謝我。」傅青川又重複了一次，忽然覺得阿遜那張大大的笑臉看著可厭得緊，倒不如平日裡冷凝的樣子更讓人舒服。「因為議親那日，我還是會去。」

這小子不會真以為雲兒非他不嫁了吧？那自己倒要去一趟，讓他明白，雲兒可是搶手得很，他若敢不小心呵護著，別怪自己不客氣！

更重要的是，近幾日屢有傳言，說容家女如何嫁不出去，有些人竟等著霽雲議親的那天看笑話，自己真是窩火不已！到時候，自己就讓那些無知愚夫愚婦都瞧瞧，什麼嫁不出去？可是連當朝狀元公都趕著想要做容家的贅婿！

第二日，狀元、榜眼、探花跨馬遊街，一時萬人空巷，人們湧上街頭，想要一睹狀元郎的風采。

本來，大家一心想看的是探花郎。

不怪大家這樣想，實在是以往科考，狀元、榜眼多為老翁，反倒是探花郎大多風流俊俏。卻不料，這次的狀元郎竟瞧著比探花郎還要年輕，甚至容貌也更英俊。

榜眼的人才也算中上，奈何年齡大了些，可三十多歲的年紀和以往那些榜眼比起來也算占盡優勢，只是狀元和探花都太優秀，竟是直接被眾人給忽略不計。

自然，收穫最多讚譽的還是傅青川。

雖看來年紀最輕，卻氣度非凡，臉上始終掛著和煦的笑意，贏得了所有人的好感，一時「狀元公」的歡呼聲此起彼伏。

安鈞之騎在馬上，心裡堵得不得了，只覺得自己所有的風頭都被傅青川這個鄉巴佬給搶光了。

「唉喲，我活了大半輩子了，還是第一次瞧見這麼年輕好看的狀元公。」一個老太太不住感慨。

「是啊，還有那探花郎，長得也很俊俏呢！」另一個老太太附和道。
「要是我有個女兒，一定要想盡辦法讓她嫁給狀元公。」又一個老丈興致勃勃地開口。一下子惹來一大片笑聲。「你就想吧！就你這老南瓜樣，生個閨女說不好也是個歪脖子的，還嫁狀元公，作夢去吧！」
「那可不一定！」老丈一伸脖子。「就是狀元公嫁不上，不然就找那個探花郎也成啊！」
「什麼狀元榜眼探花郎，你們都甭想了！」有人老於世故。「你沒聽說嗎？這狀元公有才著呢，聽說皇上喜得合不攏嘴，說是宰相之才，我瞧著啊，說不定會招成駙馬。說不好除了皇上，還有很多大老爺們等著搶回家當女婿呢！」
「那敢情是。」又有其他人消息靈通地道：「我可聽說，謝府小姐和容府世女都放出議親的消息，那些求親的幾乎踏破了兩家的門檻。讓我說，這狀元公和探花郎即便不當駙馬，說不定會娶這兩家的小姐呢。」
「你開什麼玩笑？」卻有人當場反駁。「聽說那謝小姐天香國色，是個一等一的大美人兒，要說狀元公和探花郎會去求親我信，至於那容府世女……嘿嘿。」
旁邊的人明顯是外地趕來參加這場盛事的，聽那人話中有話，不由大感興趣。
「容府世女可是世女啊，聽說容家這一輩就這一個女兒罷了，將來什麼東西還不都是這位容小姐的，怎麼也比謝小姐條件更好吧？」
那人搖頭，嘆了口氣。「若說這容小姐，倒是個俠氣義膽的，那般颯爽英姿，我輩也是自嘆弗如。」說著搖頭晃腦，恍若親眼所見。「……只聽那容小姐大呼一聲『你這忘恩負義的無恥小人，還不納命來！』那一聲呼喝當真是振聾發聵、繞梁三日！直嚇得那奸人武世仁當即跪在地上，不住磕頭求饒，口裡連稱『饒命啊，我再也不敢了！』」

一番描述，引得眾人紛紛上前來聽，神情都是嚮往之至。

「這樣的奇女子，不正配狀元公嗎？」有人叫好道。

「配什麼配啊！」那人卻是一臉的惋惜神情。「諸位且想，容小姐本是弱質女流，為何可以發出那般宛若驚雷般的聲音？」

「為何？」

「欸，還不是因為容小姐本就生得人高馬大更勝男子。聽說她身高丈二，寬鼻闊目，長相簡直堪比鍾馗。容小姐品行雖好，奈何自古才子愛美人啊，所以，可惜、可惜啊！」

「你胡說什麼！」一個正聽得津津有味的女孩子忽地勃然大怒，氣得臉都變形了。「誰說我家——誰說容小姐長得像鍾馗的？你們見過容小姐嗎？這麼胡說八道！」

「唉喲，這小娘子好生潑辣。」旁邊眾人笑道。「我們沒見過，難道妳見過容小姐不成？」

「可不！」那女孩一挺胸脯，氣呼呼地道：「明明容小姐長得沈魚落雁、閉月羞花，才不像你們說的那樣！」

還要再說，卻被旁邊的女子喝住。「好了，青荇，咱們走吧。」

其他人也沒對這兩個突兀出現又突兀消失的女孩子放在心裡，又繼續談天說地。「我聽說，這段時間跑去容府議親的，不是破落戶，就是什麼瞎子瘸子！要說容家小姐也可惜了，長得不好不說，還偏是世女，你說不是窮得過不下去了，誰願意去別人家入贅？」

「這般說來，倒委實比不上謝家小姐了……」

「看來狀元公和探花郎，說不好有一個就會成為謝府嬌客。」

「我賭狀元公……」

「探花郎也不錯……」

「傅公子才不會要謝玉！明明傅公子最疼小姐！」那個叫青荇的女孩子噘著嘴說，心裡更是憋了一肚子的氣。

「隨他們說去。」看四下無人，旁邊的女孩子摘下頭上的軟帽透氣，可不正是霽雲。

兩人本是躲在人群裡，一路追逐著傅青川的馬兒，興奮得不得了，沒想到聽了那樣一番倒胃口的話。

「小姐！」青荇跺了腳道，心裡替小姐委屈不已。「明明那些人都是胡說八道。」

「回去了。」霽雲卻仍是步履輕快，轉身便往自家馬車而去。

青荇沒辦法，只得跟著上了馬車。

這些人的猜測很快得到了印證，僅僅兩日後，就傳出了探花郎和謝府小姐訂親的消息。

只是狀元公那裡，卻不知為何一直沒有消息……

第八十八章

「來來來，放這裡……」

「輕些，這可是杭州的絲綢，說是進貢也用這些的……」

安府一片兵荒馬亂，卻是安鈞之要送於謝府的聘禮到了。

看著眾多家僕來來往往、忙成一團，安鈞之早已是喜笑顏開，怎麼也掩不住心裡的得意之情。

雖是前幾日跨馬遊街時，因傳青川占盡了所有風光，讓安鈞之很是失落了一下，可和謝家的這樁喜事，特別是確知了安彌遜要入贅容府的消息，頓時把原先的鬱悶沖了個一乾二淨。

想到謝玉那千嬌百媚的容顏，還有謝府龐大的勢力……

只要安彌遜離開了這個家，再加上謝家的全力扶持，如今添上自己的科場得意這一頭，安家下一任家主的位置，他早已是志在必得。

而且這幾日來，安雲烈明顯對自己更加客氣，甚至府中好多事情都交給自己處理，這般作為明顯既是對自己的培養，更是傳達出了一項訊息。老東西終於體認到，只有自己才能扛起整個安家了！

有那些機靈的管事，自然嗅出了不尋常的氣息，更是對安鈞之百般奉承……

「爹爹，」眼看該置辦的都置辦好了，安鈞之勉強抑制住興奮的心情，假惺惺地對一旁的安雲烈道。「遜兒明日不是要去容府議親嗎？這裡有孩兒在就好，爹爹不如去看看遜兒，畢竟遜兒年紀還小，說不得還有需要爹爹關照的地方。」

安雲烈點頭。「也好，我去去就來。」

「爹爹只管去，」安鈞之神情越發恭敬。「若有需要兒子出力的，爹爹只管派人來叫就好。」

與安鈞之院落的熱火朝天相比，安彌遜的院子裡卻太過冷清，除了安志兄弟還是喜歡往這裡跑，其他人便很少涉足。

安雲烈在外面站了會兒，神情明顯很是失落。

雖是孫子回府不過三年，他越來越發覺遜兒無論心胸才智還是手段魄力，都強過安鈞之一籌不止。

本來，遜兒才是最完美不過的安府繼承人，奈何不只無心官場，更還是毀了容的。這樣的遜兒教他想起都心痛不止，能夠的話，恨不得把全世界都捧到他面前，又怎麼捨得為難他？

罷了，先全力栽培鈞之吧！

可自己也瞧得出來，這叔姪兩個卻是有些不睦的。於遜兒而言，自來都是冷情的，自己瞧著，這府裡除了自己和老妻，大概沒有哪個是他真正放在心裡的；至於鈞之，心胸卻是不夠寬廣，造成眼界也有些窄。

自己只希望現在多對鈞之好些，將來，遜兒就是到了容家，自己在時，想那容家應是不敢如何苛待遜兒，可萬一自己百年之後受了欺負，好歹也要有個安身之處……

「遜兒，祖父明日陪你一同去容府吧。」沈默了半天，安雲烈終於道。

「啊？」阿遜愣了一下，旋即明白了安雲烈的意思，心裡不禁有些愧疚。到現在還瞞著祖父自己已然痊癒之事，再勞動祖父為自己奔走，實在於心不忍。「祖父，您不必……」

「不用囉嗦了，老夫說去，自然就要去。」一想到孫子要「嫁到」容家去，安雲烈鼻子就有些發酸。「老夫要讓容府甚至世人都明白一點，你是老夫最疼愛的孫子，絕不是為了所謂的功名利祿，才特意把你推出去！」

起碼要讓容文翰明白，這個孫子自己不是不要，而是太愛他了，才不忍心為難他。

說白了，自己和孫子一塊兒去容府，就是給孫子保駕護航的，誰要敢看不起遜兒，那就是看不起他安雲烈！

「什麼，老公爺和阿遜一塊兒去了容府議親？」聽到隨從的回稟，安鈞之差點從椅子上摔下來，直氣得渾身發抖。

自己去謝府求親，老東西不過打發官媒跑了一趟，輪到安彌遜那小混蛋，還是趕著去入贅，老傢伙倒是巴巴地跑了去！

「好像還帶了一大車送給容府家主的禮物。」那長隨吞吞吐吐道。

據說有容文翰喜喝、千金難買的上好雲霧茶，還一送就是足足十斤，又因容文翰雅好琴棋書畫，更是搜羅上古傳下來的鳳尾琴、書聖柳陌子的碑序、上佳美玉磨成的棋，這一應禮物加在一起，怕不是價值連城。別說所有，只是其中任一樣，都超過自己昨日送往謝府的聘禮總和！

這麼多好東西會從哪裡來？安鈞之一下蹦了起來。

簡直豈有此理，安彌遜那個混帳東西，是真準備把安家給搬個一乾二淨吧！

「遜兒，這都是要送容府的？」安雲烈表情倒還平靜，可怎麼也掩不住語氣裡濃濃的醋意。

這個臭小子，真是女大不中留——啊，不對，應該是男大不中留。瞧瞧別人家，有個孫子，都是歡天喜地的選媳婦呢，自己倒好，卻是趕著要把孫子送到別人家去。

還有容文翰那小子，自己這麼好的孫子，憑什麼就這樣白白給他送了去？

唉呀，不能想了，再想下去，真是就想馬上掉頭回去啊！

知道老爺子心情糟糕，阿遜只是默不作聲，任老爺子充滿怨念的眼神似是要把人凌遲一番。

「臭小子！」安雲烈終於忍不住，瞪了眼罵道：「開口說一句話你會死啊！」

哄一下我這個爺爺就那麼難嗎？明知道自己心裡不好受，就是假裝不想離開自己，騙騙自己也好啊！真是沒良心的壞小子。

「老爺子，前兒少主聽說送給您的那匹馬您很喜歡，又讓人送了一百匹呢，說是要把咱們安府鐵衛全都武裝上。」前面駕車的安志突然開口。真服了這對爺孫倆了，一樣的牛脾氣，明明彼此心疼，偏偏都倔著不願說出口。

看看老爺子吃的用的玩的，別人不知道，自己可是最清楚，都是少主費盡了心思搜羅來的，全是精品不說，更是合了老爺子的胃口，把老爺子每天樂得眉開眼笑。

而所有這些東西，少爺可是沒動用府裡一分一毫，都是自掏腰包。

像送給老爺子的那匹馬，可是價值連城的野馬之王汗血寶馬，便是給老公爺暗衛配的馬匹，也全部都是價值萬金的千里良駒。

甚至昨夜，特意找到自己和安堅，囑咐道：「阿遜把祖父拜託你們兄弟了！」

那般鐵骨錚錚，從不願向任何人低頭的少主，竟是對自己幾個下人彎了腰。

反觀二爺，每日跑去請安倒是殷勤，滿嘴的甜言蜜語，安家的英武之氣沒有承襲半分，反倒是沾了一身酸腐文人的虛偽狡獪，看了就讓人噁心！

「祖父，我前些時日託人鍛造了一批武器，用著倒還順手，明日應該就能送到，還得了一把龍泉劍，祖父先湊合著用，其餘的就讓安志他們拿去分了吧。」眼看就要到容府了，阿遜終於開口。

前面的安志一下瞪大了眼睛。不會吧，上古名劍龍泉劍，少主還讓老公爺湊合著用？

老公爺嘴唇動了動，卻是嗓子乾澀，說不出一句話。

阿遜伸出手，握住安雲烈青筋凸出、滿是老繭的手，直直瞧著安雲烈的眼睛。

「祖父，您放心，阿遜知道自己姓安，是安雲烈的孫子。不管到了哪裡，都不會墮了咱們安家的名頭。」

安志抽了抽鼻子。少主這是向老公爺保證，他去了容府一定不會受欺負？也是，以少主的功夫，這世上真能欺負得了他的怕是不多。

慢著，那是別人啊，要是那容家小姐，自己瞧著，就是拿把劍把少主給砍了，少主八成都不會動一下眉毛！

這樣一想，臉色旋即又垮了下來。

老公爺伸出另一隻手，重重地拍了拍阿遜的手，啞聲道：「遜兒，總之，是爺爺對不起你，也對不起你早去的爹……」

「咦，這一車人是做什麼的？」安志忽然道。

卻是一輛裝飾豪華的大馬車正好駛過去，不時有柔美的歌聲傳來，上面鶯鶯燕燕的好不熱鬧。看那馬車裝飾精美，明顯是外官家眷。

畢竟若是上京中人，有哪家貴族不識得安家的馬車？給他們十個膽子，也絕不敢這般大剌剌搶過去。

那輛馬車停好，先是下來一個明顯很是精幹的媒婆，接著是一個身著紅袍、面若敷粉的俊俏少年跳下馬車。

接下來，車上竟然接二連三地下來了四個丫鬟，有捧錦帕的、有拿扇墜的、有抱淨瓶的、有握香囊的……

那少年眉梢有情、嘴角含笑，一時握握這個的小手，問一下可有累著；一時捏捏那個的衣衫，囑咐加些衣服，可千萬莫要冷著了……

出來迎客的容福看得目瞪口呆。這位公子是不是帶了娘子去踏青，可惜弄錯時間也走錯地方了？

那媒婆臉也有些扭曲，忙嘻嘻一笑，掩飾道：「祁公子就是這麼個溫柔性子，您瞧瞧，對些下人都這麼耐得住性子，將來要真是娶了娘子，怕不寵到天上去！」

說著想去拽一下猶自和那些嬌俏丫鬟嬉鬧的少年，讓他收斂些。

「祁公子，容府到了，咱們進——」

卻不想那少年一下閃開，神情嫌惡。

「妳這老嫗，當真無禮。」

媒婆被弄得一個趔趄，頭上的花都掉了一枝，臉色頓時青了一下。

那些丫鬟倒是識大體，忙笑道：「徐家阿婆，我們家公子自來不樂意別人近身，您老莫要生氣。」

不樂意別人近身？那妳們幾個方才又是梳頭、又是搽臉又是幫著整衣服的，明擺著是嫌棄我這老婆子！

徐媒婆臉色青了一下，只是這個時候，也只得認了。

好在那些丫鬟勸導過後，那少年終於意識到已來至容家，很快安靜下來，只是神情卻是悲傷無比，不像是來議親的，倒像是上刑一般。

幾人來至容府，很快被迎至大廳，滿屋子或坐或站的年輕男子，怕不有三、四十位之多。

看到又有人進來，那些人忙抬頭來看，徐媒婆也緊著打量其他來議親的男子，看完一圈後，心一下放了下來。這些人可沒有一個相貌比得上自己這位祁公子，更不要說祁公子家也算是勛貴後人。

正自思索待會兒該怎麼遊說容相爺，忽然看到又一個進來的男子，不覺愣了下，心裡不由犯嘀咕，這位郎君倒是生得一副好相貌，自己倒要上前打探一番。

「喲，這位郎君府上是哪裡呀？怎麼不見有冰人(注)跟著？」

「冰人？」來人正是阿遜，這會兒聽這媒婆這般問，不由愣了一下，忙看向身後的老者。「祖父。」

安雲烈也是愣了一下，光想著自己來護駕了，怎麼忘了使人去喚冰人了？無奈，只得清咳一下。「嗯，乖孫兒放心，待會兒祖父親自幫你求親。」

又瞟了一眼這滿屋的媒人。以文翰的性子，待會兒肯定得攆走一批，到時候自己想要幾個媒人沒有啊？

什麼？窮到連冰人都請不起？徐媒婆張大了嘴巴，上上下下打量了祖孫倆氣派的衣飾，心裡思忖著，八成身上的衣服也是借來的吧？

哪知剛解除了戒心，後面又一陣腳步聲，又有兩位英俊的少年一前一後而來，特別是最前面的那位少年，瞧著文秀俊逸，一下就把自己身邊的祁公子給比了下去。便是祁公子身邊、的幾個丫鬟，一向喜歡標榜自己公子如何俊俏，這會兒也不由有些晃神。

後面來的這幾位公子可都是人中龍鳳，相貌全在自家公子之上。

徐媒婆臉色有些難看。這兩位公子身旁的冰人自己也是識得的，可不正是自己的死對頭劉媒婆和王媒婆？

而且兩人都是一副得意洋洋、勝券在握的模樣，令徐媒婆心裡更加發怵。難道說，那兩位的家世比祁公子還要厲害？

但也不可能啊，自己怎麼沒聽說還有哪家權貴要到容府議親？莫不是這兩人故意打腫臉充胖子，裝裝樣子？

注：冰人，晉代索紞為令狐策解夢，告知其當為人作媒，而待冰融之期，則婚成，後比喻媒人。

第八十九章

看到走在前面的青年公子，阿遜臉上露出哭笑不得的神情。沒想到傅青川傅大公子還真跑過來了！

傅青川和後面那年輕公子也看到了安雲烈，兩人忙上前一步，雙雙拜倒。

「青川見過老公爺。」

「高楚見過老公爺。」

老公爺？三個媒婆一起傻了，特別是徐媒婆，眼睛幾乎要脫窗了。不是連冰人都請不起的窮光蛋嗎，怎麼會是什麼老公爺？

想想又覺得不對，容家這可是招贅，那些有名望些的權貴世家，哪個肯把大家長看重的中流砥柱送過來？

就比如自己旁邊這位祁公子，已經是了不得的豪門，可耐不住這祁公子是個繡花枕頭，每日裡不肯讀書，只知在胭脂粉裡混鬧，偏偏家裡老太太又寵得不得了，家主沒有辦法，聽說容家小姐慓悍，是有名的胭脂虎，就尋思著送過來，真成親了，說不得容小姐好好調教一番，也能成個材……

什麼老公爺啊，說不好那兩老東西也上當了，他們身邊的公子哥兒和這祖孫倆串通好了來演戲的。

這樣一想，心裡登時豁亮，瞧著那兩媒婆的表情不免有些幸災樂禍。

「相爺到了！」不知誰喊了一聲。

那祁公子本來因幾個俏丫鬟被擋在外面，心裡很不樂意，正要催著徐媒婆去喚進來，聽說相爺來了，嚇得一哆嗦，不敢再動。

大廳裡的人頓時齊刷刷站了起來，一個個臉色都有些僵硬。那可是容相啊，大楚三大世家之一容家的家主！

一個相貌儒雅、手神如玉的中年男子快步而入，眾人眼前俱皆一亮，便是那祁公子也不由奇怪，容相爺這般英俊瀟灑，怎麼可能女兒卻如夜叉一般？若容小姐果如傳言，她的娘親該是何等醜陋啊……

看眾人都在發愣，徐媒婆反應倒快，忙推了祁公子一下，想要他先跪倒見禮，以便給容相爺個好印象，哪知容相卻是快步來至端坐不動的傻老頭身前，滿臉含笑。

「老公爺，您今日怎麼得閒到我容府來了？當真是稀客呀！」

徐媒婆哆嗦了一下。容相也叫這傻老頭老公爺？

安雲烈心裡頓時五味雜陳，只是他也是個爽快人，既然下定決心要讓孫兒幸福，也不再拐彎抹角。

「文翰，這不你養了個好閨女嗎？俗話說一家有女百家求，老夫就厚著老臉陪著孫兒來議親了。」

容文翰一愣，心裡頓時大為感動。

幾日來，他何嘗不知道，那些前來攀親的，若是權貴之家，大多是家族棄子，便是有攀附自己的心思，又怕損了羽毛，是以絕不會陪孩兒來府裡議親。

而以安雲烈的身分如此作派，既是給容家一個大大的臉面，更是表明安彌遜的真心。試問家主這般重視，若不是出於真心，怎麼會捨下那顯赫家世跑到容府來入贅？

這般想著，看向阿遜的神情便多了分嘉許。

且不說安家孫兒如何，但只這番誠心，便已讓人心折。

「安公爺。」又一陣爽朗的笑聲，卻是一個錦袍玉帶、氣勢逼人的青年男子。「果然不愧我們大楚的戰神，便是議親，也是這般殺伐決斷、乾淨俐落。」

「昭王爺。」安雲烈笑容中多了分恭敬。「所以說一家有女百家求啊，這狀元公、鎮遠侯府公子都來議親，老夫可是不敢托大啊！」

眾人頭上彷彿響了個炸雷，怎麼昭王爺也來了？

那老頭子，王爺既說是大楚戰神，除了安家家主安雲烈還有哪個？還有另外兩個才貌上乘的公子，老公爺怎麼說是什麼狀元公和侯爺家的公子？

再細細一瞧，好幾個媒婆幾乎要哭出來。

天啊，不是說容家女根本嫁不出去嗎，怎麼忽然這麼搶手啊？連狀元公都來議親，甚至安家家主因為怕孫子落選，竟然也親自上陣！

楚昭瞧了安彌遜一眼，心裡也不禁暗暗佩服。這傢伙對雲兒果然用情至深，不然也不會做到這般地步。

只是也不能太便宜他了。

他當即清咳一聲。「諸位既是均為議親而來，少不得就得按規矩辦事，方才本王和容相已然遴選出幾位公子，除他們幾位之外，其餘諸位就請回吧。」

說完就唸了幾個名字，除阿遜幾人外，還有那位祁公子，以及一個叫韓尚的生意人留了下來。

那祁公子神情似是有些不樂意，又怕楚昭和容文翰怪罪，只得留了下來。待聽得楚昭說他們五人會由容小姐親自相見。

這也是楚昭和容文翰商量後作出的決定。實在是坊間關於霽雲的傳言太過離奇，兩人既不想太多人見到霽雲的真面目，卻也不願霽雲這般被誤會，想了半天，便有了這樣一個辦法。

而此時，霽雲正在後面花廳等候。

第一個見到霽雲真面目的是高楚。

高楚會來這裡，主要是因為被他爹劈頭蓋臉給罵了一頓。

老侯爺再一次指著幾個兒子的鼻子大罵窩囊廢，自己白養了幾個兒子，加在一起也不如容公一個女兒！

高楚不服氣，就想著趁這個機會來找霽雲比試一番。

不是說容家小姐人高馬大嗎？自己和她打，也不算欺負女人對不對？

要真是看對眼了，那就娶了也未嘗不可，真成了自己媳婦兒，老爹再要把自己罵得狗血淋頭時總得掂量掂量吧？

懷著這種心思，高楚雄赳赳氣昂昂、大踏步往後院花廳而去。

哪知圍著花廳轉了好幾圈，除了一個身著杏黃衫子風姿綽約的女子，再沒瞧見第二個人。

「這位公子可是前來議親之人？」霽雲瞧著那抓耳撓腮、繞著花廳不時轉圈，就是不肯和自己說一句話的男子，只覺好笑至極。

「啊？」高楚愣了下，這才看清霽雲的容貌，明顯怔了一下。竟是一位清麗無雙的美人兒，特別是那一雙乾淨的眸子，澄澈無比，只覺無論什麼時候瞧到這樣一雙眼睛，再鬱悶的心情都會一掃而空。

這樣想著，高楚臉上露出一個大大的笑容。

「這位丫鬟姊姊，妳們家小姐去哪裡了？」

「小姐？」霽雲微微一笑。「不知公子要尋的是哪位小姐？」

「哪位小姐？」高楚摸了摸頭。「容府很多位小姐嗎？好吧，據說是一位身高丈二，面色黧黑——」

「眼如銅鈴，血盆大口。」霽雲接著往下說，說一句，高楚就點一下頭，到了最後，喜孜孜地道：「就是她，敢問這位丫鬟姊姊，她去了哪裡？」

霽雲深深看了高楚一眼，無奈道：「遠在天邊近在眼前。」

「啊？」高楚忙抬頭去看，仍是沒有一個人啊，再看向霽雲，仍是溫和地笑著，那模樣似是瞧著一個調皮的孩子，高楚臉紅了一下，剛要再問，突然覺得不對勁，指了霽雲道：

「難道說、難道說，妳——」

霽雲慢慢點了下頭，仍是笑笑地道：「不好意思，讓公子失望了。」

外面的人只聽到裡面的高楚發出一聲極為尖銳的驚叫，又發出一聲短促的悶哼聲，接著就灰頭土臉地衝了出來，匆匆給容文翰磕了個頭，叫了聲相爺師公，轉身就跑了。

然後又是一連串鬱悶至極的叫聲傳來。

這般詭異的情景，讓被告知第二個進去的祁公子差點嚇哭了，一迭連聲念叨著幾個丫鬟的名字，好像這樣能給自己力量一般。

霽雲好笑地看著如臨大敵般走進花廳的祁公子。

這人自己前幾日在街上倒是見過，滿口的姊姊妹妹，真是讓人起雞皮疙瘩。當即直言道：「你我無緣，公子請回。」

祁公子怕看到的女子太醜陋了，會嚇得自己回家作惡夢，始終都沒敢抬頭看，這會兒聽霽雲這樣說，頓時如釋重負，撩起袍子就往外跑。剛走了幾步，卻又站定。不對呀，容小姐長得那麼難看，怎麼聲音卻這般好聽？

實在忍不住，終於鼓足勇氣回頭看了一眼，卻一下呆住了。什麼醜女啊，明明是個不可多得的大美人！更難得的是那般溫婉的模樣，自己身邊所有丫鬟加在一起也比不上。

有了這個認知，祁公子眼淚頓時流下來了。

自己方才那般唐突，這神仙一般美麗的妹妹不定多傷心呢！

「妹妹，是哥哥不好，妳莫要怪我。」

霽雲嘴角猛地一抽，再看那祁公子竟還要繼續軟下去，當即站起，皺了眉道：「都說好男兒志在四方，似公子這般哭哭啼啼，哪有半點男兒模樣？立志、修身、齊家、治國、平天下，不知公子占了哪一條？既是有緣見了這一面，那就送公子一句話。男子漢大丈夫便要能頂天立地，若公子能聽得進去，所謂東隅已逝桑榆非晚，還望公子細細斟酌。送客！」

韓尚沒想到，那柔弱無比的祁公子竟是差不多等同於被人架了出來，心裡也不由一驚。這容小姐當真那般慓悍嗎？

本是惴惴不安，又一想自己本就不過想著能和容小姐探討一番生意罷了，便又放下心。

兩人倒是談了足有小半個時辰，從後花廳裡出來，臉上全是佩服之色。現在才知傳言不虛，容小姐果然是天上善財童子下凡，一番交談，自己得益匪淺。

容文翰和楚昭默默對視了一眼，旋即苦笑。進去三個人，終於有一個是正常出來的。

至於傅青川，不過略坐了一坐，很快便即離去。

最是心急的阿遜，卻是放到了最後面。

霽雲抬頭，靜靜瞧著背對著陽光走近的修長男子，臉上的笑意越來越濃，那笑容漸漸染上更多的紅暈，瞧著真是妍麗無雙。

「阿遜，你來了？」霽雲輕輕道，明明已是近在咫尺，卻又彷彿等了千萬年。

「雲兒。」阿遜站在霽雲對面，靜靜凝視著霽雲秀美的容顏。

幾片嫩綠的樹葉飄下來，落在兩人的髮上、肩頭，又緩緩飄至腳下。兩人卻渾然未覺，靜靜站著，好像這世間除了彼此，再沒有旁人，又好像要這樣相伴到地老天荒……

「那個高楚怎麼回事？」

「你說高楚呀？他不相信我是我，要和我打賭，我就拿你給我的金針把他放倒，然後他就拜了師，然後就嚇跑了……我是不是真的太慓悍了？」

「不慓悍。」半晌，一個帶笑的聲音隱隱響起。「嗯，這樣就剛剛好。」

就是我最喜歡的模樣。

「那個祁公子呢？」

「……他應該做女人。」

噗哧的悶笑聲傳來。

「那，三哥和妳說了什麼？」這次明顯有些凝重。

「三哥？」她沈吟了片刻。「三哥就是坐著喝杯茶，然後就走了。對了，是不是你得罪三哥了，不然三哥怎麼會跑來湊熱鬧？」

「湊熱鬧？」阿遜的聲音明顯長吁了一口氣，忽然轉開了話題。「那，妳最滿意誰？」

「韓尚啊。他主動要求來咱們鋪子裡幫忙，那人倒是個有頭腦的。」

阿遜臉色沈了一分。「最有意思的呢？」

「當然是高楚。我徒弟麼，不好玩還不收呢！」

他的神情持續難看中……

「印象最深的呢？」

「祁公子。第一次有人被我訓得一愣一愣的。」

說著不等男子發問，她自顧自道：「至於三哥呢，是待在一起最舒服的了。你知道的，三哥一向很會照顧人呢。三哥泡的茶比我泡的還要好喝得多……」

卻沒人說話。

霽雲偷偷抬頭，正對上阿遜暗沈沈的眼睛，促狹的笑意一掠而過。

「好了。」霽雲輕輕摟住阿遜的腰，踮起腳尖附在他耳旁輕輕道：「別氣了，想不想知道，我最喜歡、最在意的，一輩子也不想離開的，是誰？」

阿遜的耳朵瞬間紅彤彤的，眼睛一下明亮無比，眨也不眨地瞧著霽雲，唇上卻是一軟，霽雲的身影旋即退開。

「咱們成親時，我再告訴你……」

說到成親兩個字，早已是羞不可抑，竟丟下阿遜轉身快步離開。

成親？阿遜不自覺抬起手，撫過自己的唇瓣，感受著那令人沈迷的溫熱氣息……

容府小姐訂親的事很快傳遍整個京城。所有人都沒想到，容府議親竟是那樣一種讓人瞠目結舌的局面。

不就是招個贅婿嗎？竟然昭王爺和相爺親自把關不說，更離譜的是，求親的人中竟還有一個狀元公、兩個公侯之後！

一時很多人好奇，也不知那安家嫡孫究竟生得何等俊美無儔的模樣，才能擊敗強敵，最終成為容府贅婿？

因關注的人太多，這一對剛定下的未婚夫妻瞬間成為上京城最熱門的八卦，至於安鈞之和謝玉的姻緣，早被人丟到爪哇國去了。

俊美無儔？安鈞之聽說後，氣得咬牙。明明是醜陋不堪才對！傅青川壓了自己的風頭也就罷了，怎麼安彌遜這種做人上門女婿的沒出息東西也比自己強？

忽然想到，也不知洞房花燭夜，那容家小姐看到安彌遜的真面目，會不會被嚇死過去？

這樣想著，心裡才終於舒坦多了。

一時又覺得，容霽雲那般的美人兒，即便和謝玉相比，也是各占勝場，倒是便宜了那個孽種……

而整座上京城，關於霽雲的相貌到底如何也是分成了兩派，一派人說容家小姐並不如傳言的醜陋至極，反而是國色天香美若天仙。這些話可是親耳聽到那幾位求親人所說。

另一派，也是絕大多數人卻堅決認為，以前說容小姐醜還是太給她面子了，應該說是如妖似怪，和厲鬼一般的容顏還差不多。

君不見那五個得以見到容小姐容顏的，狀元公是天上的文曲星下凡，自是不懼一切妖魔鬼怪，可高侯爺家的公子就不同了，竟然回家就病了，口裡還不停念叨著「師丈，我知道錯了」，嚇得一家人不停燒香拜佛。

那位祁公子更奇，歸家後，竟是立時趕走了身邊美豔丫鬟，整個人也像換了個似的，每日裡把自己關在房間裡唸唸有詞，不知在鼓搗些什麼，直把祁家老太太嚇得魂兒都飛了，指著自己兒子罵個不休，愣說自己孫兒被嚇傻了……

容霽雲於醜陋之外，更添「災星」的名氣，以致盛名更上一層樓。

只是，所有人都沒有想到的是，數年後，當年被傳得亂七八糟的容府議親一事，卻成為一樁美談。

來求親的這五人，一個封侯，一個拜相，一個成了大楚的新戰神，一個富甲天下，甚至眾人最瞧不起的祁公子也科舉中了進士。

以致之後，很多人都扼腕嘆息，早知道這容家小姐是了不得的一顆福星，那時候怎麼著也要前往湊一下熱鬧。

當然，更多的人則是讚嘆昭王爺不愧真龍天子，果然目光如炬，容相爺真是有識人之明，不負名相之稱。

只是這會兒，對於容府小姐的看法還是貶者居多，畢竟那般傳奇的經歷和性子，配上副醜陋的容貌，再娶個英俊的郎君，八卦起來才更有意思嘛……

第九十章

只是這八卦也很快被另一個驚人的消息所取代。

大楚、西岐、祈梁三國國君三年一度的會晤即將到來。

據說，西岐攝政王穆羽已護著十二歲的小皇上穆璠到達京畿近郊，祈梁皇帝鄭煌帶著自己最寵愛的皇姪、七歲的鄭樾也將在數日內抵達上京。

祈梁皇帝鄭煌也就罷了，是大楚的手下敗將，上京人面對祈梁國時，從心裡自有幾分優越感，也因此，大家最關注的倒是西岐。

而西岐國也恰恰有更多的八卦供人們回味咀嚼。

據傳，西岐名義上的攝政王、實際的掌權者穆羽，可是西岐第一美男子，長相俊美無雙，幾乎是西岐所有適齡姑娘的夢中情人。

而且穆羽的經歷也實在太坎坷、太離奇也太不可思議。

穆羽的娘親姬瀲灩乃是西岐武林第一美人，據說當初和微服私訪的西岐皇帝穆離一見鍾情，更在穆離遇險時捨身相救，以致武功盡失。

因怕身為武林盟主的兩位兄長不容，她便改名換姓，跟著穆離入了皇宮為妃，之後更是寵冠後宮，惹得後宮妃子側目不已。

姬瀲灩本想著此生和穆離白頭偕老，卻沒想到天不從人願，竟一產下穆羽便舊傷復發、離開人世；然後，穆離也身染惡疾，卻在臨終前傳下兩道聖旨。其一是著太子登基承襲大統，其二是穆羽命硬，必得朝夕供奉於祖廟方能化解西岐災厄。

太子穆闐登基後做的第一件事，便是親自托著尚未滿月的小小穆羽，送於神龕處的父皇牌位前。

為了表達對祖宗的敬意，穆羽幼小的身體被固定在神龕前特製的搖籃裡，一如其他豬牛羊三牲……

若不是三年後三國互送質子，或許穆羽的一生便注定永遠待在那樣一個牌位林立的黑暗世界，直到最後，奉獻了西岐皇族後裔所有的赤誠，化為穆離牌位前一具風乾的小小屍體……

安雲烈到現在還記得，當初西岐國君送來、被譽為西岐神子的三歲小皇子，乾癟的身體、空洞的眼神、永遠伸直的四肢……

不過十多年，當初那個可怕陰冷的孩童就迅速成長為最好的政客，最俊美的皇子，更在穆闐英年早逝後蕩平亂黨、扶植幼帝，年紀輕輕便成為西岐德高望重的攝政王。

「穆羽要來？」阿遜頓時一愣。

安鈞之沒想到自己隨便一句話，這個天不怕地不怕的姪兒竟然這麼大反應，心裡暗暗冷笑。果然是沒見過世面！

不過一個異國的攝政王就嚇成這樣，這般沒出息的樣子，和那些無知的愚夫愚婦又有何區別？

剛要出言諷刺，阿遜已經轉身，徑直往正院而去。

「送給容府小姐的聘禮？」安雲烈一愣。已經和容文翰商量過兩人的婚期，特意請人占卜的吉日，就在來年春日，卻不想孫兒竟是這麼心急。不過……聘禮？是說嫁妝嗎？嗯，好像就是說聘禮更舒服些。

不料阿遜卻一點頭，很是鄭重道：「就是聘禮。嫁妝交給爺爺操心就好，孫兒想先送雲兒聘禮。」

「你還是我孫兒嗎?!」安雲烈半天才明白阿遜的意思，氣得鬍子都翹起來了。這孫子的意思是聘禮要給容府，嫁妝自己也得出。

好吧，嫁妝什麼的自己也不在乎，可臭小子還沒出去呢，就整天盡想著往容家搬東西了，到底是我孫子還是容文翰那傢伙的孫子啊？

「孫兒想讓全上京人都記得，雲兒是我三媒六聘定下的妻子。」阿遜說著，從懷裡摸出一疊銀票遞過去。「這十萬兩是遜兒自己的銀子，還請爺爺代為籌措聘禮，最快速度送往容府。」

記得沒錯的話，穆羽對霽雲的執念好像不是一般的深。

安雲烈呆了一下，良久跺了下腳。這個臭小子，自己不是心疼銀子好不好？就是覺得遜兒對容家這麼掏心掏肺，他心裡就老不是滋味！

不得不說，安雲烈的動作委實不是一般的快，竟在第二天便準備好了一箱箱聘禮。有安鈞之的聘禮在先，老公爺不過照數讓人去準備罷了。

至於那十萬兩銀子，以為自己就稀罕嗎？還是到時候給了遜兒做添妝之用吧。

一大早，又催了安家兄弟送往容府而去。

哪知送聘禮的車子剛走至興安大街，就被堵住了，卻是和西岐國君的儀仗隊碰了個正著。

安志、安堅忙指揮著讓車子退至路邊，靜候西岐國君的儀仗隊駛過。

飄揚的旌旗，林立的侍衛，金黃的傘蓋下，一張蒼白陰沈卻冷厲的俊美容顏……

忽然覺得後面一輛車上有兩道犀利的眼神射過來，安志嚇了一跳，不敢再看，忙垂下眼來。

「竟是聘禮嗎？」穆羽斜躺在寬大的馬車裡，兩手兩腳保持著張開的僵直姿勢，長長吁了口氣，卻在捕捉到一個敏感的姓氏時，剛剛閉上的眼睛又睜開。

「送給容小姐的聘禮？這安家搞什麼啊？不就是入贅嗎，還送去這麼多東西，難不成是被容小姐嚇出毛病來了？想想也是，要是我家娘子也是身高丈二、目似銅鈴、血盆大口，嘖嘖，說不好會嚇抽過去……」

果然這世上姓容的多了去了。穆羽無聲地吐出了兩個字。「阿開……」又慢慢閉上眼睛。

三國君主齊聚上京，是目前大楚最重要的一件大事。

整個朝堂都忙翻了天，容文翰作為百官之首，更是宵衣旰食、通宵達旦。

好不容易安排好一應事務，才發現又是東方發白、天已拂曉。

「丞相大人。」一陣輕輕的腳步聲，內侍端了個托盤進來，卻發現大楚歷代以來最有風度、出身也最富貴的丞相大人，這會兒卻毫不講究地歪在椅子上睡著了。

眼看皇上賞賜的羹湯就要涼了，內侍躊躇半晌，剛想再次喊人，簾櫳又是一響，卻是負責京畿各國國君駐蹕安全事務的昭王爺正邁步進來，看到累極而眠的容文翰，腳步一頓，衝那內侍揮了揮手，那內侍忙輕手輕腳地退了下去。

楚昭脫下自己身上的裘衣，剛想給容文翰蓋上，哪知一靠近，容文翰就睜開了眼睛。看到立在身前的楚昭，神情竟有些茫然。

「相父。」私下裡，楚昭一直對容文翰以相父稱呼。他親手捧了羹湯送至容文翰手中，邊叮囑道：「朝中事務繁忙，可再是如何，相父也要小心自己身體才是。」

「無妨。」容文翰接過羹湯，看楚昭也是熬得通紅的雙眼，搖頭道：「我還熬得住，倒是你，這段時間怕總是不得閒了。」

自為相以來，因女兒的小心調理，自己的身子骨倒是比之前更為健旺，不然這般勞心勞力，怕是早累趴下了。

至於楚昭，因肩負的責任太過重大，怕是比自己還要辛苦。他又殷殷叮囑了很多有關兩國衣食住行方面需要注意的事項，處事之周到、思維之縝密，明顯是經過深思。

「比方說狼，祈梁人先祖長在深山，據說曾得狼族庇護，是以以狼為神靈，切記囑咐那些侍者萬不可打殺狼，亦不可辱罵狼，比方說『狼心狗肺』這樣的用語絕不可出口……」

楚昭聽得出了一身的冷汗。

「倒不知道祈梁還有這樣的規矩。」

兩人一路走一路說，直到了中元殿門前。

再往前走就要出宮了，楚昭站住腳，神情感激。也就是相父會這般心疼自己，操心朝務之餘還時刻記掛著自己。

「功勞可不全是我的。」容文翰神情欣慰。有什麼比看到雲兒和自己視若子姪的昭兒同心協力、互相扶持，若親兄妹一般情深更讓自己開心的呢？

「比方說祈梁對於狼的崇拜，就是雲兒特地囑咐我告訴你的。雲兒手下的那個商隊這會兒瞧著用處可不只經商，他們帶回來的各地風土人情，確實有用著呢。對了，相關的內容，雲兒正著人編纂成冊，最晚明天就可以送到你手上。」

「我說昨日回府，房間裡怎麼多了那麼多新奇小巧的玩意兒，定然是雲兒送來的吧？」王妃高興得很，一一拿給自己看，好像還有很多補養身體的好東西，都是重金買不來的稀罕物。

容文翰點頭。據自己所知，所得的好東西，女兒除了給姊姊清韻和昭兒分別送去了一份外，還特地著人孝敬了安府老公爺。這樣想著，心裡忽然就有些酸酸的，自己可是瞧得清楚，姊姊和昭兒也就罷了，送給安家的那一份，女兒可是足足選了差不多一天。

「現在天色還早，昭兒不妨再去躺會兒，我也要趕回去。好不容易今兒有些空閒，正好帶雲兒去一趟棲山寺。」

上京風俗，未婚男女訂婚後，可去棲山寺後山的月老泉還願，當可保白頭偕老、恩愛永遠。

楚昭剛要說話，身後忽然傳來一陣腳步聲，接著傳來一陣陣「參見攝政王殿下」的問好聲。

兩人回頭，卻見一名長身玉立、神情冷凝、俊美逼人的高傲男子。

那男子也看到了楚昭和容文翰，腳步緩了下，衝楚昭一拱手。

「昭王爺。」

楚昭很是訝異，看了下天邊隱約可見的幾顆星子。

「怎麼攝政王起得這般早？可是住得不舒服？」

穆羽搖頭，眼睛卻落在一旁的容文翰身上。

「本王不過是習慣早起。對了，不知這位大人是？」

容文翰已經笑著上前見禮。

「容文翰見過攝政王殿下，早聽說殿下儀表不凡、風度翩翩，更兼勤於政務，令人敬仰。今日看來，果然名不虛傳。」

哪知剛行了一半禮，卻已被穆羽攙住，神情也是少見的平和。

「容大人太客氣了，是孤久仰容大人的才名才是。」

語氣極為禮貌，和以往的高傲冷淡竟是大相徑庭。

不知道是不是錯覺，楚昭甚至覺得穆羽俊美的雙頰染上一層赧色。

「兩位王爺且安坐，文翰還有事在身，先告退了。」容文翰卻是心懸帶著霽雲去棲山寺還願一事，不欲久留，和兩人打了個招呼就逕自出宮而去。

「攝政王殿下，殿下。」明明容文翰已經走出去很遠，穆羽卻還呆呆站著，眼睛一直追隨著容文翰的方向，楚昭不覺微微蹙了下眉頭。

穆羽轉過身來，神情已經恢復淡然無波，剛要開口說話，又是一陣喧鬧聲傳來，是一個身量不算太高的黃色身影，正帶著一群內侍興高采烈地玩著蹴鞠。

那黃色衣飾的人是個蹴鞠高手，閃轉騰挪間，蹴鞠在縫隙中不停穿梭，看得人眼花撩亂。

忽聽得哎喲一聲，卻是那蹴鞠一下飛出，正砸在一個遠遠觀望的孩子身上。

穆羽臉色一變，忙飛身上前，卻不想有人比他更快，另一個高大的身影已經一個箭步上前，把孩子抱到懷裡。

「樾兒，可有傷到哪裡？」

穆羽也隨之趕到，看著另一個身著明黃色龍袍的中年男子神情焦灼的模樣，不由很是歉然。

「原來是祈梁皇帝陛下。不知這孩子可有傷到哪裡？」

那個瘦弱的明黃色身影也跑了過來，明顯沒想到自己不過玩個蹴鞠會驚動這麼多人，特別是看到穆羽也在場，小臉頓時有些發白，身形不住往後縮，畏畏縮縮道：「皇叔，朕……真不是故意的，朕正玩得高興，他就突然跑了出來……」

「皇上，外面天冷，皇上還是和內侍回去加件衣服吧，這裡交給臣處理就好。」穆羽略略抬高了聲音，穆璠嚇得忙閉了嘴，乖乖地跟著內侍往回走，眼睛卻還頗留戀地瞧著躺在鄭煌腳邊的蹴鞠。

太醫很快趕來，緊著給孩子檢查了一番，好在那孩子瞧著除了受點驚嚇，並無其他症狀。

其間，鄭煌一直神情緊張地抱著孩子，直到太醫再三保證孩子無事，鄭煌才算鬆了一口氣，對楚昭和穆羽道：「勞兩位王爺擔憂了，實在是朕的弟弟就遺下這一棵獨苗，卻是自幼體弱，便比旁人更嬌貴些。」

這便是那個傳說中，祈梁皇帝最寵愛的皇姪鄭樾嗎？

穆羽愣了一下，不覺多看了兩眼。當初，祈梁國和大楚兵戎相見，可不就是因為這孩子的爹，也就是鄭煌的兄弟鄭爽在西岐被刺。

只是這孩子身量卻是過於矮小了些，且臉色蒼白，瞧著不像是七歲，倒更像是四、五歲的孩童。

楚昭昨日已見過，神情也還平靜，卻不得不在心裡重新估量這鄭樾的價值。看來，還需要加派更多的人手保護鄭樾才是。

三人又略略客套了幾句，便即散去。

穆羽回了自己的寢殿，默然坐了片刻，很快站起身來，脫下身上的攝政王朝服，換了身常服，想了想，又回身拿了個面具揣在懷裡。

剛走出殿門，迎面正好碰上姬二。

看穆羽這般打扮明顯是要出去的樣子，姬二不由一愣。「殿下，你這是要去哪裡？」言詞間頗為不贊同。

這裡可是上京，不知道有多少雙眼睛在或明或暗地盯著羽兒，稍有差池，說不定就有性命之憂。

「無妨。」穆羽卻是渾不在意的樣子。「二舅忘了，孤曾在這上京生活了五年之久。還是二舅以為，您親手訓練出來的那些暗衛都是吃素的？」

姬二滯了一下，知道這個外甥性子自來執拗得很，一旦決定要做什麼事，根本就不是他人改變得了的。無可奈何，只得嘆了口氣。

「那殿下總要告訴我去哪裡吧？」

「棲山寺。」穆羽並沒準備瞞他。

「棲山寺？」姬二不滿地嘟囔。「一群光頭和尚待的地方，有什麼好看的？」

要是鶯鶯燕燕的勾欄院，說不定自己還願意跟著去飽飽眼福。

不過，只要穆羽不是提出去容府，那就隨他的便吧。

送走穆羽，想想還是有些不放心，喊來今早上輪值的暗衛，詢問穆羽今兒都做了什麼、又說了些什麼，有沒有碰到什麼人……

「殿下起來先去方便，方便回來後便漱口、洗臉，接著在院子裡打了套拳，然後……」

那暗衛看來是個極為認真的，說了好大一通，才說到穆羽走出院子。「……正好碰見楚國昭王爺和丞相容文翰……」
姬二早已聽得昏昏欲睡，卻在聽到「容文翰」這個名字時，驚得一下跳起來。
「你說殿下碰見了誰？」
那暗衛愣了一下，忙又重複了一遍。「楚國丞相容文翰呀！」
「他們說了什麼？」姬二一副急得跳腳的模樣。
那暗衛很是莫名其妙的樣子。
「他們沒說什麼，容文翰就說有事告辭離開了。」
聽暗衛這樣說，姬二終於長吁了口氣。沒說什麼話就好，虧自己還以為……他慢騰騰坐回椅子上。
「我知道了，你下去吧。對了，另外去問問棲山寺可有什麼名勝景觀。」
終是不放心羽兒，不然自己還是跟了去算了。
「二爺也要去棲山寺嗎？」那侍衛愣了下。
「什麼叫也要去？」姬二瞪了瞪眼。「只許你們家殿下去，就不許我也湊熱鬧嗎？」
「那倒不是。」暗衛忙解釋。「屬下聽見那位容丞相也說要去棲山寺呢。」
「什麼？」姬二騰地一下子就蹦了起來，臉色變得難看至極。「這個臭小子，我就說……」
不用說，羽兒之所以要去棲山寺，肯定是衝著容文翰——不對，是衝著阿開那個臭小子去的。

還以為羽兒來了上京這許久，都沒有問起容府或阿開的事，應該已經把當年的事給拋開了，哪料到根本就不是那麼回事。

可真是要了老命了，羽兒雖沒問，自己不放心之下，仍是跑去打聽得清清楚楚——容府根本沒有一個叫阿開的兒子，只有一個剛立為世女，叫容霽雲的女兒。

自己早就猜想阿開應該就是容霽雲，現在瞧著，明顯是讓自己料中了！

可羽兒卻不知道啊！以羽兒那般極端的性子，要是知道了真相……

姬二再也坐不住，火燒屁股地牽了匹馬就往宮外而去。

同一時間，在穆璠的住處，一個鬼魅般的黑色身影倏忽而至，附在穆璠耳邊小聲說了些什麼。

「棲山寺？」穆璠神情陰狠，哪有方才半點頑劣不堪的模樣。「我知道了，繼續盯著。另外，派人給祈梁皇帝送幾只蹴鞠去，就說，是朕送給小王爺玩的。」

第九十一章

今天正好是棲山寺施粥的日子，山上遊人如織，或扶老攜幼，或夫妻相伴，一路迤邐往棲山寺而去。

平日忙於政務，難得有這麼清閒的時候，容文翰不由心懷大暢，看霽雲不時透過轎簾的縫隙往外張望，一副雀躍不已的模樣，很是心疼。早說要帶女兒來這棲山寺遊玩，可這麼久了，還是第一次來。

索性叫來容五低聲吩咐了幾句什麼。

容五點了頭，很快取來一套寶藍色的書生服，著人送到霽雲手裡。

不多時，一個風度翩翩的俏郎君便從轎上下來，朝已下車靜靜等候的容文翰身邊而去。瞧見寶貝女兒的男裝扮相如此英氣勃勃又風度翩翩，容文翰不住撚鬚微笑，神情真是得意至極。

命人繼續把兩頂空轎子抬往棲山寺，容文翰和已經換上男裝的霽雲夾在人流中，漫步往山上而去。

父女倆邊走邊說，好不愜意。前面石階明顯有些陡，容文翰怕女兒吃不消，忙站住腳，旁邊的霽雲伸手扶住容文翰的一隻胳膊，低聲道：「爹爹可是累了？雲兒扶爹爹找個地方歇會兒？」

「無妨。」容文翰拒絕，瞧著因臉上微微冒汗而格外紅潤的霽雲，心情很是愉悅。「爹是怕妳累著。」

父女倆正小聲說話，身後忽然傳來一陣騷動，旁邊的人群也慌忙四下散開，隱隱聽見後面還有呼喝聲傳來。

「快讓開，謝府的轎子到了。」

霽雲扶了爹爹退至道旁，眾多奴僕同樣護著兩頂轎子快速而來，旁邊還跟了個神情明顯有些萎靡的男子，不是謝莞又是哪個？

那轎子裡坐的八成是謝玉，瞧這情形，也是要去月老泉還願吧？

霽雲略略有些不悅。難得爹爹有一日空閒，出來竟碰見謝玉。

謝府車轎很快疾走而去，倒是有幾個帶了小孩子的婦人，躲避時慌不擇路，跌倒在地，一時啼哭聲不絕於耳。

容文翰也皺了皺眉頭。雖是三大世家並立，可和安家、容家的低調不同，謝家自來張揚，沒想到上山上個香，也是這般橫行無忌。比照謝家兒女的張狂，再看看身旁從不用自己操心、識大體知進退的女兒，當真是滿意至極。

世人只說容家滿門富貴，可惜獨有一女，怕是至此絕矣，卻不知自己平生最得意之事，便是有了霽雲這麼個能幹又貼心的女兒。

一聲痛苦的呻吟聲傳來，霽雲和容文翰循聲瞧去，卻是遠遠的岔道口有一個六旬老翁，應該是走避不及摔著了腿，正不住呻吟，手裡還拽著一個年輕人。

那年輕人背對著兩人，想來是老人的兒子，正低頭幫老翁檢視傷情。雖是蹲著，那人的身姿仍是搶眼至極。

容文翰不覺多看了兩眼。霽雲不過略頓一頓，便即轉開。有阿遜這樣禍水般的美男子在，其他男子等閒可是入不得自己的眼。

父女倆便轉身，依舊向山上而去。

穆羽皺著眉頭，瞧著依舊死死揪著自己衣服不放的老人，神情厭煩無比。自己方才明明瞧見容府的車馬正往山上而去，因騎馬追趕太過引人注目，就想著步行上山，又嫌那群暗衛委實跟著礙事，特意兜了個圈子。

哪知不過這樣稍一耽擱，容家車轎便不見了蹤影，正自焦灼，又是兩輛瞧著極像的車轎行來，自己正觀望，卻不想就被這老人抱著腰死命拽到了旁邊。

這老頭應該慶幸，這是大楚上京，否則……

老人卻是完全沒注意到穆羽的神情，看謝府車轎已經遠去，這才鬆了手。

「唉喲，我這腳……應該是崴著了。」

說著嘆了口氣。「年輕人，以後可是長著點眼睛，別像我兒子，這些世家子，不是我們這些小老百姓能惹得起的。」

自己兒子就是前不久衝撞了謝家的車駕，被那群如狼似虎的奴僕給打了一頓，現在還臥床不起呢。

「世家子？」穆羽抓住老翁的腳踝，一推之下又用力一拉。老翁唉呀一聲，卻驚喜地發現腳又可以動了，忙站起身來，試著來回走走。果然不痛了。

「可不是世家子？你不知道，聽說轎子裡的那位小姐許給了安家少爺。但只一家，咱們小老百姓就惹不起，何況是這兩大世家聯姻——」

還要再說，卻被穆羽打斷。「安家少爺？不知安家哪位少爺？」

「還有哪位？安家可不就剩下一位少爺了？」老丈嘆息。安家也算是滿門英烈，可惜安家嫡子早亡，好不容易找回嫡孫吧，又入贅了容府，滿打滿算也就剩下那麼一個過繼的探花郎罷了。

還要再說，卻忽然覺得不對勁，忙回頭去瞧，卻嚇了一跳，身邊哪還有方才那年輕人的身影？

穆羽拔足一路疾奔，習慣張開的雙手卻不自覺緊攥成拳。

「聽說，容家小姐許配了安家少爺。」

「兩大世家聯姻……」

「安家可不就那麼一位少爺……」

穆羽越跑越快，身形簡直如閃電一般。

數年前在方府的一幕，無比清晰地在眼前閃現。

即便神志盡失，阿呆仍是不要命地護著阿開。

阿開看向自己時厭惡而痛恨的眼神，瞧向阿呆時，卻是那麼悲傷而溫柔……

一個小沙彌正在打掃庭院，看到突兀出現在眼前的穆羽，明顯嚇了一跳，哆哆嗦嗦道：「施主，施粥在前殿，這裡是……」

卻被穆羽一把扣住手腕。「容相爺家的車轎可是到了寺中，現在何處？」

那小沙彌疼得直咧嘴，苦著臉道：「容相爺家的車馬不就在西跨院嗎？快放手……唉喲，手腕都要斷了。」

穆羽回身往西而去，剛走幾步，遇上兩個神情閃爍的丫鬟迎面而來。

「少爺也不知跑去哪裡了？」

「就是，少爺的性子就是太跳脫了些，明明說得好好的，要陪小姐去月老泉的，偏是這會子找不到人。」

「就是，也就這麼巧，竟然會碰到那位安家少爺……」

兩人邊走邊說，並未注意到旁邊的穆羽。

穆羽站住腳，略一思索，便朝著兩女來的方向急掠而去。

遠遠瞧見一片粗大的銀杏樹林立，正有一男一女站在那裡。

穆羽剛想再靠近一些，那男子忽然抬起頭來，眼神竟是犀利無比。

「安公子。」那女子聲音雖不大，但穆羽聽力驚人，仍是聽了個一清二楚，心裡忽然一沈。難道對面站著的，就是容府小姐？

因女子是背對著自己，只能看到一個纖細苗條的背影，根本看不到相貌。

穆羽靠近一步，神情急切無比。

兩人似乎發生了什麼不愉快，男子很快轉身，拋下那姑娘快步離開。

「安彌遜！」謝玉捂著臉，斜倚在銀杏樹上，淚水順著指縫汩汩而下。

沒想到會在去月老泉還願的今天，再次碰見安彌遜。

若是兩人無緣，怎麼會這樣一次又一次的相遇？這一世，也就動心過這麼一次，卻被那人輕賤若此……

「小姐。」一個溫潤的聲音忽然在耳邊響起，謝玉猝然抬頭，剛想呵斥，卻在看清穆羽太過耀眼的容貌時呆了一下。

穆羽神情有些無措，手探到懷裡似是想掏什麼東西，卻在看清謝玉的長相時，又慢慢把手收了回來，明顯大大鬆了一口氣的樣子。

這位小姐雖生得漂亮，卻絕不是阿開。

一直提著的心終於放了下來，穆羽隨著人流拐過一個山坡，眼前忽然一亮，卻是容相正和一名少年有說有笑而來。

一種再尖銳不過的鈍痛呼嘯而至，穆羽甚至覺得胸口火辣辣的痛。

容相身旁那個少年，是阿開。

三年多了，阿開好像長高了，卻怎麼更瘦了？

穆羽想要衝過去，腳下卻彷彿釘了釘子，怎麼也邁不動腳。

正自猶豫，忽聽前面的霽雲驚叫一聲。

「爹爹，快看，好大一枝何首烏！」

那般清脆動聽的聲音，幾年了，自己不過只能在夢中回味罷了。穆羽再也忍不住，抖著手掏出懷裡的面具極快地戴上，朝著霽雲的方向緩步而去。

「我看看。」看霽雲那般開心，容文翰也來了興趣，忙走過來瞧。單看上面牽連成一大片的枝葉，就可以想見下面的何首烏該是多大個。

「爹爹，我們倆一起拔一下，看能不能拔出來好不好？」霽雲竟是童心大起。

容文翰忙點頭。女兒好不容易提出個要求，自己當然要儘量滿足。

父女兩個摩拳擦掌，一人拽住一邊用力往外扯，哪想到這枝何首烏外面的枝葉繁茂，卻因為長在石多土少的縫隙中，果實並不怎麼大。

兩人用力過猛，竟是齊齊往後跌倒。

「爹爹！」

旁邊的暗衛也是大驚失色，忙要跑來扶，卻是根本來不及。

眼看父女兩人就要齊齊摔倒，一個身影如飛而至，正好一隻手托住霽雲，另一隻手扶住容文翰，卻也因為兩人的衝勁，撞向旁邊的石頭。

那些暗衛也隨後趕到，看向穆羽的眼神不由充滿了疑惑。這人明明比自己離得還遠，竟能趕在自己前面救下兩位主子？

霽雲沒想到自己沒摔在地上，驚訝之下回頭瞧去，卻是一張陌生的面孔，只是那雙眼睛卻不知為何很是熟悉。

她忙點頭道謝。「多謝這位兄臺出手相救。」

又緊著詢問容文翰。「爹爹可有傷到哪裡？」

「無妨。」容文翰搖頭，不禁感慨。「看來爹爹果然老了。」

「爹爹哪有老，」霽雲心疼。「爹爹不過是太累了。爹爹永遠是雲兒心裡最厲害的爹爹。」

穆羽默默看著眼前溫馨無比的畫面，只覺心裡都是暖暖的。竟是上前和霽雲一左一右扶住容文翰，剛要說話，又一個人影如飛而至，卻是阿遜也趕了來。

看到立於容文翰身邊的穆羽，臉色明顯沈了下，上前一步，自然地接替了穆羽的位置。

「伯父和雲兒這是怎麼了？可有傷到哪裡？」

兩人自訂親後還是第一次見面，霽雲羞不可抑，紅著臉回身再次衝穆羽道謝，便和阿遜一左一右攙了容文翰往月老泉而去。

「殿下呢？」姬二匆匆趕到時，正碰到如無頭蒼蠅一般亂轉的暗衛。

一眾暗衛頓時羞愧難當。沒想到這麼多人，也沒看住殿下。

「你們……真是飯桶！」姬二氣極，只是心裡也明白，以羽兒今時今日的功夫，這些暗衛哪裡是他的對手？跟丟了也是必然。

無奈之餘，只得吩咐他們繼續找。

這邊姬二等人焦頭爛額，那邊穆羽也是百爪撓心。

三年多了，他委實體會到了什麼叫相思難熬。

其實早在三年多前轉身離開的那一刻，穆羽就後悔了，甚至想不顧一切地回頭，即便是死也要帶了那人走……

可自己當初護著李玉文，該是把阿開傷得如何血肉淋漓？

阿開說恨自己，恨到想讓自己死……

可以殺人，可以入魔，可以萬劫不復，卻是無論如何不能面對阿開的眼淚……

以為自己不說不聽不見就會不想，可誰知，還是抵不了入骨相思。

所有的意志和忍耐，終在今日一大早看到容文翰那張和阿開酷似的臉時，全部坍塌。

就這樣不顧一切地衝了出來，甚至不想向二舅隱瞞自己想要阿開的強烈心意。

從出生到現在，自己從來沒有任性過，也從未有過失去理智的時候，唯有這一次，只想不顧一切地爭取一次……

阿遜蹙了下眉頭，冷冷睇了穆羽一眼。

「不知這位兄臺要去哪裡？若是迷了路途，在下或許可為兄臺指點迷津。」

穆羽臉色迅速一寒。這是要趕自己走？

霽雲回頭看去，也很詫異。沒想到這麼久了，方才那位出手扶了自己一把的男子竟還跟在後面。

穆羽陰鷙的神情對上她清澈的眼睛時迅速煙消雲散，也不搭理阿遜，卻是朝著霽雲伸出手來，掌心裡還躺著方才害父女倆差點摔倒的何首烏，以及一把紅豔豔的冬棗。

「公子的何首烏，呃……還有，那塊大石的後面正好生了棵棗樹。」

太緊張了，手心不覺沁出些汗。

霽雲怔了一下。這聲音怎麼好像在哪裡聽過？又有些詫異這人怎麼知道自己愛吃果子？

穆羽忐忑不安，但看到霽雲眼睛明顯亮了一下後，充滿了濃濃的喜悅。

霽雲眼睛閃了下，心頭的疑慮卻是越來越重，令侍衛接了東西，又禮貌地表示了謝意，這才告別而去。

穆羽心裡小小嘆了口氣。還以為阿開會自己來取呢。可想到待會兒阿開就會吃自己親手摘的果子，又很是開心，有心想要跟上去，卻又不想顯得唐突，惹容相不喜……

看穆羽終於離開，阿遜眼中閃過一絲冷然。

剛想說什麼，卻隱約聽到幾絲破空聲。

阿遜給左右侍衛使了個眼色，令他們成犄角狀散開，自己則不動聲色地護在容文翰和霽雲身邊。

一轉彎，迎面就見一陣塵土飛揚，卻是幾名騎著馬的男子。明明這裡全是山路，那馬兒竟絲毫不受影響，如履平地。

霽雲和阿遜同時一愣，眼睛齊齊落在那幾人胯下的白馬上，同時認出那幾匹竟全部都是西岐名駒，玉雪獅子驄。

這麼價值連城的馬，竟然一出現就是這麼多，什麼人這般大手筆？

又一陣噠噠的馬蹄聲傳來，卻是又一人如飛而至。

那人一身鶴白大氅，雖是人到中年，仍是極瀟灑的樣子，偏偏眼神猶如寶劍，竟是凌厲無比。

霽雲對上那人的眼神，握著容文翰的手驀地一僵。

阿遜也是神情劇震，又迅速變為漠然。

來的竟然是自己的老東家，姬二！

第九十二章

容文翰也察覺到身邊的女兒、女婿似是有些不對勁，伸手拍了下兩人，抬起頭來，清炯而溫和的眼神直直對上姬二。

不過一身青布棉袍，身上也無其他奢華裝飾，遠遠瞧著不過一個身姿清俊的中年人罷了，可甫一接觸到容文翰的眼睛，姬二傲然外放的狂妄氣質便不自覺收斂。

眼睛在幾人身上一一掠過，看到霽雲時，他明顯想要咧一下嘴，卻又迅速閉攏。倒還勉強合心意的小丫頭，可惜……

再瞧向阿呆時，眼神明顯凌厲了些。

短暫的對視後，看看沒有發現穆羽的氣息，姬二一勒馬頭，呼喝一聲，便又打馬而去。

「遜兒認識這人？」容文翰已經收回眼神，淡淡道。

「他是西岐姬家人，姬伯翎。」阿遜頓了下。「攝政王穆羽的舅父，也是他的侍衛總長。」

穆羽？容文翰沈吟片刻。「難道方才那位年輕人……」

心裡卻是大為疑惑。若果然是他，明明今天早上自己才同攝政王見過，何以此時要做如此裝扮？

難道是同身邊兩小有什麼過節？想一想，好像是從遜兒出現後，那年輕人的氣息便變得陰沈。

想了想，他伸手從懷裡掏出一面權杖。「遜兒拿著，這權杖，能調動容家所有暗衛。」

聽說那姬家乃是西岐武林世家第一人，遜兒雖然貴為安府少爺，卻因無任何功名傍身，怕是沒有使得順手的人。

「多謝伯父。」阿遜心裡一熱，躊躇了下，接過權杖，眼中全是暖色。

只是，穆羽要是真的針對自己就好了，可自己擔心他想要的怕是自己也好，岳父也罷，都是最珍貴、也絕不願放手的。

不過這番話，阿遜自是不會告訴容文翰。

自己的女人，當然是要自己護著！

前面就是月老泉了。

遠遠能瞧見男男女女來往穿梭的身影、喜氣洋洋的面容。

容文翰看一下身旁的女兒和阿遜，想到很快就要把寶貝女兒交給旁人，只覺胸腔裡滿滿要溢出來的酸楚。正好旁邊有一座亭子，便擺了擺手道：「爹爹在這裡稍事休息，容五、容六，你們去護著些姑爺和小姐。」

霽雲含羞應下。饒是阿遜，慣常冷冰冰的一張臉，這會兒也是染上些潮紅。

容五、容六也是識趣的，雖奉命護著，卻只遠遠跟在後面。

所謂月老泉還願，一般有兩件事要做，第一件就是飲一口月老泉的泉水，意味一心一意。第二步，則是將自己和對方的名字，以及美好祝願寫在紅綢上，繫在月老泉邊的月華樹上，求月老保佑此生長相守、恩愛恆。

穆羽隱身擁擠的人流中，遠遠望著相伴而來的霽雲和阿遜，只覺心頭疑雲大起。容相去了哪裡？為何只有阿開和安彌遜兩人，而且兩人神情委實太過親密無比。眼睛慢慢下移，正好瞧見兩人手中一般無二的紅綢，下一刻，兩人手中的紅綢一起拋向高高的月華樹……

穆羽忽覺呼吸艱難，抓著衣襟的手一點點攥緊，耳旁是呼嘯而過的疾風，想要大聲呼喊，卻無論如何也喊不出口。他慢慢抬頭，高高的月華樹上，安彌遜正高踞枝頭，癡癡瞧著樹下滿面嬌羞的少年，眼中是不容錯認的萬千情意……

耳邊忽然傳來一聲低低的詛咒。

「該死的容霽雲！有朝一日落在我手裡，定讓妳受盡千刀萬剮之刑！」

卻是個生了一雙桃花眼的男子，正神情怨毒地盯著樹下的阿開。

穆羽眼神狠厲無比，想也沒想揮手就打了出去，耳聽一聲慘叫，一個男子的身影就倒飛出去，直直砸在不遠處的月老泉中。

飛出去的正是謝莞。

正在轎子中的謝玉驚叫一聲，慌忙讓人停轎。

「大哥！竟敢謀刺謝府公子，快來人，抓住他！」

一片嘈雜聲響中，樹上的阿遜一衝而下，在官兵衝上來驅散香客的同時，俯身抱起地上的霽雲，直往一個小山坳而去。

穆羽毫不遲疑地跟了上去。

方才，兩人一起飲過月老泉中清冽的泉水，阿遜便飛身樹上，無比虔誠地把寫有兩人姓名的紅絲綢繫在高高的枝頭，卻不防謝莞忽然凌空墜下，濺起的巨大水花濕了霽雲的半邊衣衫。

容五、容六也遠遠看到，好在轎子裡本就有霽雲換下的女裝，忙去取了來。

等穆羽飛身而至時，正好看到一身淺粉女裝、黑髮披瀉的霽雲緩步走出山洞，呼吸幾乎停滯的同時，只覺渾身痛極。

原來，阿開竟是這般清麗若仙的女子？

他如夢遊般抬起腳來，卻在看到一臉迷醉幸福、癡癡迎上去的男子時，渾身如墜冰窖。

「給我。」阿遜上前一步，接過霽雲手裡的帕子，推著霽雲轉身，自己則笨拙地把霽雲的頭髮綰起，小心地擦拭上面的水滴。如雲般的黑髮順著阿遜的指尖一點點滑落……

穆羽身子一軟，一直捏著衣襟的手一下鬆開，滿滿的冬棗頓時滾得滿地都是，紅豔豔的，彷彿殷紅的血，刺得人眼睛發痛。

阿遜幫霽雲擦拭完畢，張開雙手把霽雲抱在懷中，略略抬頭，毫不退讓地對上穆羽冰寒的雙眸……

天上不知什麼時候開始落下雪雨，香客們紛紛走避，穆羽卻彷彿無知無覺，任那雪水淋了一頭一臉，又順著脖子緩緩淌進衣領裡……

「咦，那個人好像是殿下！」跑在最前面的一個侍衛忽然一勒馬頭，興奮地道。

姬二一眼瞧過去，大吃一驚，忙打馬過去，只見穆羽正呆呆站在靜寂無人的山路上，拖在地上的裘衣沾滿了泥水，眼中是全然的空洞和死寂，一如自己從那個棺材匣裡搶出、如活死人一般的小小娃兒……

「羽兒。」姬二愣了一下，忙要靠近，哪知穆羽身形卻忽然倒退，腳尖連點，朝著山中的月老泉急掠而去。所過之處，那些樹木都被連根拔起。

緊跟在後面的姬二免不了被縱橫的虯枝刮爛了衣衫，頓時狼狽無比。

穆羽卻已經飛身樹上，一把扯下之前霽雲和阿遜牢牢繫在樹上的紅綢，隨之，一陣尖銳而淒厲的嘯叫聲從山中傳來，聲音之哀痛絕望，令人聞之肝腸寸斷。

即將進府的容文翰不覺回視棲山寺的方向，蹙了下眉頭。到底遇到了何等傷心之事，才會發出這般哀怨淒絕的聲音……

「伯父，遜兒告退。」安彌遜一躬身，很是恭敬地道。

隱約可見霽雲的轎簾動了一下，一張嬌俏可喜的小臉晃了一下，旋即隱沒。

安彌遜咧了咧嘴，恰好容文翰看過來，忙又垂下眼。

「少爺，咱們可要回府？」安志笑嘻嘻地湊上前。

阿遜接過安志遞來的蓑衣穿上。

「我還有事，你們先回去吧。」
說著一勒馬頭，朝著城門的方向疾馳而去。
安志嚇了一跳，忙也要追上去，又哪裡來得及？
阿遜一路打馬如飛，朝著棲山寺的方向一路狂奔，眼看前面就是月老泉，山路越發濕滑難行，索性棄了馬兒，徒步前進。
月老泉旁，有兩行歪歪斜斜、凌亂不堪的腳印通往那棵需數人方能合抱的月華樹，偶爾還能看到要淹沒在冰雪中的刺目血紅……
阿遜身形原地拔起，徑直往自己繫紅綢的枝椏而去。
待飛至高高的樹巔，神情一下子變得難看。
自己方才親手繫上去的兩根紅絲帶，這會兒一條也無。
忙極目四望，正好遠遠的隘口，好像有一點隱約的紅色，忙躍下大樹，飛身上前，彎腰拾起，果然是自己的親筆，只是和雲兒並列的自己名字卻被人大力毀去。
阿遜低頭，把食指放入口中，用力咬了一下，頓時，殷紅的血珠冒出來，然後他輕輕把那紅絲綢平鋪在地上，一筆一筆把自己的名字重新寫了上去。
又回身月老泉旁，把貼在胸前的紅綢重新牢牢繫在最粗大的一根枝椏上……
傍晚回城時，他發現城門口的盤查忽然嚴了許多。
看阿遜頭髮都濕透了、很是狼狽的樣子，城門官心生懷疑，剛要招手讓阿遜過來，一直焦灼無比、守在城門口的安志已經跑了過去，一把拉住安彌遜的馬韁繩。

「少主，屬下都要急死了！」

那城門官顯然是識得安志的，聽了安志的話忙站住腳，眼中閃過些畏懼，忙閃身讓開道路，心裡卻不住嘀咕：這些少爺主子們是不是有毛病啊？先是西岐攝政王全身濕透凍僵了的模樣，現在又是安家少主……

來至府中，氣氛明顯也有些不對頭，特別是安鈞之，一臉晦氣，看誰都不順眼的樣子。

「府裡出什麼事了嗎？」阿遜邊脫下身上的蓑衣邊道。

「倒沒有。」安志忙遞過一套厚厚的棉袍，又看了看窗外，這才小聲道：「聽說呀，是謝家少爺怕是不行了。」

「謝莞？」阿遜愣了一下。

「對，就是他。」安志點點頭。「聽說謝府少爺今日陪同妹子去月老泉還願，卻不知怎麼和人發生口角，被人打飛了出去。原以為不過只折了條胳膊，哪知抬回家中卻發現傷了臟腑，再加上泡了冷水，引發舊疾……」

要不，二爺臉色怎麼會這麼難看呢？不但未過門的妻子沒有還成願，說不好，還會搭上大舅哥一條性命！

安鈞之越想越覺得晦氣，狠狠吐了口唾沫，這才整了整衣服，匆匆往謝府而去。

聽說是安鈞之到了，謝府總管忙迎了上來，剛要請安，後面的主院裡卻傳來一陣撕心裂肺的哭聲。

安鈞之寒毛都立起來了，一撩袍子就往後面跑去。

一直來至謝莞的房間，往裡一看，心頓時一涼。

以雍容優雅聞名的岳父謝明揚這會兒正跌坐地面、老淚縱橫，自己的岳母則直挺挺躺在地上，明顯已經昏了過去。

本是請來救治謝莞的御醫，正手忙腳亂地施救，謝玉和謝莞的夫人也都是哭得快要昏過去的模樣。

安鈞之慌忙上前攙起謝明揚，口中連呼：「岳父大人、岳父大人！」

謝明揚卻是兀自呵呵哭叫出聲。

小兒子不明不白地歿了，現在連大兒子也死於非命，豈不是意味著自己謝家這一脈已是絕了嗎？

「謝公。」楚晗也聞訊趕來，看到謝明揚悲痛欲絕的模樣，也很痛惜。「謝公放心，竟敢在光天化日之下動手殺人，本殿一定會責成昭王爺以最快速度捉拿凶手，給謝公一個交代。」

嘴上如此說，心裡卻開始盤算。日前正是楚昭負責京畿治安，卻在皇城近郊發生這樣大的案子，楚昭再怎麼也難辭其咎，若是稍加推動……

「老臣多謝太子殿下，」謝明揚倚著安鈞之的攙扶，勉強站穩身形，垂淚道：「莞兒沒了，以後還望太子殿下能多多照拂鈞之，老臣也就女兒女婿這麼些親人了……」

「謝公放心，本殿心裡一向拿玉兒當自家妹子，鈞之也就是本殿的妹夫了，有本殿在，自不會讓他吃虧。」

聽楚晗這樣說，安鈞之激動得臉都紅了。和以往審慎的心思不同，毫無疑問，太子這是明白表示已經完全接納了自己！

豈不是意味著，太子會全力支持自己坐上安家家主的位置？

「他只能也必須支持你。」謝明揚一眼看穿了安鈞之的心思，無力仰躺在繡墊上，歇了片刻，終於又有了些力氣。「我這幾日會著人和安老公爺商量你和玉兒的婚事。很快，就會讓你坐上安家家主的位置。」

曾幾何時，自己無數次嘲笑容文翰，偌大的容家竟要一個女兒承嗣，卻沒料到，到頭來，自己竟是連容文翰都不如。莞兒結婚時日尚短，並沒留有一男半女，自己也就玉兒這麼點骨血了，可相較於容家女而言，玉兒怕完全不是對手！

本來安鈞之之於謝家，不過是可有可無的雞肋罷了，現在卻成了謝家僅有的依靠。

眼下當務之急，就是先要集中全力助安鈞之上位，最起碼也要逼得安雲烈先確立了女婿世子的位置！

第九十三章

「謝莞死了？」聽到這個消息，霽雲不覺怔了一下。

謝莞就這麼死了？

那日深山追殺，這人何等心狠手辣，本還以為要到謝家倒了，才有可能報得大仇，卻沒有想到竟這麼容易就死了？

倒要感謝那不知名的俠客。

「還有啊，謝家小姐的婚事，聽說也提前至本月初六了。」青荇繼續稟道。

霽雲嗯了一聲，微微閉上眼睛，前面的車夫卻猛然一勒馬韁繩，那馬似是有些受驚，一陣怪叫。

車正好行駛到最熱鬧的鑫安街，人流密集，車行速度並不快，饒是如此，霽雲仍被驚了一下，剛要探頭去問發生了什麼事，轎簾卻猛地被掀開，接著，一個五、六歲的孩子手忙腳亂地爬上了車。

那孩子瞧著瘦弱至極，明顯是嚇得很了，竟然直直衝向霽雲的懷裡，死死摟住霽雲的腰不放。

「哪裡來的小孩子？」青荇嚇了一跳，忙用力去掰孩子的手。孩子吃痛不過，一下跌坐在地，正好露出霧濛濛、漂亮至極的一雙大眼睛，宛若一隻受驚的小動物，就那麼畏懼又充滿渴望地盯著霽雲。

被那麼一雙眼睛瞧著，霽雲的心忽然就軟了一下，忙讓青荇退開，自己上前俯身抱起孩子，又掏出手絹仔細擦去孩子臉上的髒污。

許是從沒有被人這麼溫柔地對待過，孩子一時有些怔忡，竟傻傻地盯著霽雲，眼睛也漸漸紅了。

霽雲愣了下，剛要開口撫慰，一個冰冷的聲音卻在耳邊響起。

「扔了他。」

「幹什麼？快讓開！」車夫方才被那個突然冒出來的孩子嚇了一跳，這會兒又被人攔住，不由大為惱火。

外面靜了一下，旋即，一個清亮的聲音傳來。

「裡面可是容家少主？穆羽有禮了。」

穆羽？霽雲一下坐直了身子。

自那日見到姬二，霽雲就明白，想必穆羽很快就會出現在自己面前，沒料到竟然這麼快就見了面……

只是，這聲音……

穆羽一身紫色錦袍，一眨不眨地盯著沒有一點聲息的車廂，攏在袖子中的手不自覺攥緊成拳。

似是一瞬間，又似是過了一輩子，車門終於打開，霽雲緩步下了車，卻是冷冷瞧著車外的人，眼神中的憎惡和怨怪，能把人凍住一般。

「阿開……」沒想到霽雲竟是這麼一副拒人於千里之外的樣子，穆羽怔然片刻，神情逐漸悲涼，也不再看霽雲，大踏步來至車前，一把拉開車門。

車裡的孩子發出一聲低低的驚叫，拚命想要往後縮，卻被穆羽一把拽了下來，回身交給身後的侍衛。「鄭小王爺，你又頑皮了。」

那孩子終於不再掙扎，臉上充滿絕望的灰敗之色。

鄭小王爺？霽雲愣了一下，旋即了然。這孩子就是祈梁皇上最心愛的那位皇姪鄭樾嗎？怪不得舉止間如斯優雅。

「容霽雲，妳一向這麼喜歡多管閒事嗎？先是救了個恩將仇報的，現在又救了個包藏禍心的，這世上怎麼會有妳這麼蠢的女人！」經過霽雲身邊時，穆羽忽然站住腳，以兩人才能聽到的聲音道。

恩將仇報？霽雲神情充滿譏諷。穆羽的心裡，一定對自己這樣認定他很是憤怒吧？只是他又如何知道，上輩子他恩將仇報，把自己和爹爹逼到了何種境地！

見霽雲始終低著頭，不願看自己一眼，穆羽盯著那小小的側臉，呼吸逐漸粗重，說出的話，幾乎是從牙縫裡擠出來的。

「容霽雲，當初救了我，妳是不是很後悔？」

霽雲終於慢慢抬頭，定定看著穆羽，似是在看著穆羽，又好像透過穆羽看另外一個人。良久，她終於一字一字慢慢道：「是，我很後悔。若是知道——」

話沒說完，穆羽忽然轉身，大踏步離開，抱著鄭樾就飛身上馬。

「姊姊……」鄭樾嘴唇輕輕嚅動著，神情中滿是絕望的哀懇之色，卻來不及有動作，便被穆羽單手箝住兩隻胳膊。

「放了我吧，求你。」回去的話，自己就和那短命的爹爹以及兄弟一般，只有死路一條。

鄭樾小鹿一般的眼睛滿是淚水，細細的抽噎讓人聽了更不由心生憐愛，只是可惜，對象卻是穆羽。

「鄭樾，收起你的眼淚吧。」穆羽冷笑一聲。也就容霽雲那個蠢女人會被隨隨便便的眼淚給騙到。真要帶回府裡，以祈梁和容家不死不休的大仇，怕是跳進黃河也洗不清了。

這世上哪有單純的人？就是這鄭樾也絕不簡單，不然面對伯父的重重殺機，只怕也早就同他那一干兄弟一樣，化為腐屍了。

鄭樾終於停止了掙扎，絕望地靠在穆羽懷裡，低低道：「我只是想活下去，就只是，想活下去啊……」

「活下去？」穆羽卻沒有絲毫同情之色。「你想活下去是你的事情。可是，你不該招惹她。要怪就只能怪你命不好，不該生在帝王家……」

最後一句話語氣卻是淒涼至極，不知是在說別人，還是在說自己。

回到皇宮，宮內果然已是人仰馬翻。

聽說鄭樾帶了幾位侍衛逛街卻走失了，便是楚琮也嚇了一跳，忙親自過來探問。

鄭煌更是坐立不安，神情焦灼又懊悔。

「都是朕不好，若是朕親自陪著樾兒，他又怎麼會走失？」那些侍衛早已嚇得面無人色，跪在地上不住磕頭請罪。

正自焦頭爛額，卻聽外面一陣沈穩的腳步聲，簾櫳一挑，穆羽抱了鄭樾邁步而入。

鄭煌一眼看見穆羽懷裡的姪子，臉色僵了下，旋即換上一張再溫煦不過的笑臉，疾步上前，一把抱住鄭樾。

「樾兒，你去了哪裡？怎麼去了這麼久？皇伯伯真是擔心死了！」

鄭樾乖乖地任鄭煌抱著，又恢復了往常膽小怕事的樣子，用小貓一樣的聲音道：「伯父。」明顯對一下湧出來這麼多人很害怕，小小的身子拚命地往鄭煌背後縮。

「孤正好碰到小王爺，看他孤身一人，就把他帶回來了。」穆羽淡然道。

「多謝攝政王殿下。」鄭煌邊俯身把鄭樾抱起來，邊感激地對著穆羽道：「朕這姪兒素來膽小，全賴殿下，才能安然回到朕身旁。若是樾兒真的不見了，朕有何顏面見兄弟於地下？攝政王能親自送樾兒回宮，朕實在感激不盡。」

楚琮有些深思地看了穆羽一眼，心裡委實納罕不已。以這位攝政王平日冷冰冰的模樣，根本不是愛管閒事的性子，更重要的是，祈梁這幾年休養生息，國力逐漸強盛，這段時間越發表現出對昔日所簽順表不滿的意思。

自己剛聽說鄭樾不見了，第一感覺怕是祈梁故意為之，好再次挑起三國的亂局，沒想到會被穆羽給送回來。

實在想不通，這穆羽葫蘆裡賣的是什麼藥！

好在鄭樾既已找回，自己心裡一顆大石頭也算落了地。

又好言安撫了鄭樾幾句，這才告辭離開。

穆羽也謝絕了鄭煌的盛情挽留，緩步離去。

待所有人離開，鄭煌一下轉過頭來，兩隻暴突的眼睛中全是狠辣無情之意。

那些侍衛早已習慣了這樣的場面，悄沒聲息地就全退了出去。

鄭樾嚇得一下抱住頭縮成一團。

「你不是爬上了容霽雲的車嗎？又怎麼會和穆羽在一起？」鄭煌逼近一步。

鄭樾臉上沒有一點血色，恐懼至極地瞧著鄭煌，一句話也說不出。

「說！」鄭煌抬起腳來，鄭樾小小的身子飛起來，重重撞在牆上，又極快地從牆上滑落。

鄭樾疼得猛地張了下嘴，但發不出一點聲音，只是掙扎地捂著肚子，翻身跪伏在角落裡。

一直到鄭煌的腳步聲逐漸遠去，鄭樾才蜷著身子，無力地躺倒，側臥在冰冷的地面上……

「鄭樾上了容霽雲的車，最後卻被攝政王給送了回來？」西岐皇上穆璠順手把手裡的蹴鞠給扔了出去。「這倒有意思啊……穆羽那個魔鬼，也有想要討好的人？朕倒想見識見識，那個大楚第一世女……」

寶劍的寒光，倒下的屍體，絕望的哭泣，仇恨的眼神……

「不、不，別恨我，別哭，我沒有要殺妳……沒有，我怎麼會捨得！阿開……」

穆羽猛地坐起身來，已是一身的冷汗，甚至連身上的錦被都帶著濃濃的濕意。

竟然又是那個夢。

也不知道為什麼，從小到大，穆羽每隔幾天總會作同一個夢。

一處殘破的廟宇，兩個模糊的人影，數個被自己逼得步步後退的武人，自己一個縱身，手起劍落處是滾落一地的人頭。然後那兩個人影逐漸疊加，幻化成一張更加模糊的臉，那眼中的悲涼和痛恨卻如一柄鐵錘，砸得他喘不過氣來；而且無論自己如何掙扎，那張由悲哀和痛悔織就的大網，始終牢牢束縛在身上……

穆羽伏在冰冷的床頭不住喘著粗氣，甚至臉色也是慘白的。方才那個夢境再一次出現，讓他怎麼也無法接受的是，這一次，他終於看清了夢中那雙仇恨的眼睛屬於誰——竟然是容霽雲！

斜飛入鬢、有著幾分英氣的眉，微微上挑兼有嫵媚與剛毅的鳳眼，自己絕不會認錯，即便夢中那個身影更纖細些，年齡也更大些，甚至衣衫也是破爛不堪，可那雙眼睛絕對屬於容霽雲。

一定是白日裡，被阿開的無情給傷到了吧？不然自己怎麼會作這麼一個離奇的夢境？

容霽雲會成為衣衫襤褸的乞丐？便是說破天，堂堂大楚第一世女也不可能落到那樣不堪的境地。

而且，縱使阿開再無情，自己又如何捨得瞧著她如此悲慘？更不要說，還是自己把她逼至那般絕境！

所以，這只是夢，一切也都是巧合罷了。

直到日上三竿，穆羽才走出房間，迎面正好碰上姬二。

「怎麼了，又沒睡好？」看見外甥憔悴的樣子，姬二不由皺了下眉頭。羽兒本就有失眠的症頭，自從那日棲山寺歸來，明顯更為嚴重了。

「皇上呢？」穆羽卻是不願多說的樣子。

「皇上？」姬二哼了聲。「一大早就出去了。」

那個小鬼頭，還真當天下就他一個聰明人了。也不知道羽兒怎麼想的，明明是個禍根，偏偏要留著做什麼！

「出去了？」穆羽愣了一下。「有人跟著嗎？」

「除了十名鐵衛外，還有安家的少爺伴駕。」姬二撇了撇嘴道。當然，穆璠假惺惺地表達了希望皇叔一同去玩的意思，卻被姬二給否決了。

外甥的這個性子，自己不在後面推一把，怕是始終下不了決心解決這個禍患。

這麼好的機會，當然要讓他多蹦躂蹦躂。

「安家少爺？」穆羽一下抬起頭。阿呆嗎？

知道穆羽想些什麼，姬二忙擺手。「不是阿呆。」頓了頓。「是安家的探花郎，謝府的女婿，據傳也是安家下一任家主。」

安府。

看著坐在梳妝鏡前的謝玉，安鈞之的臉上是怎麼也掩不住的得意。

曾經幻想的一切都成了現實。

昨日，娶了謝家嫡女謝玉為妻，喜筵之上，皇上甚至親派特使前來祝賀，賞賜豐厚至極。

自己記得沒錯的話，從來都是只有安家世子才有此殊榮。

還以為謝明揚所說，全力支持自己坐上安家家主的位置是虛言罷了，也不知要待得何時才會兌現，沒料到竟然這麼快就要成為現實。

謝玉卻是低垂著頭，神情明顯平靜得多。

丫鬟很快幫謝玉梳妝完畢，安鈞之也回過神來，忙上前一步，握住謝玉的手，柔聲道：「待會兒讓秋棠她們先陪妳去主院，我還有些事要處理，很快就到。」

「是，夫君。」謝玉抬頭，明顯有些疑惑，神情卻是柔順的模樣。

出嫁前爹爹交代得清楚，哥哥沒了，以後自己也好，謝家也罷，必須靠著安鈞之。更重要的是，敬茶時應該會見到安彌遜吧？無論如何也要讓他瞧瞧，自己還是嫁進了安府，而且只有娶了自己的人，才有資格成為安家的下一任家主！

梳妝完畢，謝玉在一眾丫鬟僕婦的簇擁下，徑直往安雲烈夫婦居住的主院而去。

剛拐了個彎，遠遠便瞧見一個挺拔的身影正匆匆而來。

「好像是安彌遜少爺。」秋棠是謝玉最貼心的大丫鬟，當初在醉仙樓時，陪著謝玉見過阿遜的，這會兒雖離得還有些遠，還是一眼就認了出來。

謝玉眼睛閃過一抹冷意。

不用秋棠說，謝玉早就認了出來，那人正是安彌遜。

她加快了腳步，徑直迎著阿遜而去，心裡盤算著，要如何羞辱他，才能讓自己心裡舒服些。

「遜兒。」一道蒼老的聲音卻忽然響起。

謝玉愣了一下，忙垂下頭，神情轉為恭敬無比。

安雲烈正從院子裡走了出來。

「祖父。」知道安雲烈是擔心自己，阿遜忙站住腳，看都不看謝玉一眼。

這安府裡，自己在意的也就祖父、祖母兩人罷了，其他人又算什麼東西。

安雲烈的眼中卻滿含愧疚。

錚之就這一點骨血罷了，自己卻全無所知，以致令他多年流落在外，甚至好好的一張臉，都被毀成那般不忍卒睹的模樣。本想著帶在身邊好好補償，現在倒好，竟是除了些財物，再給不了他多少東西。

鈞之大婚前夕，皇上特意把自己宣進宮內，促膝長談了一個多時辰，可話裡話外的意思，無非是讓自己儘快安排立鈞之為世子之事。

用腳趾頭想也知道，這件事肯定是謝明揚那個老狐狸在背後推波助瀾。

可又有什麼法子呢？

以容家安家在朝中的影響，怕是稍有個風吹草動，就會引起皇上的猜忌，若是兩家真是世子世女結親，怕皇上會晝夜難眠。

再加上謝家……

眼看謝玉正快步而來，阿遜著實厭惡得緊，衝欲言又止的安雲烈點了下頭。「我還有事，就不陪祖父了。」

說完，就往府門外而去。

謝玉本想著怎麼也要讓安彌遜在自己面前低頭，哪知緊趕慢趕的，不過看到阿遜上了馬兒的背影罷了，頓時很是憋氣。

安鈞之正好也到了，忙也上前給安雲烈見禮。

謝玉已然轉了心思，想要在安雲烈面前好好表現一番，卻不想安雲烈卻是招呼安鈞之一道去了後面書房，對謝玉似乎有些不喜。

謝玉嚇了一跳，怎麼也想不明白哪裡得罪了公公。

「鈞之，爹年紀也大了，以後，這府裡就要靠你了。」安雲烈回至書房裡，沈默了好久才道。

靠自己？安鈞之心裡頓時樂開了花。這可是老爺子第一次明明白白表示，會把安府交給自己，只要自己做了家主，想要收拾安彌遜那個兔崽子，那還不是易如反掌的一件事？

「府裡的事務，你以後多留心，真有哪個地方拿不定主意，可以和遜兒商量，實在不行的話，再來找我。」安雲烈續道，無視安鈞之一臉的不服氣。

所謂書生意氣、志大才疏，說的就是鈞之這樣的人吧？若不是實在沒有辦法……安雲烈不覺嘆氣。

「成了親，你也算是有家有室的人了。」安雲烈衝外面招了招手，安武偕老管家很快捧了一疊高高的簿冊過來。「咱們府裡的帳，你有時間了也瞧一瞧。對了，還有遜兒成親要用的東西。」

應該說是嫁妝的，可安雲烈怎麼也說不出口。

「我想了，這幾處莊子，本就是錚之名下的，現在自然要交由遜兒帶走；還有這幾處店鋪，也是你娘給錚之攢下的……」

安鈞之越聽臉色越難看。好不容易，安雲烈終於住了嘴，安鈞之算了算，就這麼會兒，怕是已經給出一半家產了，雖不住咬牙，卻也只得勉強應了。

剛要告辭離開，哪知安雲烈又拿了一疊地契道：「還有這些是我的心意，遜兒要到容家去，咱們怎麼著也不能讓人家把我們瞧扁了去。」

第九十四章

安鈞之最後走出門時，臉色完全都是鐵青的。

怕容家把我們瞧扁，怎麼不怕謝家把我們瞧扁！這麼多好東西，怎麼就不想著送給我媳婦當見面禮！

眼看著入宮伴駕的時間已經到了，他也不敢再停留，氣沖沖地行至大門外，正好看到大門旁的石獅子後，一個穿著灰色衣衫、看不清臉面的女人，正有氣無力地蹲在那裡，立時氣不打一處來，衝著門房怒道：「什麼閒雜人等也可以來我安府門前晃悠的嗎？還不快趕了去，真是一幫廢物！」

那門房嚇了一跳，不敢怠慢，忙順著安鈞之指的方向看去，神情頓時很茫然。

「少爺，那裡什麼也沒有啊！」

「什麼也沒有？你們的狗眼睛——」安鈞之罵到一半的話忽然頓住，不由揉了揉眼睛，石獅子後面果然空空如也，哪有半個影子？忙又往四處看，方圓一里之內，竟是連個鬼影都沒有。

「真是見鬼了！」安鈞之哼了聲，一邊踩著下人的背，便要往車上爬，哪想到剛上車，就是咚的一聲，安鈞之一聲慘叫，卻是車子忽然無緣無故就斷成兩截，把他摔得叫苦不迭。

好不容易從地上爬起來，有機靈的奴才又套了輛馬車過來，安鈞之趕緊爬上去，哪知還沒坐穩，車子再次斷為兩截。

甚至第三次，安鈞之先讓奴才坐上去，看沒事了，自己才小心翼翼爬上去，但屁股剛一挨到車廂，好好的一輛車子再次應聲而斷。

到這個時候，安鈞之即便再蠢，也明白肯定是有人和自己過不去，可又怕去晚了，穆璠怪罪，只得一邊惱羞成怒地讓暗衛拿人，一邊命人牽了匹馬過來，只是剛坐到馬上，身子一下就繃得筆直。

安鈞之真是想死的心都有了。狠狠摔了這麼幾次，屁股早又紅又腫了吧？就自己那拙劣的馬術，再在馬背上顛簸……正想著呢，那馬猛地一揚蹄，嚇得安鈞之忙死命抱住馬脖子。

眼看安鈞之一行狼狽地走遠，方才那個一身灰撲撲的女人再次出現在石獅子的後面，依舊是抱著頭、可憐巴巴的模樣。

「軒軒，一定得讓兩個安少爺都吃苦頭嗎？收拾一個不行嗎？」

女子咕噥著抬起頭來，竟是一張愁眉緊鎖卻無比精緻的俏臉。

為了找到安府，已經跑遍了整座上京城，難道要再把上京城跑一圈，去找那個安小少爺嗎？

是啦，自己那時候跟蹤軒軒，是去過那些鋪子，可那不是為了看軒軒嗎？現在軒軒又不在那裡，那些店鋪自己老早就忘了在哪裡。天生路癡的人，沒得救啊！

她啃了指甲一大會兒。算了，不管了，軒軒說，小少爺要娶他最心愛的妹妹，不受點懲罰怎麼行？

可怎麼又覺得心裡酸酸的呢，妹妹是他最心愛的，那自己算什麼？

啊呀，自己真的墮落了，爹爹生前總是誇自己心胸最豁達，自己這會兒怎麼這麼小家子氣，軒軒最心愛的妹妹，自然也是自己最心愛的妹妹了。

教訓一下那個未來的妹夫也好，省得他將來欺負自己妹子。

這樣想著，又精神抖擻了，拚著再跑遍整個上京城，也要找到安彌遜！

門房正好探出頭來，只見一道殘影一閃而逝，忙揉了揉眼，再看過去，卻什麼都沒有了。

安彌遜此時正和霽雲在一起。

一大早便聽容五回稟了昨日大街上遇到穆羽一事，阿遜聽得心裡咯噔一下，直覺事情怕是沒有那麼簡單。

「不然以後，雲兒就在家待著，哪裡也不要去了。若是萬不得已定要出門，必須要多帶侍衛。還有……」

霽雲一陣頭大。昨天爹爹聽說後，也是這般反應，好像家裡這兩個男人眼裡，自己就是世上最禁不起摔打的易碎物品，看阿遜一副緊張兮兮要繼續嘮叨的勁頭，忙搖了搖阿遜的胳膊。

「我讓廚娘做了你愛吃的點心，要不要嚐嚐？」

「點心？」阿遜愣了下，方才有說到點心嗎？剛要答話，卻立刻抱住霽雲一個旋身，衝著窗外厲聲道：「誰在外面？」

說著，人已經飛身而出。

「咦？」外面的人明顯有些驚奇。

等霽雲慌忙跑出去時，只有阿遜一個人站在院子裡，臉上的面具卻不翼而飛，一張俊美逼人的容顏赫然顯露出來。

「怎麼回事？」霽雲大吃一驚。什麼人這麼厲害，竟能把阿遜的面具都搶了去？

正自驚疑不定，一道有些沙啞的女聲清晰傳來。

「不許欺負小妹妹，不然我家軒軒會很生氣；我家軒軒生氣了，我也會很生氣。」

這是哪兒跟哪兒啊？霽雲聽得一頭霧水，可等等？什麼叫她家軒軒？

難道是……

霽雲一下屏住了呼吸，拔足就往外追。

「站住！快告訴我，我三哥在哪裡？」

阿遜忙也追了出去，只是街上人潮熙攘，哪還有方才那人半點影子？

「阿遜！」霽雲一把握住阿遜的手，神情焦灼，聲音都是抖的。「你方才也聽到了，那人提到三哥了是不是？」

「是，我聽到了。」阿遜心裡說不清什麼滋味。自出道以來，還從未有過敵手，卻沒想到一個突然出現的女子竟有這麼強的功夫，怕是還在自己之上！

好在聽她的口氣，應該不是敵人。

「咱們進去吧，她若想走，怕是沒有人留得住她。」阿遜反握住霽雲的手，安慰道：「不過，三哥若和她在一起，安全絕對無虞。」

「那是容霽雲？」街道對面，安鈞之和穆璠正好走來，一眼看到霽雲，以及她身旁那舉止親密卻絕不是安彌遜的俊美年輕人。

安鈞之只覺得呼吸都快要停止了，恨不得仰頭大笑三聲。

還沒成親，就被戴上了這麼一頂綠油油的帽子，安彌遜，你也有今日！

對了，今早上那豐厚的嫁妝，說不定自己想個法子，也可以省了呢！

「有什麼好玩的嗎？」瞧著安鈞之臉色青紅不定，一會兒橫眉冷對一會兒眉開眼笑，旁邊的穆璠很是奇怪，順著安鈞之的視線瞧過去，卻是什麼都沒看見。

安鈞之這才回神，回頭看見穆璠正一臉探究地瞧著自己，頓時有些尷尬。

「公子不是想要逛逛商鋪，買些小玩意兒嗎？前面就是了。」

說著，一指前面霽雲和阿遜方才站的那處店鋪。

要想人贓俱獲，怎麼著也得多掌握些證據才好。

穆璠目光定在店鋪前面「順興」兩個大字上，眼睛閃了閃，心裡卻不住冷笑。順興？不就是容家世女的商號嗎？

倒要瞧瞧，在攝政王心裡，這女人的分量有多重！

當即舉步往鋪子而去。

謝家商鋪的大掌櫃周發正好送客人出來，遠遠看見安鈞之領了人過來，愣了一下，忙笑咪咪地迎上前。

「姑爺，您怎麼來了？可是有什麼事要吩咐小的？」

謝玉名下的鋪子當初也是一併交給周發打理，安鈞之也認得，想了想道：「是這位穆爺想要買些稀罕玩意兒。鋪子裡的事情你也是極熟的，跟我們來吧。」

周發頓時受寵若驚，再一看安鈞之對穆璠恭敬的模樣，心裡頓時犯起了嘀咕。自家姑爺那是什麼身分，現在卻對一個少年這般恭敬，豈不是說這少年的背景怕是更加顯赫？

又見安鈞之竟然領著穆璠直奔容家鋪子而去，心裡更是驚疑不定，卻也不敢去問，忙跑著跟了上去。

因霽雲和安鈞之在內廳商量事情，這會兒是張才守在外面，看到來了客人，忙迎了上去，笑呵呵道：「幾位客官，不知想買些什麼？」

還沒靠近，卻被幾個侍衛一下搡開，張才猝不及防，差點跌倒，臉色頓時就有些難看，穆璠卻高興地拍著手哈哈大笑。

這是誰家孩子，這麼囂張？

張才很是惱火。自從跟著小姐做事，什麼時候被人這麼冒犯過？也不知哪家的孩子帶了幾個豪奴過來，竟然就在容家地盤上撒野。

想要發火，卻又想到小姐吩咐過，做生意的人要以和為貴，只得把那口氣又嚥了下去，交代夥計一聲，自己則回鋪子裡，不想再搭理穆璠幾個。

「喂，你這是什麼態度？」穆璠登時就來了氣，一副很不高興的模樣。本就是存了別的心思，這會兒自然是要借題發揮。「敢在朕——真爺面前擺譜，還真是好大的膽子！」

看穆璠不高興，旁邊的安鈞之忙使了個眼色，便有侍衛上前攔住張才的去路。

真爺？張才簡直要被氣笑了，多大個小屁孩，自己面前也敢稱爺？卻還是忍了氣，皺著眉頭道：「這位小哥，你要什麼，告訴夥計一聲就是，我還有事，就不奉陪了。」

「小二？」穆璠臉拉得更長。「怎麼，侍奉爺委屈你這奴才了？把你們主子叫出來，真爺還不讓你伺候了，讓你們主子自己滾出來伺候吧。」

「讓我們主子來伺候你？」張才一聽就火了。這小屁孩還真是蹬鼻子上臉啊，自己不和他一般見識也罷了，真就不知道自己是誰了！

小姐侍奉他？還滾出來？這人以為他是誰啊？

手一揮，不耐煩道：「走走走，小孩家家的，不和你一般見識。讓你家大人快把你領走，不買東西別搗亂。」

手卻忽然一痛，卻是被兩個宮中侍衛反剪住雙手，狠狠推倒在穆璠跟前。

周發這會兒也明白了，怪不得少爺會領著客人到容家的鋪子來，原來是擺明了要來收拾容家的。這少年的身分竟是顯赫到容家也惹不起嗎？

這段時間真是被容家打壓得狠了，現在看張才被這般粗魯對待，周發心裡頓時暢快至極，擠到前面狐假虎威道：「真爺是誰呀？你這奴才也敢惹?!張才，你好大的狗膽，還不快給真爺磕頭賠罪！」

「周發？」張才愣了一下，頓時恍然，怒道：「這些人都是你叫來故意到我們鋪子裡找碴的是不是？快帶著你的人滾出去，不然——」

話音未落，穆璠已經朝著旁邊侍衛使了個眼色，那侍衛臉色一寒，抬腳朝著張才當胸就踹了過去。

「大膽！在我們爺面前也敢放肆，真是找死！」

「小兔崽子你敢打！」張才沒想到那人竟敢真動手打自己，頓時大怒。哪知一句話剛出口，那侍衛臉色一變，當胸一腳踹了過去，張才慘叫一聲就飛了出去，頭不偏不倚地撞在牆壁上，又從牆壁上慢慢滑下。

「裝什麼死狗，快起來。」看張才躺在地上不動，周發越發快活，跑過去狠狠踢了張才一腳。「想要裝死嗎？」

卻沒想到張才的身體一下翻了過來，脖子呈現不正常的扭曲狀，看那模樣，怕是真的死了。

「啊！」周發嚇得慘叫一聲，臉色頓時和白紙一般。還以為張才是裝的呢，怎麼一眨眼的工夫，竟然就真的把人給打死了？不會是自己方才踢的那一腳吧？

周發險些沒嚇暈過去，轉身就想跑，卻一下被人揪住後衣襟。

周發嚇得寒毛都豎起來了，伸手一指那動手的侍衛。「張才……不是我殺的，是真爺的手下！」

身後人手一抬，周發的身體朝著穩坐在中間的穆璠就砸了過去。

穆璠驚得忙要閃躲，但哪裡來得及？眼看就要被砸個正著，方才那侍衛倒是眼明手快，一腳朝著周發的後心就踹了過去，周發肥胖的身體重重地砸在大街上，一下暈了過去。

穆璠雖沒有被砸倒，還是因為太過驚慌失措，連人帶椅地翻倒在地。

旁邊的安鈞之則是大喜。這個突然出現的俊美男子，可不就是方才那個同容霽雲很是親密的男人？果然還沒有走，這事情還是鬧得再大些才好！

「你們誰殺了張才？」霽雲扶起張才的頭，才發現人已經沒了氣息，頓時又驚又怒。

穆璠已經在侍衛的攙扶下從地上爬了起來。再怎麼狠毒，也畢竟是小孩子心性，加上穆羽雖獨攬大權，卻也從未虧待過他，哪裡吃過這般苦頭？頓時大怒，冷聲道：「是那個狗奴才自己該死，怎麼，妳是不是也想學他？」

先是殺了張才，現在還敢在自己面前對霽雲這般無禮！

阿遜眼中全是冰冷的殺意，忽然出手如電，朝著周發方才指認的那侍衛就攻了過去。

穆璠沒想到這突然出現的男子如此大膽，先是用周發來砸自己，現在更是要手刃自己侍衛，當下恨聲道：「你們一起上，殺了他！」

那些侍衛除了穆璠的貼身侍衛外，其餘全是安鈞之為防萬一，從安府中帶來的，方才看那侍衛驟然使出殺手殺了自己同胞，早個個憤怒至極，這會兒看阿遜這般悍然無畏，只覺痛快至極，雖然穆璠下了命令，但哪個肯聽？這般略一猶豫，阿遜已經手起刀落，唰嚓一聲砍了那侍衛的人頭下來。

「哪裡來的賊人，竟敢在光天化日之下在上京街頭殺人，真是該死之至！」

說著，提了那血淋淋的人頭對著穆璠一揚手，森然道：「所謂血債血償，你這凶徒，竟敢縱容手下如此為非作歹，當真膽大妄為。某家今日也算替你清理門戶了，識相的話，還不現在就滾去官府自首！」

隨著阿遜的動作，那被砍了頭顱的侍衛頓時有幾滴血濺到穆璠的臉上，溫熱的血腥味，再配上阿遜猙獰的表情，饒是穆璠那般陰狠的人，也嚇得差點尿褲。

那些侍衛更是完全被阿遜神出鬼沒又毛骨悚然的身手給嚇到，生怕阿遜再對穆璠不利，忙把穆璠護在中間。

安鈞之則是大喜。自己正想著怎麼對那姦夫下手，正好，這小子就自己送上門了，當即一揮手，對身後冷眼旁觀沒有任何動作的府中暗衛道：「愣著幹什麼？還不快抓刺客！」

「抓刺客？」霽雲已經放開張才的屍體，上前攔在眾人面前，冰寒的眼睛直視安鈞之。「還真是好大的口氣。看你長得人模狗樣，沒想到卻是這般冥頑不靈的凶惡之徒！我這管事也是有妻有子有家有室之人，你們竟然不問青紅皂白就將他這般虐殺，當真可惡至極，該死之至！」

安鈞之被罵得臉一陣紅一陣白，咬牙道：「一群飯桶！還愣著幹什麼，還不快去把那殺人凶手拿下！」

卻不防阿遜早聽得不耐煩，上前揪住安鈞之的衣襟，朝著大街上就摔了過去。

「二爺！」安府侍衛雖然對這個敢殺西岐人、為同胞報仇的年輕人崇拜無比，可這般情形下，也不好沒有絲毫表示，只得咬牙拔出寶劍向阿遜圍了過去。

「我看你們誰敢！」霽雲怒聲道。

「這位公子你還是閃開吧，不然別怪我等刀劍無情。」一個安府侍衛終是有些不忍，出聲勸道。

「刀劍無情？」霽雲一聲冷笑。「真當我們容府是好欺負的嗎？」

話音剛落，又一群侍衛一擁而出，牢牢守護在霽雲周圍。

「容府？」那些侍衛頓時一愣。這公子是容府的人？那豈不是說，二爺方才難為的竟是少主的「婆家」人嗎？心裡頓時咯噔一下。

安鈞之已經從大街上一瘸一拐地回返，一想到自己堂堂探花郎、安府下一任家主，竟然被人這麼當街摔出去，安鈞之恨得要吃人的心都有，只是在霽雲面前也不敢太過放肆，只怒聲道：「還愣著做什麼？還不快把那窮凶極惡的歹徒給我拿下！若有膽敢阻撓者，以同罪論處！」

那些侍衛無法，只得揮刀上前。阿遜眼神暗了暗，抬劍就迎了上去。

霽雲則冷笑一聲。「有我容霽雲在，誰敢！」

除了容五、容六幾人虎視眈眈地瞧著穆璠，其餘侍衛全都加入了戰圈之中。

那一眾安府侍衛本是敬佩阿遜的英勇，出手時便處處容讓，不過幾個回合便叫苦不迭。怎麼這男子身手神出鬼沒不說，招式更是凌厲至極，竟是每一下都直攻要害，簡直防不勝防，本已經應對得很吃力；加上容府侍衛也加入戰圈，很快就力所難支。

為怕惹人耳目，穆璠和安鈞之不過帶了十多名侍衛，其餘眾人則在原處等著。本以為一個鋪子罷了，容霽雲肯定也不會有事沒事，天天弄一大堆侍衛在旁邊伺候著，沒想到竟有這麼一位可怕的閻王！

看眼前情形，別說容府侍衛也上前助陣，那俊美男人一個就足以對付他們的手下。

第九十五章

眼看又一個侍衛被男子一掌砍在頸上，癱倒在地，他的掌風掃得安鈞之的帽子都飛了出去，安鈞之嚇得大叫一聲，忙命身旁的兩個侍衛上前攔阻，不過幾個回合，也全被打趴下。

「你們幹什麼？快站住！」安鈞之的魂都要嚇飛了，剛要讓侍衛攔截，卻發現除了自己和穆璠之外，沒有一個侍衛還是站著的了！

只得哆嗦著指向穆璠道：「你們知道他是誰嗎？這可是西岐皇帝陛下，想要活命的話，就趕緊退下去！」

「西岐皇帝陛下？」接話的是霽雲。「也不怕風大閃了舌頭，以為我等是三歲小兒嗎？堂堂西岐國君，豈是這般藏頭露尾、心狠手辣的殘暴之人？當街殺人不算，現在竟然還敢冒充西岐皇室，真是該死！」

「朕——真的是西岐皇帝！」穆璠也是快要嚇哭的樣子，一指安鈞之道：「你們不認識我，總該認識他吧？他可是堂堂探花郎、安府少爺安鈞之！」

「是啊！」安鈞之也忙不迭點頭，戰戰兢兢道：「容小姐，我是安鈞之啊！」

「敢冒充安府的人，好大的膽子，給我掌嘴！安府與我容府什麼關係，又怎麼會做出這般喪盡天良之事！」霽雲卻是厲喝一聲，旁邊的侍衛上前就是一個大耳刮子。

安鈞之被打得轉了一圈，一張嘴吐出了一大口血沫子，甚至還有兩顆大牙也飛了出來，臉頓時腫了半邊，氣得渾身發抖，指著霽雲道：「妳敢——打我？好、好，妳不怕我告訴遜兒，讓他和妳——」

話音未落，卻被阿遜一把扼住喉嚨，露出一絲又是古怪又是諷刺的笑意。

「告訴就不必了。不過，我倒是很樂意告訴你最後的結果。」

說完，手用力一推，安鈞之就仰面倒在地上。「若不是看在……今天一定摘了你的腦袋！」

「啊！」穆璠這會兒終於體會到什麼叫恐懼，瞧著眾人一步步逼近自己，只嚇得心魂俱裂。「你們想要怎麼樣？朕可是——」

卻被阿遜一把抓住胸口衣襟，狠狠推倒在張才的屍體邊。「所謂殺人償命、欠債還錢，雖是那些奴才動手，卻是你這混帳指使，今日我就讓你也嘗嘗——」

「住手！」身後傳來一聲厲喝，緊接著，一個人影左衝右突地搶進人群，奪了穆璠便往後急退。

眾人回頭，站在門前的卻是兩個人，中間一人劍眉星目，俊美不在阿遜之下，旁邊一個中年人氣勢如虹，一看就是武林高手。

霽雲眼睛暗了一下，繼而大怒。正是穆羽和姬二。

看到穆璠如此狼狽，穆羽只覺氣惱至極。再怎麼不喜歡這個姪兒，可他也畢竟是西岐皇帝！只是滿腔的怒火在對上霽雲的眼睛時，心彷彿被人一下攥住。

阿開看自己的神情明晃晃地寫著「深惡痛絕」幾個字。

穆羽只覺胸口處傳來一陣尖銳的疼痛。

阿開現在的眼神，竟和夢裡那怨毒的雙眼全無二致！

霽雲此時心裡也是翻起了驚濤駭浪。原以為今生今世和穆羽應該是再無交集，沒料到自己雖然想要敬而遠之，這人偏要步步緊逼。

那穆璠不過是個孩子，自己和他遠日無怨、近日無仇，緣何會招惹得他來自己鋪子中行此喪盡天良之事？

若說方才事出突然，還沒想明白緣由的話，現在看到穆羽，一切便都豁然開朗。

怕是一切的根源全在於穆羽，不然，他怎麼會這麼巧趕來？

上一世，他步步緊逼，逼得自己和爹爹孤立無援、受盡屈辱。那般被世人驅逐唾罵如豬如狗、苟延殘喘的日子，即便再來一世，也讓自己難以忘懷。

穆羽有點被霽雲臉上的淒厲以及滔天恨意給嚇到，不由上前一步。

「阿開……」離得近了，他更注意到霽雲的領口上殷紅的血跡，心裡更是一緊。「妳受傷了？」

「是不是很遺憾，死的不是我？」霽雲眼神冷如寒冰，聲音更是悲愴至極。到底是什麼樣的孽緣，自己才會一世又一世地救下這個心如蛇蠍的男人！

聲音極輕，卻又如重錘一般狠狠敲在穆羽心上。

「穆羽，我真後悔，當初為什麼不看著你死……」

穆羽恍若雷擊，夢裡的霽雲也終於和眼前的人完全重合起來，不由一把握住霽雲的手腕。

「妳說什麼？」

阿開，妳怎麼可以這麼對我？這世上所有人都可以盼著我死，唯獨不能也不應該是妳！要是妳也盼著我死，那我活著還有什麼意義？

「放開雲兒！」阿遜在一旁暴喝道，抬手攻向穆羽。

「啊！」穆羽忽然仰天長嘯，一把推開霽雲，迎著阿遜就衝了上去，竟是一招一式以命相搏的模樣。

阿遜猝不及防，頓時有些手忙腳亂。

兩人本是師出同門，漸漸打了個旗鼓相當。

姬二不由皺眉。自己方才看得沒錯的話，羽兒痛極之下，怕是傷了肺腑，這般不要命的打法，必然有損身體。

當即揚聲道：「殿下且退後，這般凶徒就交予我處置！」

說著也不待穆羽回答，搶身上前，先是扣住穆羽手腕往自己身後一帶，跟著踹向阿遜的下盤，硬生生地分開了兩人。

穆羽站穩身姿，一把甩開姬二，掏出錦帕在嘴角抹了一下，一大口鮮血隨之沒入錦帕之中，卻是一眼也不願瞧向霽雲。

「來吧，小子！」此時的姬二卻好像換了一個人，哪還有平時吊兒郎當的模樣？那由內而外散出的殺氣，令得所有人都打了個寒噤。

阿遜卻仍是站在原地，沈聲道：「二當家。」

「少廢話！」姬二神情冷然。「當初羽兒放你離開時便說得明白，從那日起，你和我谷中再無半分關係，現在，你納命來吧！」

說著，揮拳直上。哪知阿遜身形一退，卻是並未還手。

「安某也是恩怨分明之人，今日之事斷不會退讓分毫，但十招之內，阿遜也絕不會還手。」

不還手？霽雲愣了一下，姬二的身手自己早有領教，而且聽阿遜的意思，他的一身功夫也是由姬二身上學來，全力應對怕也不是對手，要是不還手，簡直無法預料會是什麼情形。

一旁，穆羽冷眼旁觀霽雲擔憂急迫的表情，神情更是苦恨難當。

那兩人卻已經戰成一團，情況果如霽雲預料，只被動挨打絕不還手，不過兩招，阿遜情形已是萬分危急，第三招一下被姬二踹在右胸，身子一下倒飛出去。

霽雲猛地咬住嘴唇，卻又唯恐分了阿遜的心神，生生又把那聲驚呼嚥了下去。

啪！姬二又是一掌正中阿遜肩頭，阿遜再次倒飛了出去。

姬二手中長劍跟著急刺，眼看就要刺中阿遜的胸膛，竟是一副無論如何也要置他於死地的架勢。

「小心！」霽雲欺身一撲，就擋在阿遜身前。

姬二眼神一厲，恍若未睹，寶劍仍是毫不遲疑向霽雲刺了過去。害得羽兒那般傷心，自己現在就取了她的性命便是！

「阿開、二舅！」穆羽幾乎魂飛魄散，可以姬二的速度，自己就是全力撲過去，怕是也來不及。

「雲兒！」阿遜也嚇得心膽俱裂，身子閃電般躍起，一把攬過霽雲，自己則是迎著寶劍就送了過去。

眾人嚇得一下張大了嘴巴。這一劍下去，那男子必死無疑！

「咦？」一個驚異的聲音忽然傳來，聽著似是極遠，卻轉瞬間來至眼前，緊接著，一條柔軟的腰帶忽然如蛇般朝著姬二的後心要害襲來。

姬二後背處一陣發涼，只覺一陣死亡的氣息忽然覆蓋了自己，身子猛然躍起，寶劍隨之後撤，待站定身形回身看去，卻是個一身灰布衣衫、輕紗遮面的女子，正氣定神閒地立在那裡。

「阿遜。」霽雲臉色慘白。上一刻，真以為自此就會和阿遜天人永隔，惶然無措之下，一把緊握住阿遜的手。

阿遜用力回握了霽雲一下，都有一種劫後餘生的愴然和慶幸。

兩人的手由交握到分開，不過電光石火的瞬間，其他人都神情驚異地瞧著那突然出現的女子，倒是沒有察覺，但仍逃不過有心人的眼睛。

穆羽眼中一痛，剛從地上爬起來的安鈞之眸中則是閃過一抹戾色。

今日果然大有收穫，雖不知兩人說了些什麼，可那顯而易見的情意，即便是瞎子也能看得出來。

只要能把姦夫帶到老爺子面前，以安雲烈的脾氣，勢必會和容府決裂。

容霽雲這女人敢這樣對待自己，到時候就讓她嘗嘗什麼叫身敗名裂的滋味！

至於安彌遜，從他入府，自己的日子便如履薄冰，過得艱難至極，現在看他即便自甘墮落入贅容府也被人輕賤若此，心裡著實暢快至極。

而且今天的機會太為難得，看那俊美男子功夫也是厲害得緊，若沒有擊殺穆璠侍衛一事，無論如何也不會被自己抓住把柄。現在這種局面，即便有容霽雲護著，他再想脫身也是萬不可能。

他又把眼睛轉向場中，倒是這突兀出現的女子太過詭異，只希望那姬總管能一招把她斃命，不要攪了自己的好事才是。

不過看姬二那麼輕鬆就差點要了容霽雲姦夫的性命，要收拾個弱不禁風的女人，那還不是易如反掌？

姬二卻是少有的認真和慎重。

從出道以來，自己罕逢敵手，還是第一次有人給自己這種深不可測的感覺。

心裡卻又疑惑，這名女子雖是輕紗遮面，可那雙明眸顯示她年齡應該不大，即便自小習武，也不可能有這麼深厚的功力……

若是平常，姬二倒想和她討教一番，不過這麼危急時刻，自己卻不願和她糾纏。

當即冷聲道：「看姑娘身手也是同道中人，只是這般暗施手段、背後偷襲，委實不是大丈夫手段。」

「大丈夫？」女子神情明顯有些懊惱。「我本就不是啊！」

從前本覺得自己就是個男人，是爹爹膝下絕不輸於任何人的兒子，可自從遇到軒軒，才知道自己不是男人啊，真的真的是女人，不然怎麼會一看到軒軒的眼睛就會腿發軟、臉發熱、眼發直，站都站不穩。

有了軒軒後才發現，當女人好像也不錯，雖然現在自己還不能讓軒軒滿意，總有一天自己會讓他明白，自己真是如假包換、徹徹底底的女人！

可這男人竟然又說自己是什麼男子漢大丈夫？

只是自己臉上已沒有這樣那樣的疤痕，出來也知道戴面紗，跟人家說話時也盡可能細聲細氣，對看不順眼的人拳打腳踢，也已經很長時間不做了，難道改變了這麼多，仍然像個男人嗎？

那般誠摯的語氣使得姬二頓時梗了一下，只得忍了氣冷聲道：「姬某今日有事在身，姑娘若想討教，來日定當奉陪。」

女子終於明白了，姬二這是要趕自己走，頓時搖頭。幸虧自己又迷路了，本來說要出城，結果轉了一大圈，好巧不巧又跑回這裡。

很多時候，女子的腦筋是不怎麼轉彎的，可面對自己心愛的男人，還是會察言觀色的。

軒軒雖然吩咐自己，兩個安家少爺都要教訓一下，可說到那個安鈞之時，明顯厭惡無比，反倒是說到準妹夫時，雖是氣哼哼的，卻是無奈愛護居多。

這人想要妹夫的命，妹妹心裡該多難過啊？就像自己，若是有人要害軒軒，自己肯定會找人拚命。比方說那個太子，要不是軒軒罵了自己，自己一定會衝進太子府，把那男人閹了了事！

現在有人要殺妹夫，就是說破天去也不能答應啊！

沒想到這女人竟是油鹽不進，怎麼說也說不通，姬二氣得暴跳如雷，也不再說話，提劍揉身而上。

女子身形暴起，明明是胖大的灰布衣衫也遮不住的窈窕身姿，卻是悍勇不下於姬二，兩人身形交錯間雙掌相碰，頓時發出咚的一聲巨響，各自退出了十多步有餘。

和姬二的震驚不同，女子則是大為興奮，站在街中一聲長嘯，衝著姬二一招手。「痛快！今日定要與你大戰三百回合！」

這般豪放的話語，便是穆羽也不禁目瞪口呆。

霽雲眼中則是異彩連連。自己猜得沒錯的話，女子應該就是奉了三哥之命來給自己撐腰的吧？看她功夫，和姬二應該也是在伯仲之間。

心裡大為驚異之餘，更好奇到底這女子是什麼人，又和三哥是什麼關係？不過這樣好的時機，自然不能放過。

若是現在任由他們把阿遜帶走，事情的發展將完全無法掌控。

她伸手握了握阿遜的手，阿遜立時明白，猶豫片刻，卻是微微搖了搖頭。不是不明白霽雲擔心什麼，可方才姬二對雲兒的殺意，自己也是瞧見了的，若是自己此時離開，豈不是要把霽雲置於險境？

何況還有穆羽在這裡……

「無妨。你忘了，我是容家世女。」霽雲搖頭。方才姬二的心思無非是打著捉拿凶徒誤傷自己、刀劍無眼這樣的藉口，只要自己不再貿然行動，諒他也絕不敢在上京街頭就對自己動手。

一次尚可說是偶然，再來一次便是百口莫辯。看姬二對穆羽維護至極，定然不願因為自己而置穆羽於險境。

而且既然知道那女子是三哥的人，霽雲便存了一番保全的心思，只要阿遜走了，女子便可抽身離去，不必和姬二纏戰不休。

阿遜點頭，放下心來，再無疑慮，身形倏地騰起，朝著後面如飛而去。

「攔住他！」安鈞之本就一直盯著阿遜的動靜，看他要走，頓時大驚，忙指揮侍衛前去圍堵，卻被容府侍衛給攔住去路。

「想走？」穆羽臉色一寒。「沒那麼容易。」

剛要上前，卻被人仗劍擋住身形，卻是霽雲身邊最後兩個暗衛欺身撲了過來。

看霽雲身邊沒了護衛的人，看得津津有味的穆璠眼睛一轉，反身提了把刀，貓著腰朝著霽雲迫了過去。眼看到了霽雲身後，舉起大刀就想砍下去。

哪知前面的人突然消失，緊跟著，膝蓋處猛地一痛，他一下跪倒在地，卻是霽雲矮身把幾支金針狠狠刺入了他膝蓋處，而同一時間，穆璠手中大刀更是被一股大力撞飛。那力量太大了，甚至穆璠都被帶得飛了出去，重重落在地上，疼得眼淚都流下來。

再抬頭看時，卻是方才還在和侍衛纏鬥的穆羽已經飛身而至，眼中全是擔憂，對自己這個摔得淚流滿面的姪兒竟是瞧都沒瞧一眼。

旁邊的侍衛忙上前攙扶，穆璠臉色已是陰沈至極。當真好極，為了這個容府世女，穆羽竟是連在自己面前裝裝樣子都不願意，自己這一跤倒也摔得值了！

再站起來時，穆璠臉上的陰沈已經一掃而光，又恢復了飛揚跋扈、無理取鬧的模樣。穆羽不就是想把自己教養成這樣的無賴皇上嗎？那自己就如了他的意，到處惹禍就好，這次這麼多人瞧著，自己倒要看看，穆羽能不能為那個女人做到連她的情夫都包庇。

要真是那樣的話，樂子可就大了！

他竟一指霽雲，嚷嚷道：「這個女人明顯和那個刺殺朕的凶徒是一夥的，攝政王，你快把她抓了！」

霽雲這會兒也反應過來。沒想到穆羽會突然跑過來，還在大庭廣眾之下用這麼曖昧的方式把自己攬在懷裡，頓時氣得臉色通紅，用力一把推開穆羽，厭惡道：「不知攝政王又想要什麼陰謀手段？霽雲雖是女流，也會奉陪！」

穆羽猝不及防，被推得猛一踉蹌，一抬頭，正好對上她毫無半分暖色的眼神，竟是怒極反笑。「容霽雲，在妳眼裡我就是那般無恥之徒嗎？既然這樣，妳可不要求我才好！」

說著轉身大踏步而去，來至穆璠身邊，一下站住腳，懾人的眼眸駭得穆璠的小腿肚差點抽筋，帶著哭腔道：「皇叔，他們欺負我……」

卻被穆羽毫不掩飾的冷意凍得又把後面的話嚥了回去，慢慢低下了頭。

「是啊，攝政王殿下，」安鈞之也湊過來道。「方才那男子當真是窮凶極惡的亡命之徒，若是您晚來一步，那皇帝陛下說不定就……請攝政王殿下一定要把那男子斬首示眾、以儆效尤！」

「是嗎？」穆羽冷笑一聲。這人真把自己也當成了無知小孩嗎？自己厭極安彌遜，卻不代表願意被這樣的小人當槍使。

「安大人既然有此志向，那緝拿人犯之事就交由安大人全權處理。以安大人和那凶徒的關係，捉拿人犯還不是手到擒來？」

別人不知道，自己可是清楚，安彌遜不就是安雲烈的嫡親孫子？

第九十六章

看到穆羽離開，姬二也不敢戀戰，飛身退出戰圈，心中對那女子也是佩服無比。這麼一場大戰下來，自己已是大汗淋漓，看女子模樣亦是喘氣不已，可自己無論如何仍占不到一絲上風。

「好，姬某今日先不和妳囉嗦，來日定和妳分個上下高低！」

哪知女子顯然沒有打盡興，竟是皺著眉頭嘟囔道：「你這人真是好沒意思，要打就打，動不動就說來日，和女人一般嘰嘰歪歪，太不爽快！」

姬二身形已經飛起，聞言差點又摔下來，只是瞧這女子不是一般的天真愚蠢，自己真要和她較勁，怕是會被氣死。

當下豎起衣領權當沒聽見，一夾馬腹就揚長而去。

女子正在憤憤不平，忽聽有腳步聲靠近，忙回頭看去，卻是霽雲正行至近前，嚇得寒毛都豎起來了。

真是要命，怎麼又因為打架而忘了正事！

二叔可是一再囑咐，沒成功把軒軒娶回家——喔，不對，應該說沒成功嫁給軒軒前，絕不許和軒軒的任何一個家人接觸，不然自己鐵定會被人家哄得連祖宗八代都交代得清清楚楚。

「妳別過來。」女子極快地抬手捂住耳朵，看霽雲要張嘴，趕緊又加了一句：「也不許和我說話。」

說著身子凌空飛起，瞬間沒了蹤跡。

不會吧？這下換霽雲傻眼了，下意識地撫上自己的臉。自己真的很可怕嗎？不然，連把姬二都收拾得狼狽而去的女子，怎麼看到自己和見了鬼一樣？

坐在馬車裡，穆璠不時偷眼看看對面的穆羽，一副瑟縮不已、很是害怕的模樣，心裡卻是樂不可支。

以為自己不知道嗎？當初父皇就是死在這個奸人手裡，扶自己登上帝位，不過是緩兵之計罷了。

只是，自己也絕不會坐以待斃。

今天可是自己登基以來，最暢快的一天；看穆羽痛苦，真是和吃了仙丹一樣快活。

轉眼到了皇宮外，穆璠故意巴著車窗，哭喪著臉道：「皇叔，那女人指使她的情夫殺了我的侍衛……」

自己記得沒錯的話，方才穆羽明顯是惱了那容霽雲，自然要打鐵趁熱，讓他們鬧得不可開交才好。反正穆羽越是不好過，自己就越是舒心愜意。

「穆璠，還想在那個位置上多坐幾年的話，最好明白哪些話該說、哪些話不該說。」穆羽緩緩抬頭，雙目如劍，刺得穆璠渾身一抖。「如果再讓我發現一次，你有針對容霽雲的行為，你知道會發生什麼。」

說著張開手指，本是握在掌心的一塊美玉早已化為齏粉，從穆羽手中掉落塵埃。

再怎麼詭計多端，穆璠畢竟還是小孩子，聽穆羽竟然當著自己的面說出這麼大逆不道的話，偽裝的面具頓時土崩瓦解，先是神情怨毒無比，又很快被穆羽話裡的深意嚇到，臉色又變為一片慘白，只盼望著趕緊到皇宮，好從魔鬼一般的穆羽身邊逃開。

車子停穩，穆羽先下車，穆璠腳剛著地，卻是腿一軟。穆羽要伸手來扶，穆璠嚇得一哆嗦，幾乎是逃一樣地跑進了自己的房間。

「什麼？你說容霽雲還有個情夫？」謝明揚手裡的茶碗差點打翻，皺眉道：「鈞之，你將是安家下一任家主，還要穩重些，切莫信口開河。」

若非容家，自己怎麼可能落到斷子絕孫的下場，但凡有一點可能，自己何嘗不想將容家人千刀萬剮？可也正因為此，才萬事更要慎重，已經折了一個兒子，這個女婿可不能再有什麼閃失。

「岳父，小婿所言，句句屬實。」安鈞之卻是成竹在胸，神情也是興奮至極。「此事乃小婿親眼所見，再不會出錯。」

說著就把上午發生的事情添油加醋地給謝明揚說了一遍。

為怕謝明揚不支持自己，又加了一句：「那男子身手委實了得，小婿甚至懷疑，內兄意外身亡一事，是不是也和他有關？」

謝莞之死一直是謝明揚最大的痛處，只望有生之年可以手刃凶手給兒子報仇，可直到今日，卻沒有一丁點線索，現在聽安鈞之這樣說，也是幡然意動。

「那容霽雲竟是如此膽大妄為、寡廉鮮恥之人？好，你放心，我這就進宮去找皇上。」

莫說其他，只是妄殺穆璠侍衛一事，就能讓容霽雲吃不了兜著走。

中途又停住腳，吩咐安鈞之道：「那些侍衛都是安府人，你回去也要好生安排，哪些該說那些不該說，一定要交代清楚。」

「小婿明白。」安鈞之忙躬身應下，心裡早拿定了主意，回府就會交代手下，務必要死咬住容霽雲的姦夫。那麼曖昧的一幕，他們也都是瞧得清楚，以他們對安彌遜那小子的擁戴，其痛恨之心必不會在自己之下！

對了，這樣熱鬧的事情，可不能少了家裡那個老東西……

「混帳東西！」安雲烈氣得抬手就是一巴掌搧過去，安鈞之也不敢躲，硬著頭皮挨了那一下，臉上已是青中帶紫。

「我知道你們叔姪不睦，可再怎麼樣，你也不能這般糟賤容家孩子！」

若是這樣的話傳出去，安容兩府必然自此決裂，一旦兩大家族為敵，那大楚王朝……

自古將相和、國家睦，容、安兩家和謝家不同，幾乎可以算得上是朝廷的定海神針，若是驟然失和，會發生什麼，簡直不可預料。

更不要說遜兒可是自己最愛的也是唯一的孫子，那孩子對容家小姐用情至深，若是聽到鈞之這般言語，怕是登時就會翻臉。

安鈞之撲通一聲跪倒在地，連連磕頭，用的力氣大了，額上頓時滲出血絲。

「爹爹的心思，鈞之如何不懂？只是鈞之以為，遜兒那般人才，入贅容府本已算是受盡委屈，那容家女竟還如此不知自愛，是把遜兒置於何種可憐境地？這樣想著，心裡便委實如同刀刺針扎一般，痛苦難當。本想著把這件事瞞下便是，可輾轉反側之下，還是嚥不下這口氣。孩兒所言句句屬實，還請爹爹明鑑！」

說著，竟是淚流不止。

看安鈞之如此情真意切，安雲烈也不由狐疑。難道自己錯怪了他？想了想，起身。「你先下去。」

說著，吩咐人喚來白日裡陪著安鈞之的暗衛首領到自己房間。

「容小姐身邊確實有一位俊美男子。」暗衛首領證實了安鈞之的說法。

安雲烈臉色頓時沈了下來，啞聲道：「你可看到，他們之間有什麼親密之舉？」

「這……」暗衛猶豫了下，卻也明白事關重大，最後還是道：「他們確實一直並肩站在一起，甚至最後……」

「最後怎樣？」燈影下，安雲烈神情猙獰。

暗衛打了個寒戰。「……眼看那男子就將死於對方劍下，是容小姐不顧一切撲了上去。」

那豈不是說，要和別的男人同生共死？

又想到安鈞之描述的兩人之前的親密行為，安雲烈的手狠狠拍了下去，近旁結實無比的紅木桌子頓時四分五裂。

那暗衛首領嚇得撲通一聲跪倒在地，剛要請罪，門卻是一響，隨之一陣腳步聲傳來。

安雲烈抬頭看去，頓時一愣，怒聲道：「什麼人？竟敢不經通稟就進老夫的房間！」

暗衛也看到了來人，一下從地上一躍而起，擋在安雲烈身旁。

「大膽匪徒！竟敢擅闖安府，意欲何為？」

「匪徒？」安雲烈神情有些疑惑。

「啟稟公爺，這人便是今天白日和容小姐在一起的那賊人！」暗衛忙低聲道，手中早藏好了暗箭，心裡更是疑惑不已。這賊人委實太過大膽，竟然就敢這麼公然闖進老公爺的房間裡。

阿遜站住腳，微微一笑。

「安青，你連我也不認得了嗎？」

說著，轉向安雲烈。「祖父，是我，遜兒呀。」

「少主？」安青簡直不敢相信自己的眼睛。明明是白日那個匪徒，怎麼忽然就變成了少主？

突然想到白日那場大戰時，自己兄弟們雖是被打得倒了一地，可也不過暫時不能行動而已，傷勢重的也只不過需要在床上躺個幾天就罷了。當時還以為大家運氣好，其實不是運氣問題，關鍵在於當時出手的就是少主自己？

阿遜緩緩跪下，抬手扯開胸前衣服，一匹紅色的駿馬赫然映入安雲烈眼簾。

「祖父，原諒遜兒，遜兒臉上的傷已然好轉，其實這才是遜兒的本來面目。」

安青已經識相地退了出去，心裡暗暗咋舌。少主怎麼生得這般妖孽的模樣？長得妖孽也就罷了，怎麼功夫也和人一樣妖孽！

安雲烈先是大喜，繼而憤怒，最後又變成了無奈。曾經想不通的事，現在終於明白。

「你這孩子，就為了容家女娃，才故意一直頂著那張面具？」

阿遜神情歉然，磕了個頭。「請祖父責罰。」

安雲烈忽然抬腳把阿遜踹翻在地。「小兔崽子！你可知道——」卻又噎住。

枉費自己為了他被毀容一事日日傷懷，不料這孩子容貌竟是已經恢復如初。好在自己還未上表請立鈞之為世子，一切都還來得及！

「好了，起來吧。」

再看一眼阿遜的臉，又忽然頓住，皺了眉頭道：「遜兒，咱們祖孫二人是不是在哪裡見過？」

阿遜點頭，索性也不再隱瞞。

「是。祖父還記不記得安東客棧？那天下著雨，祖父和我還有雲兒一道投宿。除此之外，我還有另外一個名字，謝彌遜。」

「老夫就說——」安雲烈撚著鬍鬚道，忽然一愣，神情是全然的難以置信。「謝彌遜？你是謝彌遜?!」

謝家表少爺、上京小霸王謝彌遜？

「你的娘、你的娘是……」

「謝府小姐，謝悠然。」阿遜垂眸道。

「謝悠然……謝悠然，竟然是她嗎？」安雲烈跌坐在椅子上，語氣中竟是憤恨晦澀難當。

是了，猶記得當初錚之確曾回家央求自己去謝府求親，可那時京中傳聞謝悠然是早已定下的太子妃人選，和太子殿下早已是情投意合，即便安家也是門第高貴，又如何敢跟太子搶妻？

加上自己又素來不喜謝明揚的為人，便即斷然否決。

只是兩人之間應該並無交集啊，謝府小姐又是何時有孕在身？

難道是皇上那次西山行獵？

那次行獵時，因皇后跟著同行，很多重臣也都帶了家中女眷，謝悠然自然也在其中。難道就是那次，兩人有了肌膚之親?!

然後就發生了錚之陪同皇上進山打獵時，為保護皇上而戰死之事。可現在想來，因怕皇上行獵時會遇到危險，之前明明已經讓人再三探查，確定了山中並無大型野獸，只有些溫馴的動物罷了，怎麼可能憑空出現一隻凶惡的吊睛斑斕猛虎，甚至還有一群眼睛都餓綠了的狼？

自己記得沒錯的話，當初負責山中探查的將軍名叫蘇震方，正是皇后娘家淩太師的愛將。錚之慘死後，那人也因瀆職罪被罷黜回鄉，不過幾年又再次任用，現在官居負責京畿安全的九門提督之職。

難道說，當初兒子慘死，其實並非意外？

可為了除掉錚之，這些人竟然敢犯天顏，拿皇上的安危說事？還是說，其實他們的目標本就是皇上？

原來爹爹的死，也是和謝家有關嗎？

阿遜長久立在窗前，眼神悲涼而憎惡。

怪不得謝明揚會說自己是工具。

原來，不是自己以為的洩慾工具，卻是掌控安家的工具？

突然想起從前，先是自己糊裡糊塗被關在謝明揚書房裡整整兩日，然後隱隱約約聽見謝明揚說，自己於他而言不過是個工具罷了，然後就發生了謝明揚意圖對自己不軌之事……

還以為他養著自己，不過是把自己當成富貴人家的孌童罷了，才徹底心寒後從謝家逃離，現在才明白，其實他一直都想著有朝一日把自己作為擺布安家的棋子！

那日，自己會跑到「喝醉酒」的謝明揚房間裡，完全是謝莞兄妹故意把自己引進去的，以前只覺得全是巧合，現在想來卻是大有蹊蹺，彼時三人年齡相當，謝莞不過略大自己幾歲罷了，又怎麼會有那樣的心機？

這背後定然少不了那位謝夫人的指揮吧？

是了，那女人從頭到尾都不相信自己是謝悠然的私生子，她心裡一直以為，謝明揚才是自己的爹，所以才會設了那麼一個局！

現在想來，倒要感謝那個女人。

原來自己所有悲劇的根源，根本就是源自謝家，不只爹爹的死，說不定娘親的死，謝府也逃脫不了干係……

第九十七章

「皇上，安雲烈求見。」

剛打發走謝明揚，內侍又慌忙跑了進來。

真是奇怪，眼看宮門就要下鑰了，先是謝府家主，現在又是安老公爺，怎麼一個兩個的全都跑來了？

楚琮皺了下眉頭，思及方才謝明揚之言，越發頭疼，暗暗埋怨容文翰是不是太寵這個女兒了？雖是封了世女，也還是女子不是？難不成還要學世俗男子三妻四妾，竟然還沒大婚，就先弄了個相好的。

這還不算，竟然因為一個小小的管事就對西岐皇帝大打出手，還當眾砍下了那侍衛的人頭，這般行徑也太過無法無天！

現在一聽內侍回稟說是安雲烈求見，馬上想到定然是因為那和容霽雲在一起的男子。當時安鈞之也在場，這樣的事，焉能不稟告安雲烈？

自己也早有耳聞，安彌遜雖是不學無術了些，卻最得安雲烈寵愛，若不是傷了臉，安府家主之位怎麼會落到安鈞之手裡？更不會送去容府入贅。

現在倒好，容霽雲弄了這麼一齣，安雲烈怎麼忍得下這口氣？

「皇上。」安雲烈一進來便翻身跪倒。

楚琮嘆了口氣，只覺頭益發疼了起來，擺擺手。

「有什麼事，起來說吧。」

安雲烈卻搖頭。「皇上，事關重大，老臣還是跪著說好。」

事關重大？楚琮有些哭笑不得。就說這老傢伙太寵孫子了呢，此前祈粱發兵時，也沒見安雲烈這般消沈過。

看安雲烈不願意起來，也不再勉強。

「你說，朕聽著呢。」

「皇上還記得二十多年前那次西山行獵嗎？」安雲烈抬起頭，臉上說不出是難過還是悲憤。

「西山行獵？」楚琮苦笑。「朕怎麼會忘？便是那次，愛卿失去了唯一的獨生愛子，朕失去了大楚的未來戰神。你放心，彌遜那孩子的婚事，朕不會難為你的，你若覺得委屈，便同容家解除婚約也好，朕會去勸說容卿，畢竟是他家有錯在先。」

「解除婚約？」安雲烈愣了一下，這才明白皇上怕是誤會了自己的意思，當即搖頭，心裡卻是感慨萬分。能和遜兒同生共死，這樣的奇女子要上哪裡去找？

「能與容公做親家，是微臣的福分。」安雲烈神情鄭重。「只是微臣以為，那次西山行獵，皇上和犬子遇險，或許還另有隱情……」

「安雲烈也去見了皇上？還引得雷霆大怒？」謝明揚嘴角揚了揚，不動聲色地塞給皇宮內侍一個沈甸甸的錢袋，內侍頓時笑得見牙不見眼。

只是內侍萬沒想到，剛回到住處，便被捂著嘴捆了個結結實實，身上的錢袋也被侍衛給搜了出來。

內侍頓時臉色慘白。雖然朝廷明令內官不許交結外臣，可哪個太監不收受那些外官的禮物？自己落得這樣下場，只有一個可能——那就是謝家犯事了，興許犯的還是天大的事！

隔日上朝，看到謝明揚進來，照例有一大群官員圍上來。昨天容家世女當街殺人一事已經在朝廷傳開，更讓大家感興趣的是，據傳那殺死西岐侍衛的不是旁人，正是容霽雲的情人。甚至傳聞說，容霽雲和西岐攝政王之間怕也有不清不楚的關係……

這個消息甚至比打殺西岐侍衛一事更讓大家感興趣。畢竟前不久，容、安兩家聯姻一事轟動了整個上京城，卻不想這麼快就傳出這樣的醜聞。

一為文臣之首，一為武將靈魂，這兩家要真是鬧起來，怕是就大有熱鬧可瞧了。

當然兩虎相爭必然會兩敗俱傷，那同為三大世家的謝家怕是要更進一步了。

若此事為真，安家必然會徹底和容家決裂，進而和昭王爺撕破臉，那太子殿下……

「謝公，辛苦。」楚晗臉上是久違的笑容，緊接著卻打了個小小的呵欠。

謝明揚微不可見地皺了下眉頭。太子殿下近日來也不知怎麼了，越發沒有精神，已經多次被皇上發作，怎麼今日看著又是精神不濟的樣子？

想著坊間傳言，太子夜夜笙歌，竟是男女不論葷腥不計，自己初時不信，現在看著，難道是真？

真是後悔，二十多年前剛坐上謝府家主的位置，太過急功近利，竟是聽信了皇后和那淩老匹夫的話，以為楚琮死了，太子登基，自己妹子嫁過去就是當今皇后，謝家則力壓容、安兩家，成為大楚第一世家……

現在看著，怎麼覺得太子就像一灘扶不上牆的爛泥？

只是，現在想什麼都晚了。

忙一拱手，露出一個心照不宣的笑容。「勞太子掛念。」

「依孤之見，最遲明日，鈞之的世子之位就會定下來。」楚晗做出一副如沐春風的樣子。

安雲烈想要皇上給他撐腰，勢必要有所割捨，畢竟容文翰也是他的心腹大臣。

謝明揚自得一笑。經此一事，安彌遜將更加名譽掃地，試問一個本就不學無術之人，更在入贅風波後便被戴上了這麼大一頂綠帽子，別說安雲烈抬不起頭，就是安家族人怕也會對他怨憤不已。到時候，別說世子之位和他無緣，就是這上京城，他都沒臉再待下去！

安雲烈要給族人一個交代，自然要趕緊定下世子之位。

剛要謙虛幾句，迎面正好瞧見容文翰正迤邐而來，便即住了嘴，笑吟吟地道：「容公，今日可是遲了些。」

容文翰卻是依舊風輕雲淡。

「哪裡，是謝公太早了。」

其餘官員紛紛往這邊瞧來，明顯聞到了兩人之間的火藥味。

謝明揚做出一副雍容大度的模樣。

「不早些不行啊，老夫沒有福氣，有容公那麼賢慧孝順的一個女兒，什麼事都給打理得妥妥當當。」

若說前一陣，甚至皇上都親口讚過容霽雲賢慧，這話自然是誇獎，可經過昨天之事，所謂的賢慧就變成了一個大笑話，謝明揚話裡的揶揄諷刺不言而喻。

哪知容文翰卻是哈哈一笑道：「有女若此，確是文翰畢生傲事。啊呀，我怎麼忘了，謝公也就一個女兒罷了，聽謝公言下之意是不太如意？」

「你——」謝明揚再也裝不下去，索性挑明道：「老夫只是為親家安老公爺寒心。」

「是嗎？」眼看時辰不早了，容文翰繼續舉步向前，打著哈哈道：「是啊，自家女兒沒有教養好，以致禍害了別人一家，怕是有些不太舒服啊！」

其他人看向謝明揚的神情，頓時多了些揣測和同情。

謝明揚氣得臉都白了。什麼禍害別人一家？現在才知道這個容文翰不是一般的護短，更不是一般的臉皮厚！自己明明說的是他女兒，怎麼竟被他歪到自己玉兒身上了？

等安雲烈到了，再給他好看！

也是奇怪，安雲烈那老東西平日這個時候也該到了，今兒個倒好，竟是現在還沒露頭？難不成是被氣得病了？

還有皇上，也不知昨兒個歇到哪個妃嬪房間裡了，眼瞅著就到了早朝時間，竟是還沒個動靜。

卻不知楚琮此時正在後殿不停走動，不時往殿外張望。

沒多久，就傳來一陣急促的腳步聲，卻是安雲烈帶了幾個侍衛臉色難看地走了進來。

「皇上，老臣有負所託！」

便有貼身侍衛上前，小心稟告了事情始末。

他們連夜緝拿了蘇震方後，回來路途中，蘇震方竟是咬舌自盡。

楚琮臉色越發鐵青，狠狠拍了一下桌子。「混帳東西！」

旋即抬頭，神情狠戾。

「雲烈，你放心，朕不會讓錚之枉死，定會為你討回公道。」

淩宛如那個賤人！虧當初還心疼她因為擔心自己而落了胎，才對淩家巡查不力一事網開一面，卻沒想到那賤人根本就是存了謀刺自己的心思！之所以會落胎，也不是因為擔心自己，而是看到自己竟然活著回來而嚇的吧？

再想到太子近日的所作所為，心裡厭憎不已。

朝堂上，眾位大臣越發不安。難道真有大事要發生？都這個時候了，皇上怎麼還不出現？

大家看向容文翰的眼神也就越發詭異，除了極少數一直追隨容文翰的，其餘人不自覺地盡可能離容文翰遠些，以致容文翰的周圍幾乎空蕩蕩的。

謝明揚暗暗得意，單憑自己想要扳倒容家無疑勢單力薄，可再加上安家，以及西岐小皇帝，這容文翰怎麼也少不了一個教女無方的罪責，只要容霽雲身敗名裂甚而被收入監，容家傾覆便是旦夕之事。

君不見，連一向和容文翰最為親厚的楚昭，今日都未曾上朝，明顯是怕沾惹一身腥。

「王爺今日還是告病為好。」工部尚書劉文亮言詞懇切。

楚昭瞇了下眼睛，卻是不置可否的樣子。

「朝廷發生了什麼大事嗎？竟然嚴重到要本王告病的地步？」

「王爺尚且不知？」劉文亮一副「我就知道如此」的模樣。這段時間自己也發現了，平素是小瞧了這位年輕的王爺，看他不顯山不露水地籠絡了一大批人才到身邊就知道，比太子強了可不只是一星半點。

也因此，楚昭在劉文亮的心目中分量越來越重，甚至很多時候，心裡都不由暗自盤算，說不定他們劉家真會出一個皇后也不一定……

當然這些話他是絕不敢說給旁人聽，卻是越發看重楚昭心裡的位置。說白了，劉文亮一門心思想做楚昭從龍重臣第一人，也因此，便越發對容文翰看不上眼。

現在好不容易有了這麼一個機會，自然趕緊跑了來。

「……那麼個爛攤子，王爺還是先靜觀其變。如今，王爺名聲正盛，民間百姓提起王爺無不豎起大拇指讚一聲『賢王』，犯不著因為些許小事受牽累。」

容文翰早年是對楚昭有恩，可此一時彼一時，以楚昭的聰明，不會看不出目前局勢自然是少樹敵為妙；容家再厲害，可若是為了容家一下得罪安謝兩大世家，說不好連西岐都會開罪，未免得不償失。

劉文亮盤算得當，才一大早就跑到西華門外候著楚昭，既在楚昭面前賣了好，又離間了這兩人之間的關係，何樂而不為？

哪料楚昭愣了一下，旋即道：「這裡面定然有誤會。容相乃是大楚之股肱，本王焉能眼睜睜看著有人往他身上潑髒水？」話語裡隱隱透露出對劉文亮的指責。

劉文亮老臉就紅了一下，卻仍不甘心。

「王爺也不是就要袖手旁觀，不過靜待事情發展，然後再尋機拆解——」

楚昭卻不想和他廢話，轉身大踏步往皇宮而去。

「本王先行一步，劉大人也趕緊來吧。」

竟是撂下劉文亮逕自離去，後面的侍衛趕緊跟了上去。

劉文亮呆站了半晌，神情晦暗不明，良久，終於重重地哼了聲，也跟著往宮中而去。

待來至朝堂之上，遠遠就看見楚昭正毫不避諱地站在容文翰近旁，小聲說著什麼，臉色越發不好看。

有親近容家的，心裡卻稍稍放下來了些。只要昭王爺肯為容家出頭，事情應該就壞不到哪裡去。

「皇上駕到！」

隨著靜鞭聲落，內侍的唱號聲遠遠傳來，眾臣也停止了竊竊私語，紛紛回到自己位置恭敬站好。

只奇怪的是，還是不見安雲烈的影子。

謝明揚看了安鈞之一眼，收到一個肯定的眼神，提著的心才放下了些，轉而尋思，難不成是給氣著了？也是，畢竟年齡大了，這件事了了，正好給自己女婿騰位。

楚琮坐在龍椅上，神情倒還平靜，掃了一眼各懷心思的群臣。

「諸位愛卿，可有事要奏？」

「皇上，老臣有事要奏。」太師淩奐出列道。

謝明揚點頭，知道這是要說容家的事了。此次三國會晤，太師淩奐因曾數次出使西岐，和西岐的聯絡溝通便多賴於他，西岐侍衛被殺，西岐自然會先通告他。

太師淩奐已經接著道：「昨日九門提督蘇震方來報，說是光天化日之下發生惡徒當街殺人之事，西岐國侍衛不幸喪生。西岐本是我大楚之友鄰，又是來大楚作客，發生這樣的事情，實在讓人遺憾，還請皇上聖裁。」

淩奐話音一落，便有很多大臣出聲附和。「竟有這等駭人聽聞之事？」

「我大楚自來以禮儀聞名天下，這上京更是京師重地、天子腳下，難不成竟是有匪人流竄至京城？」

「此事若是傳揚天下，咱們大楚顏面何在？」

「這等有辱國體之事發生，應對負責京城安全的官員問責！」

最後幾句，已經隱隱把矛頭指向負責京畿安全的楚昭。所有人都心知肚明，若真是坐實了容霽雲的罪行，一個保護不力的名頭是少不了楚昭的；即便皇上不會作出什麼懲罰，心裡也必然會對楚昭有些看法，只要有了看法，其他人便可以拿這一點大作文章。所謂千里之堤毀於蟻穴，便是這個道理。

容文翰卻是冷笑一聲。「微臣這裡也有一樁命案，要恭請皇上聖裁。」

看楚琮點頭，邊把奏摺轉交給旁邊侍立的太監邊道：「昨日在微臣家商鋪中，有人前往鬧事，竟是無緣無故打死我府中管事一名。可憐那管事上有老下有小，卻被人當場折斷脖頸而亡。雙方因此發生衝突之下，對方也有傷亡，不過古語有云：善有善報惡有惡報，那死去之人竟然恰好就是打殺我府中管事之人。對了，微臣聽淩太師所說，和臣所言倒似是同一樁事由，臣想問一聲淩太師。」

說著轉向淩奐。

「淩太師，那九門提督蘇震方向你回稟的，只有那西岐侍衛之死一樁事嗎？若真是如此，我倒想知道，西岐侍衛的命是命，我大楚百姓的命就不是命了嗎？此種行徑和賣國投敵的行徑有何二致？或者蘇震方倒是稟報周全，卻是太師有別的想法？」

淩奐微微一笑，不慌不忙道：「容相何必如此激動？你府中管事之死，自然有京兆尹負責；西岐侍衛慘死，卻是事關兩國顏面，一個處理不好，說不得就會有天大的後果。對了，我這裡還有祈梁國君送達的國書，言說當日祈梁國小王爺差點失蹤之事，好似也和貴府有關吧？先是祈梁小王爺，現在又是西岐國君，怎麼你容府都要摻和其中？憑一人之力攪亂三國和平大局，容相，老夫想問一句，到底容相有什麼想法？老夫倒有句良言要送給容相，你還是乖乖把那殺人凶犯交出來才好，不要因為一己之私而誤了國家大事。」

「是嗎？」容文翰冷哼一聲。「倒要讓太師失望了，那凶犯，我怕是交不出來。」

淩奐瞇了下眼睛。

「到了現在，你還想包庇他？老夫越發想不明白，那凶犯同你府中到底是何關係，竟要我們容相這般維護於他。」

容文翰淡然一笑。「我們之間確實關係匪淺，只是我之所以沒辦法交出你所謂的凶犯，卻是以為，那人非但不是凶手，反而稱得上是守護我大楚子民安全的大英雄！試問，若是所有人都如太師這種想法，若是別國人出手，我等只做好枉死的準備，我大楚才是真的顏面無存！更不要說當時情形，對方根本一直都沒有亮明自己的身分。」

竟然這般維護那凶犯不說，還自己坦承「關係匪淺」，再聯想坊間傳言，便是原本不信的人也不禁有些狐疑，難道容家小姐真的同那人有什麼私情不成？

「好了。」謝明揚皺了眉，裝模作樣道：「老夫知道容相護女心切，只是，容相好歹也要體會一下老夫那親家、安老公爺的心情，安小公子雖是並無功名在身，卻仍是安府嫡孫……」

說著故意頓住，卻更惹得人無限遐思。

容文翰卻是大怒。

「謝公這是何意？依你所言，本相倒定要奏請皇上，請了安老公爺和安公子上殿，以正視聽！」
凌奐一瞪眼睛。「容相的意思是，一定不願交出凶犯了？」這容文翰還真是不到黃河心不死！真以為他家女兒就是天仙下凡不成，好像安家公子還就非她不可了，自己可不信這世上有哪個男人能受得了自己的女人要跟別的男人同生共死！
容文翰卻是冷笑一聲。「等安公子來了，一切自有分曉。是否凶犯一說，還為時尚早，且等雙方當事人到了，相信皇上自有公斷。」
果然是不到黃河心不死！
只是事情鬧得越大，越稱了自己的心思，自己正想壞了容家的名頭，這樣倒省得自己再費心思。
凌奐陰陰一笑，轉向楚琮道：「既如此，老臣這就請旨去請西岐皇上一行，還請皇上下詔傳安家公子和容家小姐，以及當日所有在場之人前來。」
「准了。」楚琮點頭，旋即便有內侍打馬出宮分別去了安府和容府。

第九十八章

「皇上宣安彌遜及昨日在場的侍衛進宮？」謝玉正自喝茶，聽了回稟，施施然放下茶碗。「是嗎？有這等事？祖父和夫君皆不在府中，祖母又有恙在身，他小孩家家的，也沒進過宮，難免會不知輕重，我這做嬸嬸的，怎麼著也要去提點一下才好。」

心裡卻是快意無比。昨日夜間，安鈞之已經把白日發生的事全說給謝玉聽，夫妻兩個都是痛快得不得了。現在聽說皇宮來人，謝玉自然知道是為了何事。

「是。」秋棠最是知曉謝玉的心思，知道大小姐在那安彌遜身上吃了太多苦頭，這說要去提點是假，痛打落水狗以解胸中怨氣才是真。

當下侍奉著謝玉一路往阿遜住處而來。

行至阿遜房前，卻是讓秋棠在房間外等著，自己敲了敲門，便逕自而入。

「出去。」阿遜頭也不回，語氣卻是不屑至極。

「喲，怎麼，這心裡不舒服了？」謝玉卻笑得很是開懷。「安彌遜，你也有今日，我還以為你和容霽雲如何情深，原來人家還另有同生共死之人。你便是自甘下賤入贅容府又如何，卻也不過如此。都說天道不爽，原來世間果然有報應一事，當年你那般對我，今日容小姐便這樣對你，所謂報應不爽便是這個意思吧？對了，趕明兒容霽雲大婚時，我可要備份厚禮去，祝她和情郎恩愛永遠永結同心。」

畢竟沒有容霽雲和她那情郎，又如何能看到高高在上、不可一世的安小少爺這般被人唾棄……

阿遜頓了下，就在謝玉以為他要爆發時，一個譏誚的聲音在耳旁響起。

「謝玉，從妳身上，我終於明白，原來從小到大一直討厭一個人究竟是什麼滋味。怎麼妳變得比小時候還更要面目可憎？」

「小時候？」謝玉愣了一下，隱隱覺得不對勁，這種不安的感覺甚至讓她忽略了阿遜話語中對自己的厭惡。「什麼從小到大討厭一個人，什麼小時候？你這話是什麼意思？」

自己從小玉雪可愛，說是人見人愛一點也不為過……啊呀對了，倒是有一個人和自己相見相剋，從來都是兩相厭的，那就是謝彌遜那個賤人！

「你……到底是誰？」

阿遜轉過身來，抬手緩緩把臉上的面具給揭了下來，冷冷道：「謝玉，妳說，我是誰呢？」

「不！」謝玉臉色頓時慘白。這不可能，謝彌遜那個賤人不是早就死了嗎？自己一定是在作夢吧，還是一個恐怖至極的惡夢！不然，自己怎麼會那麼蠢，竟會一心戀上自己最瞧不起的賤胚，甚至還多次示愛，然後多次被拒絕？

「你、你沒有死……」謝玉聲音發直，明顯驚嚇過度。

「怎麼，很失望？」阿遜本已走到門口，聽了謝玉的話又站住，神情中滿是譏諷之色。

「也不知我那位舅父看到我，是不是也像妳一樣，驚喜交集？」

「所以昨日那個殺人的人，根本就不是容霽雲情郎，而是你，對不對？」謝玉已經有些歇斯底里。

「妳說呢？」阿遜卻明顯不想和她再廢話，索性站住腳，俯視著因太過驚恐而抖成一團的謝玉。「妳眼裡，我只是再卑賤不過的一團污泥；在雲兒心中，我卻是翱翔九天的鳳凰，所以妳盡可放心，我和雲兒必然會白頭偕老、恩愛永遠！」

「污泥？鳳凰？」謝玉終於跌坐在地，恍惚想起若干年前，自己在一個小鎮偶遇謝彌遜，卻被一個小男孩狠狠羞辱的情形……難道，謝彌遜的意思是說，其實當初那個小男孩，根本就是容霽雲？

明顯聽著謝玉的聲音不太對勁，秋棠嚇了一跳，又畏懼阿遜素日的冷酷，剛鼓足勇氣想探頭看看裡面發生了什麼，正好碰見阿遜大步而出。待看清阿遜的長相，腳下一個踉蹌，一頭撞在了門框上。

怎麼竟是表少爺?!

還想再仔細看，阿遜卻已經走遠，秋棠恍恍惚惚地起身，正和跌跌撞撞跑出來的謝玉撞了個滿懷，忙一把扶住。「小姐。」神情卻是張皇失措。

「妳也看到了是不是？方才那個是謝彌遜，是謝彌遜對不對？」謝玉神情癲狂，尖利的指甲掐得秋棠眼淚都迸出來。

「嗚，小姐……」秋棠邊呼痛邊道：「奴婢也不知道，好像、好像是……表少爺，可表少爺、表少爺不是死了嗎？」

那時候自己受小姐唆使，不時去羞辱謝彌遜，難不成是表少爺的鬼魂回來報復？不然，為何會突然出現在這安府？

「小姐，是不是，表少爺的魂……」

「竟然真的是他，真的是……謝彌遜！」謝玉一把推開秋棠，撒腿就往門外跑。「快找人截住他！」

卻哪裡還有阿遜的影子？

看秋棠還傻愣愣地站著，抬手就是狠狠的一巴掌。「還愣著幹什麼？快備車，我要回府！」

必須趕緊把安彌遜就是謝彌遜這件事通報爹爹，不然，難以想像會有什麼事情發生！

阿遜到時，早有接人的內侍等在宮門外。

那內侍也聽足了八卦，忙引領著阿遜往裡走，卻是不住打量，暗嘆這安家少爺果然生得一表人才，可惜配了容家那個醜女不說，還被戴上了這麼大一頂綠帽子……

阿遜卻突然站住腳。「稍待。」

內侍順著阿遜的眼睛瞧去，不由暗暗叫苦，卻是容府的車馬正好駛來。

心想不是傳聞這位公子爺最是沒出息嗎？這會兒倒是血性上來了？可自己職責所在，要是他們真就在外面鬧起來，自己可是要吃不了兜著走。

他忙小聲哀求道；「安爺，咱們還是先行一步吧！老公爺也在，皇上和諸位大人可是在等著呢！」

說話間，霽雲已經從車上下來。這還是霽雲第一次在大庭廣眾之下著女裝出場，四品郡君的紅色宮裝，別的女子穿著或許俗豔，霽雲卻因身材高䠷、膚色白皙，越發襯得人容顏如玉、富貴逼人。

那內侍眼睛發直，不時還抬起手揉一下眼睛。不是說容家女是天下第一醜女嗎，這宮裝麗人又是哪個？

放眼朝中，那些大臣之家的女兒，自己也見了不知幾何，像容家小姐這般氣質容貌俱佳的，也就謝家嫡小姐還可一比。而且這容小姐看著，明顯又比謝小姐還要大氣。

還要再看，周邊卻忽然泛起一陣寒氣。

「還不快走？」阿遜已經冷冷道，心裡更是懊惱不已。這樣女裝的雲兒，自己都只見過幾次，偏偏打扮得這麼漂亮，卻不是要給自己一個人看！看那內侍發直的眼睛，更是殺人的心都有了。

那內侍嚇得一縮脖子，再不敢去看。

一直跟在霽雲身邊的容五也打了個寒噤，下意識地昂首挺胸、目不斜視，心裡卻是叫苦不迭。瞧安少爺這模樣，明顯就是一個醋罐子！

與外面的旖旎風光不同，朝堂內卻是一片肅穆，特別是安雲烈到了之後，更是多了幾分緊張和不安。

大家本來一門心思地等著看笑話呢。連謝家都如此義憤填膺，當事人怕是更加怒不可遏，更不要說安雲烈向來以脾氣暴烈聞名天下。

哪知安雲烈卻一如往常，依舊在自己的位子上站定，對一眾探究的眼神，眼梢都不抬一下。

這是氣傻了，還是大家氣度？

現在聽說安家小少爺也來了，頓時惹來一陣竊竊私語，紛紛探頭往外去瞧。

若說這次街頭混戰，最無辜的怕就是安小少爺了。聽說都要商定婚期了，無端端地成了棄夫不說，還戴了那麼一大頂綠油油的帽子，一夜之間，成為上京一大笑柄。

也不知這安小少爺生得何等儢賴模樣，才會落得這樣悽慘的下場。

待看到由金殿外昂然而入的年輕人時，卻又不禁咋舌。這安小少爺明明也算是一表人才了啊，聽說那容家小姐可是容貌醜陋、身高體闊堪比男子，怎麼得了這麼個英俊郎君還不滿意？

也因此，當內侍回稟說容府小姐也到了時，眾人頓時像打了雞血一般。

可等了半晌，卻是沒見人進來。

楚琮瞧了內侍一眼，內侍驚了一下，慌忙跑出去瞧，才發現是西岐皇帝一行到了。

霽雲也沒想到會這麼巧，兩方竟是同時來至金殿外。

容五心裡卻是一緊。

昨日在鋪子裡，自己親眼見到小姐和西岐皇室可謂劍拔弩張，深知他們之間怕是早有淵源，恐怕還是不太愉快的緣分，唯恐小姐脾氣再上來，待看到霽雲神情平靜地退後一步，微微躬身站好，心才放下來。

走在最前面的是穆璠，一眼看到路旁的霽雲，只覺有些面熟，卻是想不起來在哪裡見過，有些狐疑地又看了幾眼，仍是無法確定。

穆羽起初並未注意到路旁垂首肅立的霽雲，只當是哪個宮娥罷了。本已走出去幾步，卻覺得不對勁，霍然站定，猛地轉頭看向霽雲。

本是緊跟在後面的姬二猝不及防，差點撞在穆羽身上，以為發生了什麼不得了的大事，忙順著穆羽的眼光瞧去，愣了一下旋即認出來，不是容霽雲又是哪個？

其他人也注意到穆羽的古怪，紛紛看過來，甚至走在最前面的穆璠也停下來，心裡卻是了然。怪不得有些面熟，竟是容霽雲嗎？自己早說這兩人之間有姦情，眼前看到的情景，越發印證了自己的猜測。

霽雲沒想到穆羽竟是這麼大膽，大庭廣眾之下這般毫不避諱，只是很多人瞧著也不便發火，只得福了下身子，沈聲道：「見過陛下、攝政王殿下。」

穆璠前些被穆羽的陰森給嚇著了，這會兒也不敢擺譜，言不由衷地嗯了一聲，旋即轉身繼續前行。

穆羽則是眼睛發亮，似是對霽雲的惱怒視而不見，溫聲道：「原來是容小姐，請吧。」

霽雲呆了一下。自己不就是換了身衣衫嗎？怎麼昨天還恨不得踹死自己的模樣，今天就變得這般溫文爾雅？

卻不知這呆呆的樣子，令穆羽更是心懷大暢，連對霽雲的最後一絲不快都煙消雲散。

只是霽雲依舊神情冷淡。

「攝政王身分尊貴，我這等小人物，又何敢高攀？還是攝政王先請吧。」

不敢？穆羽怔了一下，低低道：「阿開，這世上，有什麼事是妳不敢的嗎？妳不就仗著我……」

最後一句酸澀無比，終是轉頭大踏步而去。再如何傷心憤怒，就是沒有辦法為難阿開。所以，才可以讓她一次次這麼傷害自己。

姬二卻是不由扶額。自己這個外甥是不是前世欠了容霽雲的？若是旁人，敢這樣一而再、再而三冒犯羽兒，依羽兒的性子，早被切成幾十段了，偏偏這容霽雲竟是無論如何無情，羽兒都會止不住的心軟，真是好沒道理！

瞥見姬二凌厲的眼神，容五嚇了一跳。當日若沒有那突然出現的神秘人物，小姐怕是已經死在這人手裡！

霽雲卻不在意，這兒畢竟是大楚皇宮，這姬二再嗜殺成性，也不敢在這裡胡來。

那來宣召的內侍擦了把汗。這容小姐今年是不是命犯桃花啊，還以為坊間所說攝政王對容小姐有情是無稽之談，現在看著怕是大有乾坤。也是，原來世人全被傳言所誤，容小姐是這般美人兒，也怨不得西岐攝政王都會看得呆住。

看穆羽已然進殿，忙道：「容小姐，您也請吧！」

霽雲這才抬腿進了大殿，正好穆羽等人剛落坐。

很多人看霽雲緊隨西岐諸人而來，還以為是西岐皇室身邊使喚的人，待注意到那自來冷酷的穆羽老拿眼睛盯著女子，又以為是穆羽的姬妾，卻是不解，這般場合還帶個女人來，委實有些不倫不類。

不過，確實是個難得一見的美女，這西岐攝政王倒是有豔福。

好像也不對，這女子明明身著大楚命婦朝服……

正自猜疑，霽雲已經在大殿之上跪下，朗聲道：「四品郡君、容氏霽雲參見皇上，吾皇萬歲萬歲萬萬歲！」

容霽雲？這個名字怎麼有些熟悉？幾乎所有人都是一呆。

容文翰的女兒，不就叫容霽雲嗎？可容霽雲不是名滿天下的醜女嗎？眼前這女子，分明是個一等一的大美女……

怪不得容氏女那般嬌蠻，原來人家委實有嬌蠻的資本。

終於理解為什麼那安家嫡孫明明有更好的選擇，卻還非要跑去容府入贅，不用想了，肯定是早見過容霽雲的如玉容顏。

卻也正因如此，這安彌遜便顯得更加可憐。

這會兒，許是正不知如何傷心難堪呢！

紛紛回頭看去，但只一眼就把眼光收了回來。媽呀，這安小少爺眼神也太嚇人了吧，怎麼看誰都是一副想要吃人的樣子，不用說了，肯定是刺激太大了！

唯有謝明揚，心裡卻是不踏實得緊。方才不經意間眼神相撞，謝明揚忽然有些不大舒服的感覺，總覺得這雙眼睛瞧來熟悉得緊，再瞧過去，竟越發覺得對方神情太過詭異。

正自驚疑不定，忽然瞧見遠遠的殿門外，一個小內侍正衝著自己擠眉弄眼，心裡更是升起一股無名怒火。好在馬上有侍衛發現不對勁，悄沒聲息地過去，上前把小內侍拖了下去。

那小內侍卻是拚命掙扎，用的力氣大了，一只有謝府印記、裝滿銀錢的荷包就掉了下來。

聽到謝玉報信就趕緊跑來的謝府管家面如土色。

怎麼就那麼倒楣呢！以往和老爺經常有來往、幾個相睦的大太監竟是一個都找不著，可情況危急，夫人可是一再囑咐無論如何務必把信送到，無奈只得隨便抓了個看著伶俐的小內侍，沒想到信還沒傳過去，人倒被抓走了。

頓時急得和熱鍋上的螞蟻一般。

裡面的人自然不知道外面的動靜。

淩奐已經率先發難。

「容相，人好像還少一個吧？」

「少了嗎？」容文翰依舊雲淡風輕。「本相瞧著，明明剛剛好。」

「剛剛好？容相開什麼玩笑？」淩奐冷哼一聲。「皇上方才傳召的除了令嬡之外，也就安小公子，難不成容相的意思是說，其實令嬡就是殺人凶手？還是說，容相其實抗旨不尊，當皇上的話如耳旁風，到現在還要堅持包庇那凶犯不成？」

「是啊，容相。」謝明揚也裝模作樣道：「當時大庭廣眾之下，見過那凶犯面目的不知凡幾。容相既然口口聲聲說他並非殺人凶手，便把他交出來又如何？還是容相和容小姐，有什麼難言之隱……」

說著眼神輕蔑地掃向容霽雲和容文翰。

容文翰自來是謙謙君子，何曾被人這樣當面侮辱，更不要說還事關女兒清白，氣得臉色發青。

霽雲心裡怒極，忽然轉身衝楚琮跪倒。

「皇上，臣女請求皇上允准，當面和這兩位大人對質！」

楚琮點頭應下，命霽雲起來說話。

霽雲轉身，昂然看向謝明揚。

「謝大人，有話直說便可，這般夾槍帶棒當真是君子行徑？」

沒想到一個嬌滴滴的小姑娘，說起話來竟是不留情面，謝明揚也算是朝中老臣了，這般被一個小姑娘指著鼻子怒斥還是第一遭，一張老臉頓時通紅。只是和容文翰盡可以對罵，對面卻是個小姑娘，一時張口結舌，不知如何回答。

看到老丈人吃癟，安鈞之卻是不樂意了，很是輕蔑道：「什麼叫夾槍帶棒？若妳自己行得正、坐得端，又何懼別人口舌？明明是自己做了不堪之事，還妄想我安家能夠接納——」

「閉嘴，鈞之！」一直默不作聲的安雲烈突然開口，心裡卻是恚怒無比。好歹自己也養了安鈞之這麼多年，別說所謂容霽雲的「醜事」本就是無稽之談，便是真有此事，為了遜兒的顏面，也絕不應在大庭廣眾之下說出這樣的話。

世家最看重的是什麼？不就是臉面兩個字嗎？還以為這個養子雖是心胸狹窄了些，即便不能把安家發揚光大，好歹能讓安家傳承下去就好，現在竟然為了一己之私利，做出這般自墮臉面的蠢事。

安鈞之有點被安雲烈的暴怒給嚇懵了。實在不明白，自己明明是在給安彌遜那個小兔崽子打抱不平，怎麼老頭子卻是一副恨不得吃了自己的模樣？卻也不敢再說，只得唯唯諾諾地退下。

阿遜也沒想到安鈞之竟然這麼蠢，眾目睽睽之下對霽雲叫板，若是私下，早一個大巴掌抽了過去，只是現在這麼多人瞧著，卻也明白好歹安鈞之是自己名義上的叔叔，不能讓別人看了笑話，只得歉疚無比地瞧著霽雲。

卻不料落在有心人眼裡，紛紛嗟嘆。這安小公子的眼神可真是心痛又心碎，怕不是柔腸百結、妒恨難當啊……

第九十九章

霽雲瞧了一眼兀自憤憤不平的安鈞之，又淡然把視線收回，眼神中的不屑和輕視比任何言語都讓安鈞之憤怒。

霽雲卻已瞧向淩奐和謝明揚。「兩位大人，你們口口聲聲說我容府包庇凶犯，難道所謂凶犯殺人抑或藏於我府之事，是兩位親眼所見？」

被一個小丫頭片子這麼當眾質問，兩人都有些下不了臺。淩奐直接哼了一聲。

「憑妳一個小丫頭片子也敢這樣跟老夫說話，容府果然好家教！」

「老大人這是何意？」霽雲訝然。「和大人對質，是霽雲方才請了旨、得了皇上允准的，關家教何事？還是說，其實心虛、另有隱情的那個是老大人自己？這麼急著把罪名安在霽雲一個小女子身上，未免太著相了吧？」

「妳——」淩奐這會兒也體會到了方才謝明揚的尷尬，氣得狠狠瞪了容文翰一眼。這人當真狡詐，竟是派了女兒上來打擂臺，自己倒躲在一邊看笑話。這麼多人瞧著，自己罵回去顯得太失風度，又實在嚥不下這口窩囊氣，當即一甩衣袖。

「有西岐陛下和那麼多人親眼所見，任妳再是鐵齒銅牙，老夫不信妳能翻了天去！」

方才自己去請西岐一行時，特意找機會旁敲側擊過，那穆璠的意思是明顯不願善罷甘休，倒是那自來冷酷的攝政王穆羽，對自己冷冷淡淡的樣子。

只是那又如何？只要穆璠咬死了容霽雲另有圖謀，想要對他痛下殺手，他手下的那幫侍衛焉能不站在自己國君一邊？

至於安府侍衛，有容霽雲和別人「同生共死」在前，不落井下石就不錯了！

「這天下是我大楚皇上的，有皇上頂天立地，什麼時候都會穩如泰山。淩太師，我一個女子自然不會去翻天，」霽雲譏誚一笑。「即便貴為當朝太師，也休想翻了天去。」

霽雲此言一出，上座的楚琮眼睛明顯亮了一下，只覺解氣至極。淩奐卻是心裡一突，看向霽雲的神情不由狐疑無比。

霽雲卻已經轉身行至穆璠面前，然後款款跪下。

「容氏霽雲，見過西岐皇帝陛下。那日不知乃是陛下駕到，霽雲多有唐突，還望陛下恕罪。只是當時情形，雙方互有口角，又不知對方來意，誤會之下，竟致產生衝突，非霽雲所願；發展至最後，更是讓人遺憾……」

說著手輕輕翻起朝上，露出白皙的手指上兩枚漂亮的寶石戒指。

聽霽雲侃侃而談，除阿遜之外，其他人都是滿臉譏笑。這容霽雲也太天真了吧？以為掃了穆家的顏面，幾句輕描淡寫的誤會、遺憾，就可以讓對方不再追究？

便是容文翰，雖是上朝前，女兒自信滿滿地說，事情一定可以圓滿解決，這會兒心卻還是懸了起來。

卻不知穆璠臉色大變，臉上的肌肉猛地抽了一下，心中驚怒無比。

自己派人向一個神秘組織購買訊息的寶石信物，怎麼會戴在容霽雲手上？

「陛下，所謂冤家宜解不宜結。」霽雲已經再次開口。「不知陛下以為如何？」說著，無所謂地再次抬起左手，戒指下方一個小小的「斐」字，清晰地映入穆璠的眼睛，又狀似不經意地瞟了眼坐在穆璠後方的穆羽。

不承想，正對上穆羽饒有興趣的眼神，心裡不禁有些著惱。

至此，穆璠再無懷疑，那個神秘組織要麼隸屬於這容霽雲，要麼就是和容霽雲有千絲萬縷的關係！

他脊背頓時一陣發涼，突然明白那神秘組織曾說若有所求，必須隨報酬奉上一件信物……怪不得，那日容霽雲和那男子有恃無恐，原來早已經料定，自己絕不敢和他們撕破臉。

心裡又是驚慌又是恐懼。當初自己購買的兩個訊息，全是關於穆羽，甚至之後，利用得到的消息也陰了穆羽一把，若是讓穆羽知曉，其實那些陰謀背後的人是自己，自己之前吃盡苦頭所做的一切掩飾都將前功盡棄，怕是還有性命之憂！

看穆璠久久不說話，其他人都有些奇怪，旁邊的淩奐最先耐不住，上前一步低聲道：「陛下、陛下，您只管把當時的情形說出來就好。您是我大楚最尊貴的客人，我們皇上定然會為您做主。」

穆璠終於回神，忽然起身離座，抬手朝著霽雲。

這是要賞一個耳光？安鈞之心裡暗爽。該！穆璠的年齡可是比容霽雲還要小，這麼一巴掌過去，別人也不好說啥，我看妳容霽雲以後還怎麼有臉在我面前耀武揚威……

咦？

他慌忙揉了下眼睛。一定是眼花了吧？其他朝臣也是一副目瞪口呆的樣子。

只見穆璠竟然上前一步，親手把霽雲給攙了起來，臉上布滿再和煦不過的笑容。

「陛下。」淩奐忙出言提醒。這穆璠昏頭了吧？怎麼做出這麼匪夷所思的舉動。

「容小姐太客氣了，不過是奴才不懂事，一場誤會罷了。昨日回宮，皇叔已經責備了我，容小姐，快請起吧，不然……」說著，似是有些畏懼地瞧了旁邊的穆羽一眼。

果然還是小孩子！以為耍些小伎倆就可以讓自己困擾了嗎？霽雲也明白，穆璠之所以這般做作，無非是還想打消穆羽的疑慮。

轉頭瞧向明顯還沒回過神來的淩奐和謝明揚，冷然道：「兩位大人，還有何話說？」

「妳！」淩奐看看穆璠，再看看霽雲，實在弄不清到底發生了什麼事，讓穆璠瞬息間轉變，頓時詞窮。

「太師，謝公。」楚琮明顯很是不高興。「事情已經很清楚，一切就是誤會罷了。兩位身為朝廷重臣，竟然道聽塗說，這般誣陷容相，還不快向容相道歉？」

道歉？兩人都愣了一下，還是謝明揚反應快，一拱手道：「老臣還有疑惑未解，請皇上宣那所謂誤殺西岐侍衛的男子上殿，若然則心服口服，別說道歉，便是磕頭也使得。」

千算萬算，再沒想到西岐皇上竟會鬧這麼一齣，事已至此，無論如何也要拉了安家下水，只要容、安兩家鬧起來，就是一大收穫。

「不就是想說我與別的男子同生共死嗎？」卻不防霽雲冷笑一聲，竟是徑直站在阿遜身邊，環顧眾人，傲然道：「心裡齷齪的人，總會把人想的和他一樣齷齪。」

阿遜注目和自己並肩而立的霽雲，眼睛裡是全然的喜悅。

穆羽嘴角卻是不自覺抿緊。

這容府小姐瘋了吧？這樣敏感的問題，別人躲還來不及，她倒好，就這麼輕鬆說出口不打緊，還跑到安家少爺身邊大聲宣揚出來？

還有那安彌遜，也太沒出息了吧？都被個女人作踐成這樣了，竟連個屁都不敢放！

「容相果然家教有方啊！」謝明揚冷笑一聲。「明明自己已有夫家，還敢這麼理直氣壯地和別個男人同生共死，這般無恥行徑，又置老夫親家、堂堂安公府於何地？」

「霽雲不敢有違父訓，所謂在家從父，出嫁從夫，試問謝大人，若然夫君有難，那為人妻者，該不該禍福與共？」霽雲直視謝明揚，語氣決然。「若然有下一次，霽雲當還是如此，無論天上人間還是火海地獄，霽雲都必會生死相隨！」

一聲脆響，卻是穆羽身下的椅子忽然裂成無數碎片。

楚琮瞇了下眼睛。

早有內侍慌慌張張又掇了個椅子前來，心裡驚怪莫名。真是見鬼了，這椅子明明是用最結實的黃花梨木做成，怎麼竟突然間爛成這個樣子？

楚昭則是眼睛亮了一下，神情有些黯然，又很快恢復清明，看一眼昂首挺胸一副與有榮焉的傅青川，長長吁了口氣。霽雲就像自己生命中的太陽，無論何時何地，總能讓自己看到人世間最美好的一面。縱使這份美好從來不屬於自己，卻也能讓人對這無情的世間充滿期待。

其他人卻完全被霽雲身上的神采所震懾。

唯有謝明揚幾個，不過微一錯愕，旋即怒斥道：「果然恬不知恥！莫忘了妳已與安家訂親，又從哪裡冒出來一個同生共死的夫君？莫要再胡攪蠻纏，快讓那人上殿便是，老夫倒要好好領教一下那人到底是何方神聖！」

方才聽霽雲說出嫁從夫，又斬釘截鐵當眾宣告會和自己寶貝孫子禍福與共、生死相隨，安雲烈感動得一塌糊塗，對孫子為了娶霽雲而隱瞞了自己這麼久的那點遷怒更是當即煙消雲散。

又想到昨夜阿遜訴說的從前過往，若是沒有霽雲，自己乖孫怕是早毀了，更不要說這之後，兩個孩子為大楚殫精竭慮，做出的一切籌謀，有這麼一對佳孫佳媳是自己莫大的福分啊！

先有兒子的死，又有孫子那麼多年在謝府受的苦，現在倒好，這老東西還敢這麼當著自己的面責難自己的好孫媳。

安雲烈越聽越怒，忽然轉身，大踏步往霽雲身邊而去。

老東西終於忍不下去了？

謝明揚眼裡閃過一抹喜悅，旋即又換上心痛的神情，假惺惺地對眼看就來至近前的安雲烈道：「親家，我知道你心裡苦……」

卻被安雲烈抬胳膊擋開。不知是安雲烈長年練武，臂力太過驚人，還是謝明揚太不中用，竟是踉蹌著倒退了好幾步，若非安鈞之扶著，差點坐倒地上。

「安公。」

這個老傢伙怎麼回事？真是狗咬呂洞賓、不識好人心！

安雲烈已經來至霽雲身前，拉了霽雲的手大步來到御座前。

謝明揚明白，安雲烈怕是要發作了，瞧這架勢，竟是還要皇上給他撐腰嗎？

果然，安雲烈衝著霽雲大聲道：「跪下！」

霽雲明顯有些沒反應過來，後面的阿遜也是糊塗得緊。祖父突然拉著雲兒到皇帝面前做什麼？

容文翰愣了一下，旋即想到一個可能，神情頓時一震。難道會是……

除了楚昭幾個神情憂慮外，其他朝臣則明顯興味盎然，一個個眼睛睜得溜圓，耳朵更是豎了起來。

「皇上。」安雲烈已經跪倒在地，衝著龍座上的楚琮重重磕了三個響頭，霽雲雖是一頭霧水，也仍乖巧地跟著磕了三個頭。

「安卿，你有何事要奏？」楚琮也有些奇怪，好像昨天商議的重大事項裡，並沒有關於容家女這一項啊？難不成，安雲烈是想給容霽雲要些賞賜？心裡不由開始尋思，若是安雲烈真提出來，那麼賞容霽雲些什麼東西好……

「皇上，臣斗膽，請皇上賜下原屬臣家的一件舊物。」

皇上那裡怎麼會有安家的舊物？不是應該大打出手嗎？怎麼改成向皇上要東西了？

淩奐和謝明揚的神情也有些茫然。容文翰因有了準備，馬上明白就是自己想的那樣，看向安雲烈的神情充滿了感動。

怪不得女兒會毫不猶豫地選擇安家，安彌遜果然配得上女兒的深情！

楚琮一愣之下，繼而睜大了雙眼。

竟然是要那樣東西——

「丹書鐵券？」

什麼？丹書鐵券？所有人都想到了一則傳說。

大楚第一代開國皇帝楚巒潛龍在淵之時，有三個義結金蘭的兄弟，除了眾所周知的容、安兩家第一代家主外，還有一個姓夏的小兄弟。三人為了楚家江山立下汗馬功勞，一直到大楚建國，才知道那姓夏的小兄弟卻是女扮男裝，並早已和安家二哥有了男女之情。

兩人喜結連理之後，楚巒因感念夏氏的巨大功勳，特賜下丹書鐵券，讓夏氏同夫君共享安家榮華富貴，和夫君分掌安家所有家業；也就是說，有了丹書鐵券，夏氏完全可以當一半的家，等同於安家半個家主。

夏氏臨終時，又把丹書鐵券呈交皇上，言說請皇室代為保存，若是安家能出現又一位可以輔佐夫君為國立下大功的女子，便可由家主請求再把丹書鐵券賜下。

只是可惜，以後安家家主所娶的妻子俱為名門世家的大家閨秀，賢慧持家有餘，陪夫君衝鋒陷陣、立下功勛的卻是沒有，丹書鐵券也就在皇宮內睡了幾百年，甚至因為時日太久，逐漸為人們所淡忘。

那些年輕的官員以為是傳說，謝明揚和淩奐、安鈞之卻明白，那丹書鐵券卻是安家實打實的一半權力，甚至包括對軍隊的調度！

謝明揚大喜。難道說安雲烈受的刺激太大了，才故意向皇上要回這件聖物，也是所有嫁入安家的女子夢寐以求的東西。

容霽雲做下這等醜事，安家的女主人現在也就自己女兒罷了，安雲烈必是想藉這兩樣東西加強和自己的關係，並以此狠狠敲打容家！

安鈞之明顯是一樣的想法，一直懸著的心也一下落了地。丹書鐵券給了謝玉，豈不是擺明了自己的家主之位已經是板上釘釘，再不會有任何改變？

兩人都是充滿期待地瞧著安雲烈。

楚琮點頭。「以他二人的功勛，這丹書鐵券也是使得的。」

說著，命傳旨太監火速取來丹書鐵券，下了御座親手交給安雲烈。

安雲烈又磕了三個頭，才恭恭敬敬接在手裡，起身對仍跪於階下的霽雲道：「雲兒，祖父現在就把這丹書鐵券賜給妳，希望妳能像老祖宗那樣，和遜兒為我大楚建下更大的功勛。」

「安公，你是不是弄錯了?!」

說話的是謝明揚，明顯受的刺激太大了，指責的話竟然脫口而出。

安鈞之更是眼都紅了。這什麼事啊，哪有說自己做家主，卻要姪媳婦分掌一半權力的！忙上前一步。

「爹，這丹書鐵券就由——」

「兒子代娘子領了」幾個字在碰上安雲烈嚴厲的眼神時，又縮了回去，只覺身體慢慢僵直。

「臣女謝皇上大恩。」饒是霽雲兩世為人，聲音也有些發抖，恭敬地自安雲烈手中接過丹書鐵券。「祖父，雲兒一定不負祖父厚望，陪同夫君守護安家、為國效力！」

撲通一聲，隨即響起一陣驚呼聲，卻是安鈞之受的刺激太大了，一下跌坐在地上。不是說好了世子之位是自己的嗎？為什麼爹要把這麼貴重的東西賜給一個紅杏出牆、不守婦道的女子？

不，世子之位是我的，是我安鈞之的，任何人都不要妄想奪走！

安鈞之一把推開扶著自己的內侍，眼睛發直。

「安雲烈老匹夫！這麼多年來我鞍前馬後，小心翼翼地討好你，你倒好，拿我當猴耍！以為我就是好欺負的嗎？我早就說一定會讓你跪下來求我！我才是安家家主，我要讓你們所有人都給我磕頭！我——」

安雲烈沒想到安鈞之會突然說出這樣一番話，先是震驚，繼而難過，最後更是變成全然的冷漠。

謝明揚最先反應過來，上前一步，朝著安鈞之臉上就是狠狠的一巴掌。

「畜生，你失心瘋了嗎？胡說八道什麼！」

「你敢打我？我可是安家家主！」安鈞之怒極，抓住謝明揚的袖子猛地一扯，謝明揚一個收勢不住，一下趴在地上。安鈞之還不甘休，竟是抬腳還要踹，幸好有侍衛上前捂了安鈞之的嘴巴，抬著就走。

不應該是容、安兩家大打出手嗎？怎麼變成老泰山和女婿混戰一場了？

料不到會出現這般變故，所有人都傻了。

有伶俐的內侍上前扶起謝明揚。謝明揚站起身來，神情慘然，瞧著安雲烈不住冷笑。「好你個安雲烈，倒不知道堂堂安家公爺，竟是這般欺軟怕硬的主兒，生生把我這女婿逼到這般境地！若不是你素日裡許下諾言要我女婿做世子，鈞之又如何會到這般境地？原以為你安雲烈是個正直的，沒想到竟因容家勢大，這般伏低做小，恨只恨謝某人當初瞎了眼，會選了你安家做親家！」

「因為我家勢大，所以皇上就會應了賜下丹書鐵券？」容文翰語氣不屑。「謝公不覺這般胡言亂語，對此兩件聖物有所褻瀆嗎？」

「我褻瀆？」謝明揚幾乎咬牙切齒。「你們還知道那是聖物嗎？」

說著一指安雲烈。「真正褻瀆聖物的是你！為了討好容家，竟然拿來送予一個黃毛丫頭，安雲烈，你果然好膽色！」

又一指霽雲。「那丹書鐵券是要賜予和夫君一起為大楚建立無上功勛的女子，敢問這麼個黃毛丫頭建了哪些功、得了哪些勛，如此徒有虛名，不是褻瀆聖物更是哪般？」

最後轉向阿遜罵道：「安家男子俱為血性男兒，你枉為堂堂七尺丈夫，受此奇恥大辱，不敢手刃那無恥男女也就罷了，竟還要奉上丹書鐵券，令先人地下不得安眠！我當為那丹書鐵券一哭！」

「你的意思是說，我應該先去殺了那和容小姐同生共死的男子？」阿遜終於慢吞吞開口。

沒想到自己唾沫橫飛地罵了這麼多，安彌遜神情竟是絲毫未變的樣子，謝明揚明顯有些狼狽，噎了一下，恨聲道：「真男人自然須如此！」

「謝大人這樣說，未免太強人所難了。」阿遜垂了下眼，再抬起頭時，神情中充滿譏誚。「我可不覺得自己不是真男人，更不會做出自己殺自己這樣的蠢事！」

「蠢事，你以為去殺——」謝明揚舌頭都有些打結了。「你說什麼？什麼叫自己殺自己？」

「岳父大人不是早就告訴你，皇上宣召的所有人都已經來了嗎？」阿遜抬起手，慢慢揭掉臉上的人皮面具，露出一張謝明揚連夢裡都不願夢見的可怕臉孔。「可是諸位大人卻偏不信。我就是你們口中的凶犯，不巧的是，我也是容小姐未來的夫君。」

「不……這不可能！」

刺激太大了，謝明揚終於兩眼一翻，昏了過去。

不過也正因為他昏了過去，才沒有聽到皇上冷冷地命人趕緊送了謝公回府。

「既然謝公身體有恙，以後就讓他在家閉門養病吧！」

依昔年謝家竟參與謀害自己，就罪該萬死！

可一是現在時機還不成熟，二是太后……

即便太后不是自己生母，可自己好歹也是養在太后膝下，所以太后在世一日，看在太后的面上，自己便不會動謝家。

不過太后不在了，早晚要新帳舊帳一起算！

第一百章

所有等著看熱鬧的臣子簡直已經徹底混亂。

到底發生了什麼？看謝明揚現在悽慘的樣子，明顯已經是失了聖心，看這情形，謝家的敗落已是在所難免，大楚三大世家怕是以後僅餘兩家了！

太子早已是臉色慘白，和淩奐面面相覷，只覺如墮冰窖。

更有人神情豔羨地瞧著容、安兩家，瞧皇上的態度，這兩家今後必然會更加輝煌。

這般心情之下，大家即便心有腹誹，也再不敢對安老公爺送給容霽雲丹書鐵券的事有任何異議。

倒是楚琮看出所有人的心思，輕咳一聲道：「朕知道諸位臣工心有不解，以為朕發還丹書鐵券是看了安家容家的面子，其實不然。」

說著，對旁邊的內侍揮了揮手。

那內侍忙上前，從懷裡掏出一張單子。

「昭元十七年正月，捐出白銀五萬兩，用於購買軍糧、馬匹；三月，邊關大疫，萱草商號快馬送去草藥六十三車……奉元地震，捐出白銀七十八萬兩，藥草無數，開設粥棚，賑濟百姓……」

一條條一樁樁，滿朝文武先是震驚，繼而駭然，最後則是陷入了呆滯。

等內侍唸完，楚琮頓了頓，才道：「朕命人清點過，萱草商號曾是大楚第一商號，可這家商號幾乎將所有的收入，都捐給了當時在邊關為國征殺的將士，或者用於救濟震災中的百姓。這般數次傾盡財力為國效力，諸位以為，是否可稱得上建立莫大功勛？」

「難道說，皇上的意思是……」容文翰的舅父、禮部尚書趙如海，神情激動無比。曾經還想著外甥女諸般尚可，唯有操了商業一條，讓人不甚滿意，沒料到竟是做出了這般驚天動地的功績嗎？

「正是。」楚琮慢慢點頭。「此時站在大殿之上的這兩個年輕人，安家世子安彌遜，容家世女容霽雲，正是萱草商號的當家人！大楚有此少年英傑，何愁不更加威武昌盛？」

昨夜裡，安雲烈已經把安家執掌的所有權力上交，即便安、容兩家結親，自己也無須寢食難安了……

「安家世子的名分定了，竟然是一直不顯山不露水的沒用嫡孫安彌遜……」

「什麼沒用啊！我說是你沒用才是！你沒聽人家說，這個安彌遜可是萱草商號的大當家，當初要不是人家在國家危難時慷慨解囊，你家那兩小子說不好就回不來了！」

「是嗎？有這樣的事？」

「可不咋的？聽說皇上都感動得不得了，說這兩人是天降大楚的福星呢！」

「兩個？還有誰啊？」

「說你孤陋寡聞還不承認！另外一個就是容家小姐了！唉呀，果然人言不足信啊，虧你前些時日還跟我嘮叨，說什麼容家小姐諸般皆好，唯有容貌生得太對不起上京百姓，我呸，全是胡言亂語！昨天金殿之上，我二姑的大伯哥的小姨子的小姑子的婆家兄弟可是親眼見到了容小姐，說是長得國色天香，唉喲，咱們上京就沒一個比得上她的，和那安家少爺真是天造地設的一對！」

「還有那個探花郎，嘖嘖，那日瞧著也是個人物，誰知道卻是個心腸歹毒的，你說是不是老天保佑安家，好巧不巧，就在金殿上露了原形！這人啊，就是不能太貪心了！」

「蠢材！全是蠢材！」太子楚晗神情癲狂，宛若一隻瀕臨絕境的困獸，不停地轉著圈子。

房間裡，能摔的東西基本上已經摔完了，地上布滿了碎片渣子。

「不，我不甘心，我才是大楚唯一的太子！」

從自己剛剛記事起，就是除了父皇外最尊貴的人。還記得七歲那年，父親第一次牽著自己的小手走上莊嚴宏偉的金鑾大殿，滿朝文武匍匐在地，他們望著自己的眼神充滿了討好和敬畏……

可就在方才，還是那個大殿，還是那些奴才，那曾經諂媚的眼神變得閃爍不定，甚至還有一絲憐憫！

「狗奴才！孤一定會是大楚下一任皇帝，憑你們……也敢可憐我！」

楚晗抓起擺在桌角的瓶子，擰開蓋子，一下倒出兩、三粒火紅的藥丸，一仰頭就嚥了下去。

旁邊伺候的小侍嚇得臉一白，忙要悄沒聲息地退出去，卻被楚晗捉住後心的衣服就提了過來，嗤啦一聲撕開布料。

「太、太子！」那內侍已經嚇得臉色發白，撲通一聲就跪倒在地。「太子饒命，太子饒命啊！」

「連你也敢瞧不起我？」楚晗卻是兩眼通紅，用力一推，內侍一下趴倒在地上的碎片上，頓時就有鮮血流了出來。

那無助的求饒聲、殷紅的血色，彷彿最烈性的春藥，令得楚晗興奮無比，抬手撕開了內侍的衣衫就撲了上去。

「啊！」內侍的聲音益發慘烈，外面有那膽小的僕人，嚇得撲通一聲就倒在地上。

「孤是誰？」楚晗卻沈醉在一片極致的歡樂中，大力撻笞。

「太子，饒命啊……」內侍淚水和著血水，聲音虛弱。

「太子？」楚晗身子卻是猛地向前一挺。「朕是皇帝，大楚國的皇帝，說，皇上萬歲萬萬歲！」

「皇上萬歲，萬萬歲……」那內侍聲音逐漸微弱，直到完全沒了聲音，越來越多的血水匯成一道道淺淺的紅色小溪，蜿蜒著流到門外。

「太師、太師！」

外面忽然響起了一陣嘈雜的腳步聲，緊接著門被咚地踹開，凌奐怒容滿面地站在門外。

待看到房間裡的情景，險些沒給氣瘋，回身朝著後面的僕人就是一個掌摑，哆嗦著身子道：「混帳東西！好好的主子，讓你們教成什麼樣了！」

自己這外孫，哪裡還有半點太子的樣子？簡直就是一灘扶不上牆的爛泥！

「外公……」楚晗癱坐在地上，神情絕望，腳下是明顯已經斷了氣的小內侍。「父皇他……是不是想要……廢了我……」

「想廢了你，也得看我和你母后答應不答應！」淩奐神情猙獰。

回去後才知道，九門提督蘇震方突然失蹤，甚至京畿防務方面也有變動，自己很多占了關鍵職位的親信，或是升官或是調離，看皇上的意思，明顯是對自己起了防備之心。

「不答應又怎樣？他是皇上啊！」楚晗抬手捂住臉，嗚咽出聲。「外公，你救救我……我不想……被廢……」

沒想到楚晗都三十多歲的人了，竟會哭得和個孩子一樣，淩奐一陣心灰意冷，心裡不由懷疑，這樣沒用的人真是自己的外孫，大楚的太子？

只是事已至此，想要抽身卻已是來不及，擺在面前的只有兩條路，要麼隨著楚晗被廢、逐出朝堂，甚至禍及全族，要麼就一不做二不休……

「很快，皇上就顧不上你了，到那時，我們再慢慢籌劃！」

「皇上突然昏厥？」天還未亮，傳旨太監馮保忽然急匆匆趕來。

「好容相，您快跟老奴進宮吧！」馮保急得眼淚都快下來了。

昨天半夜時分，皇上忽然一頭從床上栽了下來，直到現在還昏迷不醒。太醫院諸位太醫齊聚宮中，卻是束手無策。

等霽雲知道這個消息時，已經是傍晚時分。

「皇上昏厥？」霽雲愣了一下，卻沒有太放在心上。上一世這個時間，皇上的身體可是好著呢！

哪想到直至深夜時分，容文翰竟然仍是沒有回返。

已經是宵禁時分，無法派人出去打探消息。霽雲縱使心急如焚，也只能等著天亮。

天剛拂曉，霽雲便命容五、容六等人出去打探。

誰知兩人出去後，卻是左等右等也不見人回來。

「備車。」霽雲起身就往外走。「我要出去一趟。」

剛走到院裡，迎面就撞上了容福。

「小姐。」容福上前一步，低聲道：「有一個自稱高侯爺小廝的人。」

話音未落，一個青布小帽、看不清長相的年輕男子已經徑直闖了進來。

「欸，你幹什麼！」容福嚇了一跳，忙上前阻攔。

男子終於抬起頭來，彆彆扭扭衝著霽雲道：「師傅。」

霽雲愣了下，險些沒笑出來。哪裡是什麼小廝，分明是高侯爺家的二小子高楚。

揮手讓容福退下，帶高楚進了書房，屏退下人，親手倒了杯茶遞給高楚。

「說吧，出了什麼大事？」

看霽雲落落大方，高楚彆扭的神情終於自然了些，正色道：「是我爹讓我來的。」

原來今日一大早，眾大臣趕至宮中，卻不見皇上影子，一直到日上三竿，楚晗在淩奐和謝明揚的陪同下匆匆趕來，神情沈重地宣佈了一個讓所有人都沒有想到的消息。

皇帝病體違和，暫命太子監國。

高岳心裡頓時就咯噔了一下。怎麼突然之間，皇帝就病到連上朝都不能了？更讓人懷疑的是，真要宣佈太子監國，也應該是容文翰和安雲烈兩位重臣出面，怎麼反倒是淩奐和謝明揚陪同？

淩奐也就罷了，雖是太子的至親之人，也算是朝廷重臣。可謝明揚明明是前幾日才獲罪於聖前，皇上明令謝明揚「養病即可，不必上朝」，斥退之心昭然若揭，不過短短幾天，竟又耀武揚威地現身朝堂。

讓高岳更想不到的是，太子甫一當政，便對京畿防務做了一連串調整，完全推翻了之前皇上的佈置不說，更在之後令太監宣讀了安雲烈的一道奏摺。

「老夫老邁昏聵，誤信奸人之言，所謂嫡孫根本就是子虛烏有……」

「不但如此，還說……」高楚頓了一下。

「說什麼？」早料到太子及其黨羽不會善罷甘休，但竟是要拿阿遜的身分作文章嗎？

「說安鈞之那日在朝堂上胡言亂語，全是因為安彌遜下毒所致。先是冒認官親，更兼意圖毒害國家大臣，請太子殿下代為緝拿歸案。」

高楚一口氣說完，端起茶杯咕嚕咕嚕喝完，一抹嘴，站起來深深一揖。

「師傅，我爹說，讓我以後就跟著妳，不用回去了。」

霽雲的心一下沈到了谷底。

情形竟是已經壞到了這個地步嗎？高岳的心思不難猜，分明是怕有不測，想著好歹替高家留個後。

她回身從抽屜裡拿了張人皮面具和一個包裹，遞給高楚。

「你現在就走，先去馬市買兩匹快馬，然後就到西門外等著阿遜。等阿遜出來，你們兩個一起去找昭王爺。」

前幾日，楚昭正好帶著傅青川離京，必須要把朝廷裡發生的事情告訴他。

高楚雖是到現在也不明白發生了什麼，卻勝在還算聽話。

他會聽話才不是因為容霽雲是自己師傅，而是爹說了，讓一切都聽容小姐的安排。老爹的話哪能不聽？和容霽雲是自己師傅可是半毛關係也沒有。

送走高楚，霽雲便帶人直往安府而去，迎面碰上謝府管家周發正好從安府出來，看到霽雲帶人氣勢洶洶地衝了過來，嚇得一轉身就想往後跑，卻被容九一把抓住。

啪！霽雲舉起馬鞭朝著周發就抽了過去。

周發被死死摁在地上，結結實實挨了霽雲一鞭，鮮血順著額頭就流了下來，頓時疼得如殺豬一樣嚎叫起來。

「想進去通風報信？就算你們謝、安兩家是親戚又如何？想欺負到我頭上，想也別想！」容霽雲罵道。

「欺負？」周發嚇得直哆嗦。這個容霽雲，看著嬌滴滴的，那可真是煞星啊！每次碰到她，自己總要吃一頓皮肉之苦，現在倒好，竟還說自己欺負她？

卻也不敢反抗，只痛哭流涕道：「小姐饒命、小姐饒命，小的不敢啊！」

「不敢！」霽雲冷笑一聲。「有什麼事是你們這些狗奴才不敢的嗎？竟然騙婚騙到我容家，當真是找死！」

說著一指周發。「把這個狗奴才給塞上嘴捆了，省得他去府裡通風報信！你們聽好了，有誰敢護著安彌遜那小賊的，就都和這混帳東西一樣，見一個就給我打一個！」

護著安彌遜？周發眼瞪得和銅鈴一樣，拚命搖頭。我沒有護著安彌遜啊，我剛剛就是給姑爺、小姐報喜的……卻被容九一棍子敲在頭上，頓時就昏了過去。

安鈞之再料不到形勢會出現這樣的逆轉。

那日直接被侍衛丟到車上送回安府後，安鈞之很快就清醒過來。雖然對朝堂上自己到底做了什麼有些糊塗，卻清楚記得安雲烈把丹書鐵券給了容霽雲，至於後面發生了什麼，卻是不記得了。

現在竟然是被大內侍衛給「押解」了回來，難道是自己做了什麼君前失儀的事情？

從踏入安府的第一天，安鈞之人生最大的理想就是做這個龐大家族的家主，讓所有安姓族人都仰自己鼻息，現在不只安家世子之位可能不保，甚至仕途……

頓時就慌了手腳，忙央求謝玉去謝府探問一番。

謝玉看安鈞之神情灰敗，一副即將崩潰的模樣，又擔心安彌遜會對自己爹爹如何，當即點頭答應。

待忙忙地趕回家中，卻見謝明揚正臉色慘白地躺在床上，便是兩腿膝蓋上還纏著厚厚的繃帶，明顯是被人打了的樣子，嚇得當場就流下淚來。

難道是安彌遜竟敢對爹爹大打出手？

哪知一句話剛問出口，就被在謝明揚身旁侍奉的母親指著鼻子破口大罵。

「孽女！妳尋的好夫婿！自己發昏滿嘴胡話不說，不去追打安家那老不死的，反倒是把妳爹打成了這個樣子！」

卻是謝明揚被安鈞之推的那一跤摔得不輕，又唯恐別人看笑話，只得強忍著疼痛，直到最後看見阿遜驚嚇過度暈過去後，那雙腿才得以解放出來。

等回到家時，請來大夫一看，兩個膝蓋早腫起來。

聽說安鈞之竟然當廷出醜，謝玉心疼老父之後，第一個念頭就是，自己以後在安彌遜面前怕是越發抬不起頭了！

頓時又羞又怒又氣。

自己平時最重顏面，事事樁樁都喜歡掐尖爭強，這安鈞之雖是過繼來的，好歹之前還有個探花郎的名頭，多少也能彌補些遺憾。現在倒好，竟然在滿朝文武面前做出這等醜事。

知道安彌遜就是謝彌遜後，謝玉恨意更深。有什麼比被一個自己原先根本看不起的人一而再、再而三地拒絕更大的羞辱呢？

現在倒好，仇沒報成，反倒和廢物一樣的安鈞之一起成了全上京人的笑柄！

謝玉回去就和安鈞之大鬧了一場，直把屋裡的東西砸了個乾乾淨淨，碎掉的片子甚至劃破了安鈞之臉上的肌膚。

安鈞之心情也是晦暗至極，兩人頓時扭打成一團。

只是無論這裡怎麼鬧，就是沒有一個安家人過來探問。

那一刻，兩人終於無比清楚地意識到，如此富麗堂皇的安家，怕是再也不會屬於他們了。

說不定明天，安雲烈就會派人把他們兩個趕出去。

到最後，兩個人也不打了，竟開始抱頭痛哭。

哪知這樣戰戰兢兢地等了好幾天，老爺子卻始終沒派人過來，也沒有把他們扔出去，正在愁雲慘霧之際，周發突然登門，送來一個天大的好消息。

皇上病重，太子監國，安彌遜身分是假，安鈞之重新被立為安家世子，甚至安鈞之君前失儀，都被栽贓給安彌遜下毒所致。

最後更是特意囑咐二人，謝明揚很快就會帶人來抓捕安彌遜，老爺囑咐說，帶來的這些侍衛就歸他們指揮，讓他們一定好好看管，切莫讓安彌遜跑了。

巨大的喜悅讓兩個人一下子懵了，等回過神來，兩人的第一個念頭都是——一定要好好地、狠狠地羞辱安彌遜！

當即帶了人徑直往阿遜居住的院落而來。

第一百零一章

「站住，你們做什麼？」正好是安志當值，看安鈞之和謝玉氣勢洶洶而來，臉色一下落了下來。老公爺心善，才沒攆這對狗男女離開，他們倒好，還敢闖到少主的院子來，當即就要趕人。

「少主正在休息，沒時間見你們，走、走、走！」

「少主？」安鈞之當即嗤之以鼻。「憑他一個不知從什麼地方冒出來的野種，也敢妄稱什麼少主？」

過於興奮，讓安鈞之不住地喘著粗氣，襯著鼻子上那一道血痕顯得尤其滑稽。

謝玉也冷笑一聲。

「你們這些蠢材還不退下！公公現已查明，大伯當日離世匆忙，根本就沒留下半分血脈，這人竟敢冒充我們安家嫡孫，當真該死！更兼為了貪圖榮華富貴，連自己父母姓氏都敢出賣，當真是無恥至極，這臉皮之厚、心腸之狠，古往今來，無人能出其右！」

又一指安鈞之，衝著始終悄無聲息的阿遜房間道：「安彌遜，雖然你機關算盡，可惜老天有眼，很快就會有旨意送達，我夫婿才是安家世子，而你這個來歷不明的雜種，即便是機關算盡，卻無論如何也改變不了你雜種的身分！」

老公爺上摺子請求改立安鈞之為世子？這怎麼可能！安志也好，其他在阿遜身邊侍奉的人也罷，全都陷入了呆滯。

侍要不信謝玉的話，可看兩人言之鑿鑿的樣子，又明顯不像說謊。

謝玉還要再罵，阿遜的房門終於打開，極其不屑地瞧著遠遠躲在侍衛後方叫罵的兩人，厲聲道：「滾！」

安鈞之嚇得一哆嗦，撲通一聲就坐到了地上，待接觸到謝玉明顯有些不屑的眼神，又忙從地上爬起來。不怪他害怕，屋裡的人不是安彌遜嗎？怎麼出來的是那日一招之內割下西岐侍衛人頭的可怕男子？

「你、你想幹什麼？怎麼、怎麼跑到我家？」

「怎麼，不做縮頭烏龜了？」謝玉神情有些猙獰。之前在謝府，謝玉便每日裡以凌辱阿遜為樂，現在看到如此俊美無匹的阿遜，新仇舊恨一下湧上心頭，只恨不得撲上去，把那張臉給打爛了，然後狠狠踩在腳下。

「相公，你不知道吧？這個人就是安彌遜！這才是他的真面目，從前你看到的，不過是張面具罷了。對了，我家相公心地仁慈，你若願意跪下磕頭求饒，說不定我相公還可以——」

話音未落，阿遜一揚手，安鈞之早見識過阿遜的厲害，嚇得身子一矮就躲在一個侍衛的後面；謝玉卻是慘叫一聲，下意識捂住了嘴，卻是上下嘴唇被一根銀針給扎穿。

那根銀針隨即被收了回去，緊接著，傳來阿遜的一聲呵斥。「聒噪！滾！」

安鈞之嚇得魂兒都飛了，心裡暗暗後悔。早知道這安彌遜竟然就是那日魔鬼一樣可怕的男子，就不來過嘴癮了，等岳父來了，交給岳父多好。

謝玉則是完全傻了。沒想到安彌遜竟然真的如此狠心，說對自己出手就出手，全無半點憐香惜玉。

「安彌遜，這些可都是大內侍衛，你若敢傷了他們一個，那就是謀反的大罪，你最好乖乖待在這裡，等候聖裁！」安鈞之忙戰戰兢兢扶著因擔心自己毀容而臉色慘白的謝玉倉皇離開。

哪知剛走到二門，正好碰見氣勢洶洶的霽雲帶著一群侍衛衝了進來。

「誰讓你們進來的？」兩人心裡咯噔一下。這容霽雲怎麼跑來了？要讓她救走安彌遜，那可就麻煩了。「快出去！」

「出去？」霽雲一瞪眼。「我要找安彌遜算帳，你們快閃開，不然連你們一起打！」

謝玉疼得煞白的臉上滿是諷刺，安鈞之也是冷笑一聲。「找安彌遜算帳？妳當我們是三歲小孩嗎？這裡可是安府，容不得妳在此撒野，識相的就馬上離開！」

「你們這是擺明了要護著安彌遜了？」霽雲一副氣瘋了的模樣，故意大聲道：「好，敢護著安彌遜，連他們一起捆了！」

又衝著阿遜的房間揚聲道：「安彌遜，你給我滾出來受死！」

那容府侍衛早得了霽雲吩咐，當即撲上前，兩人嚇得轉身就往後跑，邊跑邊急急命侍衛快些前來救護。

沒想到那些侍衛還沒跑過來，一個鬼魅般的影子先飄了過來。

謝玉剛要撲過去求救，待看清來人的容貌，嘴巴一下張大，旋即又哎喲一聲閉上嘴。

第一個跑過來的不是那些侍衛，竟是安彌遜！

阿遜一腳踹飛安鈞之，朝著霽雲就飛了過去。霽雲也似是嚇壞了，身子一歪，就從馬上跌落下來，卻是極快地握了一下阿遜要來接住自己的手又迅速鬆開。

「騎我的馬快走！高楚在西門等你。」

阿遜愣了一下，深深看了霽雲一眼，飛身上馬，奪路而逃。

「別讓他跑了！」安鈞之已經從地上爬起來。

哪想到霽雲抬手就是一個狠狠的大掌嘴。「姑奶奶敢到你安府找安彌遜算帳，就沒打算跑！說，事情是不是你們安府故意安排的？我就說，本來不過是個跟著我混的小管事罷了，怎麼會是安府少爺？你們倒好，竟是拍著胸脯保證，說什麼是安府嫡孫，老公爺如何疼愛……到頭來卻還是騙子罷了！白瞎了把我萱草商號的功勞分給他一半……」

說著竟是沒有章法地對牢安鈞之一陣拳打腳踢。

那些大內侍衛也趕了過來，正好和容府侍衛撞成一團，場面頓時一團亂。

謝明揚帶了人進來時，正看到女兒嘴角淌著血，背上還有一個大大的腳印，正渾身發抖地縮在角落。

正在納悶怎麼沒看見安鈞之，卻聽人群裡有人又哭又叫。

「你們這群不要臉皮的，還裝傻充愣到我容府騙親，事情敗露還掩護他逃走，說你們不是一夥的，騙鬼嗎？我不要活了，你們也得陪我一起死！」

隨著侍衛一聲「謝公爺駕到」，人群倏地向兩邊分開，霽雲愕然回頭，臉上全是斑斑淚痕，一看就是受了天大的委屈，腳下還有一個臉腫得和豬頭一樣、一個眼圈青一個眼圈紅的男人，正抖抖地朝著謝明揚伸出一隻手。

「岳父，救我……」

「這究竟是怎麼回事？」看著院子裡的一片狼藉，謝明揚氣得渾身發抖。「那小賊安彌遜呢，跑到哪裡去了？」

自己當年一念之差，養虎為患，這次定要親眼看著他在自己面前死去！

謝玉被人扶著走過來，卻是捂著嘴，無法說出一句話。

「妳的嘴？」謝明揚大吃一驚，眼神如刀子一樣地剜了霽雲一眼，轉頭道：「誰傷了妳？」

安鈞之也從地上爬了起來，邊疼痛難忍地抽著氣邊哭喪著臉道：「還不都是安彌遜那個混帳東西。」

「安彌遜？又是他？」謝明揚臉色鐵青，回頭厲聲道：「還愣著做什麼？還不快把賊人給我抓起來！」

「岳父，」說話的還是安鈞之，卻是神情怨毒地盯著霽雲。「那賊人已經被這容府小姐給救走了！」

「什麼？」謝明揚旋即大怒，衝著霽雲厲聲道：「容小姐，妳好大的膽子！安彌遜身犯重罪，妳卻幫助他逃跑，到底是何居心？」

「我幫助他逃跑？」霽雲大踏步上前，朝著安鈞之的臉上就狠狠吐了口唾沫，一指旁邊站立的眾多大內侍衛。「安鈞之，虧你還是讀書人，竟敢睜著眼睛說瞎話，看你文質彬彬的，哪想到卻是斯文敗類！方才大家可都看得清楚，明明是你護著安彌遜，故意不讓我找他報仇，才害得我被他打落馬下……你現在還敢公然栽贓於我，當真無恥至極！」

安鈞之猝不及防，一口唾沫正正沾在臉頰上，再想到方才被這刁蠻女子當眾拳打腳踢，真是羞憤欲死。

「到底是怎麼回事？」果然小瞧了容家這個丫頭嗎？沒想到竟是這麼刁蠻的性子。

謝明揚嘔得不得了，只是那日朝堂之上，已經差點被霽雲氣個半死，今日可不想再和這女子糾纏。所謂好男不和女鬥，勝之不武，而且只論耍嘴皮子，自己八成也是討不了什麼便宜，只望能抓住她一點把柄。

畢竟，容府和安府情形又不一樣，安雲烈那老東西為了讓自己孫子當上世子之位，拱手讓出了安府所有權力，如今成了拔牙的老虎，正好便宜了太子殿下；至於容文翰，雖然現在也困在宮裡，卻無人知道暗地裡他還有多少力量，竟是比安雲烈還要棘手。

也因此，太子才敢把罪名加在安彌遜身上，卻不好拿同樣的法子對付容霽雲。

無奈之下，只得轉頭問旁邊的侍衛。「安彌遜往哪裡跑了？還不快派人把他拿下！」

「啟稟謝大人。」那侍衛首領忙上前跪倒，小聲回稟了方才發生的事。

「全是廢物！你們這麼多人，就這麼眼睜睜地看著他跑了？」謝明揚聽得目瞪口呆。打死他也不相信會有這麼巧的事情發生！明擺著是容霽雲故意跑來攪局的，可氣就氣在挨了打吃了虧，偏偏還抓不住她一點把柄，只能啞巴吃黃連，有苦自己吃。

嘴裡這樣說時，眼睛卻是狠狠瞪了安鈞之一眼。竟然讓一個女子耍得團團轉，真是丟人現眼。

安鈞之默默擦去一臉的唾沫星子，一句辯駁也不敢說。事到如今，安鈞之算看明白了，無論文打還是武鬥，自己這個新鮮出爐的安家世子，根本不是容家這個潑辣女人的對手。

謝明揚看了依舊一臉意難平、千般屈辱萬般委屈的容霽雲一眼，陰陰道：「不得不佩服容相果然好手段，太子這邊剛查實了安彌遜的累累惡行，那邊容小姐就得了信跑來。人都說朝內有人好做官，看來容小姐也是宮裡有人啊！」

卻被霽雲四兩撥千斤給擋了回去。「怎麼比得上謝大人？家裡有的是荷包。」

謝明揚那日在朝堂上暈厥過去被抬出去後，皇上當堂杖斃了幾個接受謝明揚饋贈的太監，那些荷包也作為罪證被呈了上去。雖沒有指名道姓是哪個，可但凡有點心眼的人稍一思索，便能想通其中的關節。

看謝明揚臉色變得鐵青，似是馬上就要發作，霽雲才故作憤憤地道：「若要人不知除非己莫為，安家小賊的事情整個上京城都傳遍了，我堂堂容家世女又豈會不知？還是謝大人覺得我就是聾子傻子，任別人擺布？」

第一百零二章

「上京都傳遍了？」謝明揚神情明顯不信。這麼機密的事，怎麼可能這麼快就傳揚開來？當即命人去召集百姓到此。

問了一下後卻立時傻眼，也不知哪裡走漏出去的風聲，安彌遜乃是賊人冒充一事竟已是人盡皆知！

又詳細問了一下，竟是沒有一個人能說得清楚這消息到底是從哪裡傳出去的。

謝明揚怎麼甘心這樣灰頭土臉、毫無所獲地回去，似笑非笑地瞧著容霽雲。

「我記得沒錯的話，容小姐之前不是還在朝堂之上，口口聲聲說要和安彌遜同生共死嗎？今天又跑來鬧這麼一齣，當真是自相矛盾，貽笑大方。」

這老賊真可惡！

她下意識看向依舊跪在旁邊靜候發落的一眾人。謝明揚明擺著是想要以其人之道還治其人之身，竟是要逼自己當眾說阿遜的壞話，和阿遜決裂嗎？

霽雲心裡怒極，卻也沒有辦法，只得道：「霽雲要同生共死的是自己的夫君，並不是隨隨便便哪個人。既然現在人盡皆知那人乃是騙子，我容府是何等身分，也是隨隨便便的人想要高攀就高攀得了的？」

「容小姐不愧第一世女，果然當斷則斷，當真好氣魄！」謝明揚鼓掌，轉身朝向一眾豎著耳朵聽的人。「你們也都聽見了，連容小姐都指證說安彌遜乃是賊人冒充，老夫先前還有疑問，現在看來，絲毫沒有冤枉那小賊！一個無恥無德的奸邪小人，自然配不上容府貴女！」

又轉身對霽雲道：「容小姐方才已經說得明白，和安家無任何關係，只是妳既非安家媳婦，再手持那丹書鐵券，怕是名不正言不順，就快些拿來交還老夫，轉呈太子殿下吧！」

心裡卻是暗自冷笑。那安彌遜逃出去，十有八九會去尋楚昭，可楚昭手裡並無可用兵力，任那安彌遜功夫再高，也是無計可施。

自己正好發愁，如何才能名正言順、不費一兵一卒取回丹書鐵券，現在好了，容霽雲既當眾承認要和安家解除婚約，自然也就沒有任何藉口再保有聖物。

任她容霽雲能言善辯，這回倒要看看還有何話可說？

「丹書鐵券？」霽雲卻是大為驚詫的模樣。「謝大人說笑吧？那日下朝後，家父便說，既未正式成親，便持有安家媳婦的聖物，實在於禮不合，還是讓安老公爺送交聖上，等大婚之日，再請皇上頒下更為妥當。便讓人送回安家，轉交安老公爺手中。霽雲料得沒錯的話，現在聖物當在萬歲爺手裡。謝大人若是不信，可請來家父和安老公爺三人對質，或者索性自去詢問聖上，自然便知真假。」

「妳！」自己出來時，太子和淩奐再三囑咐，無論如何要帶回丹書鐵券。那丹書鐵券可是實打實的聖物，可調動一半的兵力，真是被楚昭那邊的人利用，怕是後患無窮。

也因此自己才順水推舟，既把容霽雲的話傳揚出去，令安彌遜更加罪無可逭，更順勢取回丹書鐵券。哪知這丫頭心眼靈活得緊，竟被她想出了這一套完美的說詞。

也不知是當真如此，還是確有此事？

只是這會兒皇上也好，容文翰、安雲烈也罷，都是絕不可能出現的。

原還以為容霽雲就是潑辣加運氣好罷了，這會兒卻發現，當真是甚肖其父、詭譎如狐！小小年紀說起話來，竟是滑不溜丟，滴水不漏。

謝明揚神情陰晴不定，卻始終抓不住霽雲的絲毫破綻，憋了半晌才冷冷一笑。

「容小姐既如此說了，老夫又焉能不信？這個時辰了，那小賊應該很快就會被押解回來，到時，容小姐可親手取了他項上人頭，以解心頭之恨！」

幸好自己來時為防萬一，馬上派了侍衛帶了畫有安彌遜畫像的海捕公文，通知四門城守緊閉城門。這次，自己再不會犯當年的錯誤，任他安彌遜插翅也難飛。

謝明揚話音一落，離得最近的西城門那裡果然隱隱傳來沉重的關門聲音。

霽雲神情微微一變，卻又旋即恢復正常。

「霽雲多謝大人成全，既如此，就恭敬不如從命了。」

卻是暗暗心焦。按自己估算，阿遜這個時辰應該已經到了西城門，又有高楚接應，應該不會有什麼閃失吧……

高楚這會兒也是心急如焚。眼看城門即將關上，卻還是沒見到阿遜的影子！

正自徬徨焦慮，長街那頭忽然傳來一陣馬匹嘶鳴，一個伏在馬背上縱馬疾馳的身影瞬間映入眼簾。

旁邊的巡守也明顯看到了來人，待看清阿遜的容貌，立時大驚。

「快關城門，拿下這冒充安府嫡孫的賊人！」

高楚此時更是再無疑慮，順手拿起旁邊的鐵棍撐住即將閉合的城門，衝著已經來至近前的阿遜高聲道：「快！」

安彌遜身子隨即騰空躍起，宛若一隻翱翔九天的雄鷹，一下飛出了城門，穩穩地落在高楚身邊的馬匹上。

他神情譏誚地看了一眼面色如土的城守，一勒馬韁繩。

「駕！」

從此龍歸深海、虎縱山林，一代戰神的輝煌歷程由此起始。

「唉喲，你們聽說了嗎？安家那什麼流落在外的嫡孫安彌遜，是個小賊假冒的！」

「開玩笑吧？老哥，這話可不敢亂說！那安家小公子是什麼人啊，人家可是安家世子，又即將娶容家世女……」

「我呸！還天之驕子呢！聽說安老公爺給皇上上了奏摺，說這安彌遜就是個地痞無賴，跑到他們家冒認官親不說，還妄想下毒毒死探花郎，把皇上都給氣病了。」

「皇上氣病了？這又怎麼說？」

「皇上不是前兒個才當著滿朝文武誇過他嗎？剛還當成寶呢，誰知道一轉眼鳳凰變烏鴉，你說咱皇上能不氣嗎？這不，聽說現在太子殿下管著事呢。」

「那容家不是更慘？他們家小姐可是板上釘釘和安家結了親的，而且聽說兩人可是情比金堅，容小姐為了替安公子擋劍，差點小命都交了。出了這檔子事，可怎麼好喲？」

「容家？別開玩笑了好吧？那容小姐聽說了這檔子事，立馬一哭二鬧三上吊，自己帶著人就跑到安家把親給退了，聽說把那安彌遜好一頓糟蹋，要不是被人攔住，當場就能拿劍剁了那安彌遜！」

「不會吧？之前還同生共死，這有點風吹草動就勞燕分飛不說，還想把人小命都給要了，這容小姐不只是無情，心腸也太歹毒了點吧？容相爺就不管管？」

「管什麼管呀？你沒聽說過嗎？容相爺平時什麼都好，就是太寵這個女兒了。都說多情女子負心漢，我看這回呀，是癡心男人碰見負心女了！你想啊，聽說兩人早就認識，照我看，說不好弄這一齣冒認官親的戲，就是容小姐背後算計，現在看事情敗露了……」

「果然人不可貌相。枉我還一直認為容小姐是巾幗不讓鬚眉呢，誰承想，是個這麼陰險的……」

「那是，都說十個商人九個奸，不陰險怎麼發財呀？還捐贈鄉里，照我看，就是拿出些黑心財買心安吧！」

「小姐……」跟在轎子旁邊的容五氣得臉色鐵青。事情越傳越玄乎，用腳趾頭想也知道，肯定有其他人故意散布一些有損小姐名聲的謠言。

「不能就這樣算了。老爺不在，屬下就是拚了性命也不能讓別人這樣抹黑小姐，欺負了咱們容府！」

「容五，這段時間絕不許惹是生非。」霽雲聲音低沈，卻是嚴厲至極。

容五能想到，霽雲更是早就明白，這肯定是一場特意針對容府布的局。

逼走了阿遜，安老公爺又久不露面，赫赫安府自然就落入了太子的掌握之中。至於安鈞之，也就是個傀儡罷了。

皇上生死不明，三大世家楚晗等於已經掌控了兩家，目前唯一無法納入自己勢力範圍的，也就是容家罷了。

如今爹爹和老公爺仍在宮中，雖然太子對外宣稱，這些重臣正日夜守候在皇上身邊，卻沒有一個人知道，裡面情形到底如何，甚至於皇上的生死……

此等危急時刻，絕不能輕舉妄動，以免授人以柄，使他們拿到可以威脅爹爹的籌碼。

「可這些人這樣講，要是傳到安少爺耳朵裡……」所謂三人成虎，要是安少爺真信了傳言……

「無妨。」霽雲聲音篤定，臉上更沒有絲毫憂慮之色。別人怎麼樣自己不知道，唯有阿遜，無論自己做了什麼、說了什麼，他都絕不會拋下自己。

望望分外高遠的天空，這個時候，阿遜應該已經在百里之外了吧？

兩匹快馬如飛而至，齊齊勒住馬頭。

「安大哥，這是師傅特意給你收拾的包裹。」

高楚解下背上的包袱，遞給安彌遜。

兩人自出城以來一路狂奔，並未遇到任何攔截。一個上午的時間，已是來至距京城二百里外的華城，而這處三岔路口，正是楚昭回京必經之處。

安彌遜早年便四處奔波，這般風餐露宿也是常事，臉上雖有微微的倦色，瞧著倒還神清氣爽。反觀高楚，因為從未出過遠門，又自來錦衣玉食，早已是疲憊不堪。

「喝些水。」安彌遜先四處轉了一圈，回來時，水囊裡早裝滿了水。打開包裹，果然有些乾糧，還有倉促間放進去的一包點心。

正中間則是一個有些古舊的紅色匣子，打開來，赫然是可調動半數兵力的丹書鐵券。

阿遜卻是眼睛都沒眨地撥到一邊，一枚小小的印章一下蹦了出來，上面是「霽雲」兩字，只是那「霽」字卻是少了一點。

正是霽雲從小到大一直帶在身上的那枚私人印鑑。之前尚未和爹爹團圓時，雲兒總愛一個人握著這枚小印出神，從未須臾離身。陪在她身邊那麼久，阿遜最明白這枚小印在她心中的意義有多重……

阿遜握緊那枚小印，神情無比平和，卻是久久凝望著上京的方向。

雲兒，等著我……

已經三天了，容文翰也好，安雲烈也罷，仍是沒有一點消息。三國會晤也被迫中斷，聽說西岐和祈梁都已經先後向太子遞交國書，準備在最短時間內離京回國。

霽雲派出去探聽消息的人全都是無功而還，容府外，卻是不止一次發現有探頭探腦、鬼鬼祟祟的人出現。

因得了霽雲的命令，眾人便只作不知。

「小姐，不然我們夜探皇宮。」容大緗不住道。

「是啊，」容二也道。「咱們這麼多弟兄，屬下就不信找不到老爺。」

這些暗衛是由容文翰一手帶出來的，全是忠心耿耿、悍不畏死之輩。

「爹爹要救，可也不能白白送死。」霽雲道。

皇宮那麼大，漫無目的尋找的話，可能會一無所獲不說，說不定還會打草驚蛇，這樣危急的時刻，再怎麼小心也不為過。

所以這之前，一定要先探明宮內情形，找到爹爹確實在哪兒，看看到底發生了什麼，然後再打算。

「吩咐下去，後日是我娘親祭日，咱們明兒個就動身，去棲霞寺上香。」

又回頭對丫鬟道：「去瞧瞧表小姐歇下了嗎？就說我有事找她。」

霽雲起身，深深一福。「表姑姑，雲兒來是想請妳幫我。雲兒知道，表姑姑心裡也定然不想爹爹出事，還有皇上……若然表姑姑願意，容家永遠是表姑姑的家。」

「妳真的願意讓我繼續留在容府？」王溪娘眼中含淚。

「爹爹待我如何，表姑姑平日裡不是已經瞧在眼裡？」霽雲神情驕傲。「更何況，我是容家世女。」

王溪娘怔立半晌，轉身從床下摸出一面腰牌，又提筆寫了幾個名字遞給霽雲。

「我前兒也曾經出去過，才發現原先皇宮的守衛全是重新換了的，根本就進不去。還有這腰牌，現在怕是沒有用了，也就只能充作信物罷了。可妳只要想法子進了宮，他們一定可以幫到妳。」

又細細囑咐了很多宮中須避忌之事。

霽雲接過揣在懷裡，再次朝王溪娘深深一揖。

「雲兒離開後，祖母和容府一併拜託給姑姑。」

能在皇宮那樣吃人不吐骨頭的地方活下來，這位表姑姑絕不是尋常人，再有處置王芸娘問題時的心狠……

這樣的王溪娘，即便自己不在府裡，應該也有能力保得了祖母吧？

「妳放心。妳祖母也是我親姑姑。」王溪娘神情鄭重，看霽雲要走，又加了一句：「雲兒自己也要小心。」

皇宮大內不亞於龍潭虎穴，霽雲再是聰敏，也不過是個沒見過什麼世面的深閨小姐罷了。

「去寺廟上香了？」謝明揚一愣。

「小的打聽過，明日確是容霽雲母親的祭日，每年這個時候，她都會去棲霞寺上香。」

「盯緊她，倒瞧瞧她要耍什麼花樣。」謝明揚吩咐道。

那人忙告退。來至棲霞寺，便有人匆匆迎了上來，指了指禪房前跪在蒲團上的一個纖細身影，低聲道：「容霽雲一直在那兒跪著呢。」

大楚皇宮。

「送到安華殿去，要是摔著了還是碰著了，可仔細你的皮。」一個大太監把一些東西交到一個低眉垂眼的小太監手裡。

小太監忙應了一聲，然後雙手接過，低著頭便往安華殿方向而去。

走了幾步，轉過一個彎，前面忽然傳來一陣喧鬧聲。卻是西岐小皇帝穆璠又帶了幾個小太監在踢蹴鞠玩。聲音太大了，使得來往的太監宮娥都不由放緩了腳步。

那小太監倒是老實得緊，仍是眼觀鼻、鼻觀心，並不東張西望，一徑朝著安華殿方向而去。冷不防一個黃綠相間的東西忽然飛了過來，小太監一個躲避不及，正好被砸中頭，嚇得慌忙跪倒。

「真是廢物！」穆璠十分惱火。「連個蹴鞠都踢不好！」又衝著跪在地上的小太監道：「還愣著幹什麼，還不快把蹴鞠給朕撿回來？」

第一百零三章

看小太監的樣子應該是被嚇壞了，甚至從地上爬起來時猛一踉蹌，差點再次摔倒。穆璠明顯被小太監的狼狽給取悅到，指著小太監哈哈大笑。

小太監已經拾起地上的蹴鞠，誠惶誠恐地小跑著上前，遞給插著腰得意洋洋的穆璠。

「小兔崽子，賞你的。」穆璠掏出幾枚金瓜子順手撒了過去。

「謝、謝陛下賞。」小太監的聲音驚喜無比，手忙腳亂地趴在地上撿，好不容易拾起來，又恭恭敬敬地磕了個頭，這才弓著腰捧著盤子離開。

「來來來，再來！」穆璠也就丟開了小太監，繼續招呼其他人。

哪知剛把蹴鞠踢出去，一個侍衛打扮的男子忽然跑了過來，附在穆璠耳邊低聲說了句什麼。

穆璠似是嚇了一跳，忙示意侍衛把剛踢出去的蹴鞠撿了回來，伸手細細地捏了一遍，臉色頓時大變，忙回頭看去，正好遠遠看到方才那個小太監的身影，迅速揚聲道：「截住他！」

小太監似是沒聽到，繼續往安華殿方向而去。

「是他？」那侍衛腳尖點地，轉瞬間已來至小太監面前。「站住！」

「啊？」小太監嚇得一個激靈，懵懵懂懂地看著瘦削侍衛，明顯不知道發生了什麼，可憐兮兮道：「侍衛大哥，小的還有事在身，若有伺候不周到的地方，還請大哥諒解一二。」

瘦削侍衛卻是絲毫不為所動。「是我們陛下有事問你，你跟我來吧。」說著，接過小太監手裡的東西隨手遞給一個從旁邊經過的太監。「你的事交給他做。」

「總管說讓小的一定親自送到，不然就會剝了小的的皮，侍衛大哥行行好，幫小的跟陛下說一聲，等小的辦完這趟差事再來領訓行不？」小太監苦苦哀求。

侍衛卻是手按寶劍，後退一步。

「請吧。」

被喚住的太監明顯認識侍衛，恭恭敬敬行了一個禮，神情豔羨地對著小太監道：「去吧、去吧，西岐陛下可是出了名的大方，陛下有事找你，是你小子的福氣，別人巴不得跟在陛下身邊伺候呢，你小子倒好，還推三阻四的！」說著接了小太監手裡的東西。「不就是去安華殿嗎？交給我了。」

小太監眼睜睜地瞧著那人接了自己手裡的東西，逕自往安華殿方向而去。

侍衛冰冷的聲音隨即在耳邊響起。

「走吧。」

沒有辦法，小太監只得亦步亦趨跟在那侍衛的後面，進了穆璠的寢宮。剛進去，宮門就在身後合攏。

小太監嚇得身子一軟就跪在了地上。

「見過陛下，陛下萬歲萬萬歲。」

下巴處忽然一涼，卻是一把冰冷的匕首抵上了喉嚨，小太監被迫抬頭，正對上那如無常般的侍衛充滿戾氣的雙眼。

「把蹴鞠裡面的東西拿出來。」

「小王八蛋！」穆璠臉上玩世不恭的憊賴神情早消失得一乾二淨，神情陰狠。「沒想到你竟然是穆羽那該死的混蛋的人，裝得倒還真像啊，差點就讓你矇混過去。」

心裡卻是充滿挫敗和恐懼。原以為自己故意裝著每日沈迷於玩樂，扮昏君扮得天衣無縫，哄得穆羽滴溜溜轉，卻沒想到早被識破，不然怎麼會被他發現蹴鞠裡的秘密？

更是懊悔自己怎麼那麼大意，好巧不巧，就拿了這只裝有西岐朝中擁戴自己的一干臣子名單的蹴鞠來踢！

小太監再傻，這會兒也明白自己怕是危險至極，左手倏地探出，一枚金針無聲無息地刺入侍衛的膝蓋處，自己身子隨之後仰，躲過了侍衛拍過來的一掌，起身就想往門外跑，腳腕處卻突然傳來一陣鑽心的痛，卻是那侍衛撲倒前一躍而起，正好勾住小太監的腳脖子。

「想跑，沒那麼容易！」

「哎喲！」小太監痛呼一聲，一下跌坐地上，張嘴就要喊救命，卻被侍衛一下點中啞穴，頓時發不出一點聲音。

「咦，好像是易過容的？」那侍衛愣了一下，抬手在小太監耳朵旁摸索了一下，一張人皮面具應聲而落，露出裡面一張芙蓉美面。

「是妳？」穆璠先是一愣，然後就咯咯冷笑出聲，宛若夜間鴟梟的嗥叫，聽在耳裡，說不出的毛骨悚然。「容霽雲，妳也有今天！啊，對了，讓我猜猜，妳為什麼會出現在這裡？為了你們家那老東西，還是來會穆羽這個老情人？」

嘴裡說著，一把扼住霽雲的喉嚨。

「不管妳來找誰，今兒都別想活著走出我的寢宮！」

看霽雲瞪著自己，穆璠又咭咭怪笑起來。

「放心，朕不會讓妳那麼容易死去。從前總是穆羽奪去朕的東西，今兒個倒好，他最喜歡的女人，竟然自動送上門來，朕一定讓妳好好享受一下，然後再把妳剁成一節一節地扔到穆羽的房間裡。

「我們想想會發生什麼呢？可能穆羽並不稀罕妳，隨便找人把妳拉出去餵狗，也可能穆羽真的很愛妳，然後替妳尋大楚的宮人報仇，也或者他正欣賞妳的人頭，想一針一針把爛掉的妳縫在一起，突然就有人衝了進去，然後，砰砰砰砰砰……穆羽說不定就會和妳爹不死不休啊！」

穆璠說著，臉上全是嚮往陶醉之意，彷彿在說一件再美好不過的事情。

霽雲第一次覺得毛骨悚然，身子猛地仰倒，後腦勺正碰到後面的櫃子上，發出咚的一響。

「還想逃？」穆璠獰笑一聲，回身拿了條鞭子，朝著霽雲劈頭蓋臉就抽了過去，一鞭下去，霽雲身子急劇地抖動了下，明顯疼痛至極。

「陛下，臣穆羽求見。」外面忽然響起一個略有些嘶啞的聲音，卻是穆羽到了。

穆璠臉色一白，手裡的鞭子啪地墜落地面，靜靜的宮殿中顯得尤其刺耳。那侍衛只來得及一腳把霽雲踹翻在地，又迅速封住了霽雲周身大穴，藏在袖子裡的劍也隨之指向霽雲的後心。

「妳最好聽話些，否則現在就殺了妳。」

一句話未完，門一下被人從外面推開，一個俊挺的身影正站在門口。

「皇叔。」穆璠已經恢復了平日裡懦弱的模樣，很是害怕的樣子。

「方才怎麼回事？」穆羽掃了地上跪著的小太監一眼，明顯沒太在意。「我怎麼聽到了兵器破空的聲音？」

「皇叔，是這小王八羔子弄壞了我的蹴鞠，我有些生氣，就想教訓教訓他。」穆璠一副做錯了事的乖寶寶模樣。「皇叔你別生氣，璠兒以後再也不敢了。」

「回到西岐，宮裡的閹人要打要殺自是隨你，只這裡畢竟是大楚，咱們明日一大早就要啟程回國，離開之前還是少生……」

聲音明顯頓了一下。「事端。我還有事，待會兒會讓人過來幫你收拾東西。」說著轉身就往外走。

「皇叔慢走。」穆璠明顯鬆了一口氣，無比得意地睨了一眼仍低著頭跪在旁邊的霽雲。

「對了，齊恕，祈梁小王爺拿來些新奇的小玩意兒，說是送給皇上的，你跟著去拿一下。」

齊恕忙應了一聲，不動聲色地收回手裡的劍，轉身跟著穆羽就往外走。

哪知穆羽忽然轉身，一腳狠狠踹向齊恕的心窩，另一隻手朝著臉上得意笑容還未散去的穆璠打了過去。

「啊！」齊恕只來得及短促地叫了一聲，胸前骨頭便傳來一陣刺耳的碎裂聲，一下癱在地上，一動不能動。

至於穆璠，則是直直飛了出去，跌落的力度太大了，竟是把那張椅子都砸爛了。

「殿下！」外面響起姬二的聲音，隱隱還能聽到其他侍衛急速而來的掠空聲。

「無事，你們在外面守著就好。」穆羽吩咐了一聲，轉頭看向仍是一動不動跪在地上的霽雲。「你到底是誰？怎麼會——」

方才自己經過這小太監身邊時，腳踝處的穴道明顯被手指碰了一下，雖是力道極輕，穆羽卻立刻感覺到，那手指帶來的觸感竟是無比的熟悉。

霽雲仍是跪在地上一動不動，一滴血卻是啪地落在地面。

穆羽伸手，一把撥開霽雲額前的亂髮，神情頓時又是無措又是憤怒。

「阿開，真的是妳！」

待看到霽雲嘴角不斷滴落的鮮血，及背上明顯鞭抽的印痕，臉色更是難看至極，俯身極輕柔地把霽雲抱在懷裡，轉身往只剩一口氣的齊恕身邊而去。

「是你……傷了她？」

齊恕神情恐懼至極，來不及討饒，穆羽已經伸手抓住齊恕的腦袋用力一擰，耳聽咔嚓一聲脆響，竟是生生扭斷了齊恕的脖頸。

那因為恐懼至極而凸出的雙眼好巧不巧，正好對著穆璠的方向，穆璠嚇得慘叫一聲，魂兒都要飛了。

「皇叔，饒命……」

下一刻，卻忽然失聲。

穆羽隨手拾起地上的軟鞭，朝著穆璠就抽了過去，穆璠只疼得渾身頓時猛一痙攣，背部如魚一樣地弓起，又重重地摔回地面。

「殿下。」聽裡面動靜不對勁，姬二推開門就衝了進來，待看到除了臉，渾身上下被打得血肉模糊，在地上不住翻滾、無聲哀嚎的穆璠時，明顯吃了一驚。「殿下，你這是怎麼了？」

雖然自己早就想讓羽兒殺了穆璠這一肚子壞水的小子，可現在，明顯時機不對。

這一抬頭，姬二再次愣住，怎麼外甥懷裡還抱了個小太監？再一細看，立時明白了穆羽會如此失去理智的原因，卻是明顯受了傷的容霽雲，正躺在自己那好外甥的懷裡。甚至這時候，嘴裡的血還在不停湧出來。

「先幫她止血。」

穆羽抬腳踢開努力想要爬過來求饒的穆璠，聲音都有些抖。

「張開嘴，讓我看看傷在哪裡？」

霽雲遲疑了一下，終於慢慢張開嘴巴，舌尖處果然鮮血淋漓。

「這是止血藥。」姬二丟了包藥過去，明顯對自己外甥這麼沒出息的樣子很不爽。「她自己咬的，能嚴重到哪裡去？」
話雖如此說，心裡卻也不由佩服，這丫頭倒還真下得了嘴，瞧這血肉模糊的模樣。
「齊恕封了妳的穴道？」穆羽也明白了霽雲為什麼會咬傷自己，肯定是為了衝開穴道，怪不得，她的手那會兒那麼綿軟無力。
早知道，一定不讓齊恕死得那麼容易！
「放我……下來。」因舌頭受了傷，霽雲說話很是艱難。
「閉嘴。」穆羽很是惱怒。這個女人就這麼討厭自己嗎？都這個時候了還這麼固執！
明明神情陰沈臉色難看至極，抱著霽雲的動作卻仍是格外溫柔。
到了自己寢宮，他雙手小心地穿過霽雲腋下，半扶半抱著讓她趴在床上。
有溫熱的氣息在耳邊拂過，穆羽低低的聲音隨之在耳旁響起。
「除了背部的傷，還有哪裡？」
「沒有。」霽雲忙往旁邊躲閃，不防恰扯到背上的傷口，頓時倒抽了口冷氣。
穆羽嚇得慌忙彎腰按住霽雲兩隻胳膊。「誰讓妳動的？又扯到傷口。」
垂眼間正好瞧見從霽雲耳後一直延伸到背部的一道鮮紅血痕，下頜一抽。
感受到穆羽眼睛膠著的地方，霽雲又羞又氣，胳膊用力一揮。「你幹什麼……放開我。」
隨著啪的聲響，穆羽猝不及防，臉上結結實實挨了一下，白皙的臉龐頓時留下五個紅紅的指印。

霽雲也沒料到竟會打著穆羽，畢竟對方功夫那麼高，怎麼會躲不開？無措地瞧著穆羽，竟是無法說出一句話來。

穆羽心裡一痛，又怕霽雲傷到自己，靜了靜才道：「妳躺好。放心，我不碰妳。等上好藥，妳要去哪裡都隨妳。」

說著轉身大踏步去了外面。

不到片刻，一個身著西岐服飾的女子誠惶誠恐地跑了進來，手裡還捧著一些藥物和一套小太監的服飾。

霽雲怔了一下，下意識看向自己身上的衣服，才終於相信穆羽打算放自己走，不自覺看向門外，心裡很是百感交集。

記得上一世，穆羽維護李玉文時，也是這般毫無原則，無論李玉文提出什麼要求，從沒有不答應的。

現在對自己，也是如此嗎？

也有一些感動吧，可那些曾經的傷害，終是無法釋懷……

上了藥的背部有些涼涼的，又有些酥麻的感覺，那種灼熱的疼痛感果然明顯弱了些。

「姑娘的皮膚真好。」那侍女邊上藥邊道。「姑娘放心，這藥啊，是我們西岐最好的療傷聖藥，姑娘這傷一、兩天就會全好，也絕不會留下什麼疤痕……」

停了停又道：「殿下心裡，一定很看重姑娘呢。姑娘不知道，這藥啊，靈老總共煉了兩、三盒罷了，可是救命的靈藥，即使重傷瀕死的人，只要有一口氣在，就足以用來續命，就是殿下這兒，也總共這麼一盒罷了……」

霽雲身體僵了一下，仍是沒有說話。

那侍女明顯有些失望，眼看藥已經上好，又起身拿過那套小太監的服飾。

「奴婢服侍姑娘換上吧。要不要奴婢再去換一套過來？」

這麼美麗的女孩子，怎麼喜歡穿太監的服飾？

霽雲卻是全然忽略了侍女眼中的揣測，伸手接過侍女手裡的衣服。

「不用，妳下去吧，我自己來。」

侍女略有些失望，卻是不敢違拗，只得把衣服遞到霽雲手裡。

「殿下說，這藥小姐也一併帶上就好，待得明日再塗抹一次，當可完全痊癒。」

「妳拿去還給殿下吧，就說我——」霽雲忙拒絕，那侍女卻已低頭退出寢宮。

霽雲又呆了片刻，果然再沒有人進來，忙拿起侍女交給她的服飾套在身上。應是匆忙尋來的，霽雲的身量穿著大了許多，只是這個時候也顧不得了。

霽雲把袖子往裡面掖起來，又把袍子往上提了提，好歹能過得去。

只是安華殿是去不得了，決定還是去找方才安排自己活計的丁總管，看能不能再想些其他法子。

計議已定，霽雲從床上下來。哪知腳剛一沾地，腳踝處就傳來一陣鑽心的疼痛，頓時哎喲一聲軟倒地上。

第一百零四章

殿門霍地一下被推開，穆羽飛身而入，伸手撈起地上的霽雲。

「好好的怎麼會摔下來？」

「我……」霽雲頭上豆大的冷汗滑落，半晌才嘶聲道：「我的腳、我的腳……好像受傷了，歇一下、歇一下就好……」

「別動。」穆羽俯身，抬手扯下霽雲右腳上的雲襪。白皙的腳踝上，五個黑黑的指印一下映入眼簾，更奇怪的是，那五個指印竟還在急速膨脹中，黑色的印痕宛若一條毒蛇向上蜿蜒。

「齊恕的五毒分筋錯骨手？」

他捲起霽雲褲腿，黑色果然已經向上延伸至小腿肚。

「有毒？」霽雲也意識到不對勁，明明除了剛受傷那一刻，自己很長時間都沒有痛感，哪裡想到，卻是一動就會有這般鑽心的痛……

霽雲下意識地攥住穆羽的肩，臉色蒼白。目前情況，爹爹情形不明，自己要是再無法出宮……

「別怕，」穆羽明顯是會錯了意，伸手急點霽雲幾處穴道。「放心，我這就去齊恕房間，只要能找到他練毒掌的毒物，定然馬上可以給妳解毒。」

說著站起身來，走到門旁時又站住，回頭看一眼神情慘澹的霽雲。

「有我在，絕不會讓妳出任何意外。」

又招手叫來幾名侍衛，冷聲道：「我不在的時間，不許任何人進入內殿，否則殺無赦。」

「不許任何人？」姬二惱火的聲音隱約傳來。「羽兒，你連我也要防著？」

穆羽卻是理都沒理姬二，徑直往穆璠住的地方而去。

姬二半天才反應過來。「這臭小子！這還沒怎麼著呢，就六親不認了！」

穆璠已經被處理好傷口，抬到了床上，呆呆地瞧著上面的天花板，神情陰狠。

那小太監既是容霽雲假扮，可以肯定不是為了名單而來，只要自己能安全回到西岐，假以時日，一定可以把穆羽挫骨揚灰。

只可惜了齊恕，自己手下得用的人又少了一個。

至於那容霽雲，既然中了齊恕的家傳絕學，應該也會命不久矣，自己也算是先討了點利息……

正自胡思亂想，外面忽然傳來一陣腳步聲，然後門唰地被推開。穆璠嚇得身子往床裡面猛地一縮，待看到臉色鐵青衝進殿裡的穆羽，更是魂飛魄散，掙扎著滾下床來，無聲地嚅動著嘴巴，似乎是求穆羽饒了他。

「饒你？」穆羽一下扼住穆璠的喉嚨，宛若來自地獄的修羅。「我那日怎麼告訴你的？

不、許、招、惹、容霽雲！你竟敢這樣對她不說，還敢讓齊恕用毒？」

穆璠拚命撲騰著，臉色很快發青，兩隻眼睛也鼓突出來。

穆羽一鬆手，穆璠一下趴在地上，跪著爬到穆羽面前，第一次體會到近在咫尺的死亡恐懼。

穆璠拍開他身上的穴道：「說，齊恕平日練功用的是哪些毒物？」

自己方才去齊恕的房間裡查看，能找到四種毒物的痕跡，第五種毒物卻是毫無頭緒。

「我、我不知道啊！」穆璠嗚咽著道：「皇叔，我真不知道，你饒了我吧！我知道錯了，再也不敢了……」

「你不說？」穆羽根本不聽穆璠的廢話，忽然拽住穆璠的腳脖子徑直往齊恕的屍體旁而去，狠狠把穆璠摔在齊恕的屍體前，唰地剝開衣衫，抓起齊恕的手，朝著穆璠的小腹就印了下去。

「啊！」穆璠拚命掙扎，但哪裡敵得過盛怒中的穆羽？只能眼睜睜瞧著齊恕的手掌在自己小腹印下五個清晰的黑色指印。

「用了哪五種毒物？」穆羽又作勢拿起齊恕的手往穆璠胸口拍下，穆璠先是拚命搖頭，最後終於撐不住地點頭。

穆羽一把鬆開他，再次拍開他身上的穴道：「說！」

「用了蟾蜍、竹葉青、毒王蜂、斷腸草、火蠍子。」穆璠一口氣說完，又死死抱住穆羽的腳脖子。「皇叔，救我……求你救我，你已經殺了我父皇，也算是報了仇，你不能再殺我了，皇叔……

「皇叔，從前無論我多荒唐，你都沒有罰過我，這次也一定會饒了我的，對不對？」看穆羽不理，穆璠越發驚慌，抱住穆羽苦苦哀求。「我知道錯了……是他們騙我，說皇叔要害我，我只是太害怕了……皇叔，以後你要我做什麼我就做什麼，我一定聽你的話……」

卻被穆羽一腳踢開，頭也不回地往殿外而去，吩咐門外的侍衛道：「齊恕刺殺皇上，已經被孤擊斃，皇上受了傷，你們還不進去好好服侍？」

「穆羽，你這個魔鬼，你一定會遭報應的，我死也不會放過你……」空曠的大殿上，穆璠躺在冰冷的地上，隨著轟隆隆關起的殿門，再傳不出一點聲響。

穆羽嘴角浮起一絲冰冷的笑意。那樣一個供奉在祖廟裡的棺材匣子，怎麼可能會有人爬出去？從三歲起，自己就不過是個活在人間的厲鬼罷了，也只有在對著舅舅和阿開時，才能體會到，原來自己也是個人……

一個時辰後，終於集聚了所有的藥物，穆羽親自煎了藥看著霽雲服下。

「雖然去了毒，妳的筋骨卻是已經錯亂，必須要好生調理，一個月內更是不可下地走動。如今天色已晚，妳先在此休息，明日再隨我一同離宮。」

「不行。」卻被霽雲斷然拒絕。「我還有事……必須離開。」

說著就要下床。

「妳！」沒想到霽雲這麼固執，穆羽氣極，探手就把霽雲給抓了回來，恨聲道：「在妳心裡，我既然是那般下作的惡人，我就索性做個惡人吧！我說不許妳走，看誰敢放妳走出這大門一步！」

沒想到穆羽會這樣說，霽雲愣了一下，苦笑道：「我相信你……」

就在方才，霽雲已經想明白，想起今世種種，無論自己如何厭惡穆羽，他終是不曾真正地傷害過自己。

興許，就如同上一世，穆羽以為是李玉文救了他，就百般遷就一樣，這一世，對自己，怕也是這種心情。

罷了，此次得蒙穆羽相救，就當抵消了從前的種種恩怨吧。自己可以不再恨他，卻也不願欠了他。

說著抬頭，誠懇地對上穆羽的眼睛。

「我知道你不會傷害我，可是，」抬手指了指自己身上的太監服飾。「你也應該知道，我來這裡是想要做什麼。我若是晚一步，爹爹便會多一分危險。」

「所以妳的意思是，妳要瘸著一條腿，去探查妳爹的情形？」穆羽神情譏諷。「真是癡人說夢！妳留在這裡，我去。」

說著不待霽雲反對，轉身就往外走。

「不用。」霽雲忙道。自己這個樣子，當然不會再去冒險，可和容大他們商量的本來就是兩套計劃，若是自己白日沒有成功，便換他們夜探皇宮，自己說要離開，只是要回府罷了。

眼前卻哪裡還有穆羽的影子？

「容公，你可想清楚了？」楚晗居高臨下，看著面壁而立，始終不願回頭看自己一眼的容文翰。

「本殿才是太子，至於楚昭，大楚上下誰人不知，他不過是個王爺罷了！只要你願意交出父皇遺詔，待本殿登基，就封你為一字並肩王，世襲罔替！」

話雖如此說，心裡卻是暗暗咬牙。千防萬防，沒想到那老東西還留了一手，竟是早寫好了遺詔，自己翻遍了寢宮也沒找到絲毫影子。

用腳趾頭想也知道，遺詔定然在容文翰或安雲烈手裡！

「一字並肩王？」容文翰無力地笑了一聲。「太子殿下，你當本相是小孩子嗎？」

說完便合起眼來，再不肯說一句話。

若然交出遺詔，不只自己絕對會被楚晗找由頭處死，便是雲兒，也必然橫遭毒手。

連自己親爹都敢謀害，還有誰是楚晗下不了手的？

反而是不交出遺詔，楚晗投鼠忌器，不敢輕舉妄動，最不濟也就是想個由頭讓自己死在深宮之中，短時間之內應不敢再加害雲兒。

畢竟自己死後，容家還是天下文人敬重之所，便是為了籠絡民心，楚晗也得捏著鼻子照顧雲兒。

接下來無論楚晗說些什麼，容文翰始終神情平靜、閉目不語。

「好，好你個容文翰！」楚晗氣極，忽然拾起桌上的一個茶碗，朝著容文翰就砸了過去，鮮血頓時順著容文翰額角淌下。「既然你要自尋死路，那本殿就成全你！」

「那容文翰竟是如此冥頑不靈？」淩奐也是大吃一驚，沒想到容文翰有這麼硬的風骨，竟是無論極刑還是毒藥，都無法讓他屈服。

「太師，父皇的死，怕是很難再瞞下去了。」楚晗神情惶急。

沒有人知道，早在兩日前，大楚皇帝楚琮就已經駕鶴西歸，更在臨終前指著楚晗痛罵，甚至直接說自己早有遺詔，即便楚晗登基也是謀朝篡位！

楚晗頓時慌了手腳，立即對容文翰和安雲烈嚴加訊問，卻是始終無果。

「太子放心。」淩奐神情森然。「安、容二人自始至終沒有離開過皇宮，只要他們永遠閉了嘴，又有誰會知道？」

「太師意思是說，把他們……」楚晗也明白了淩奐的意思。「他們兩人本已身中劇毒，說不好，便是今日也挺不過去。」

「不能讓他們的屍體被人瞧見。」淩奐想了片刻道：「明天放一把火……到得後日，再把皇上死訊公布天下，到時只說，安、容二公太過哀傷以致精神恍惚，不幸於宮內走水時命喪宮中……」

「安家倒是無事，就是那容家世女。」

安鈞之做安家世子，自會任自己擺布，那容霽雲卻不是個好相與的！楚晗皺眉道：「不然，把那容霽雲也……」

「太子不可！」卻被淩奐否決。「兩大世家的家主同時殞命宮中，本就會惹得世人猜忌，太子到時須得對容霽雲更加禮遇恩寵，以堵天下悠悠之口。」

雖然容霽雲的存在始終是心頭的一根刺，楚晗卻也明白淩奐說的有道理。

罷了，便先讓那容霽雲再多活幾日！

兩人計議已定，又聽謝明揚回稟說容霽雲去棲霞寺祭拜亡母，仍是留在山上未歸，也就越發放下心來。

「派宮中精銳看守寶和宮，後天之前，便是隻蠅子也不許飛出去。」

「爹爹在寶和宮？」聽了穆羽的話，霽雲頓時大喜，一把抓住穆羽的手。「你有沒有見到我爹爹？我爹爹他還好嗎？」

這些日子以來，霽雲最擔心的就是容文翰的安危。依照上一世的歷史軌跡，上一世爹爹是煎熬了十年後，楚昭登基時離世，這一世唯恐悲劇重演，霽雲最重視的就是爹爹身體的調理，而容文翰身體之康健也絕非上一世可比。可即便如此，還是忍不住會胡思亂想……

穆羽只覺被霽雲握住的手心灼熱無比，心頭頓時湧起一股無法言說的暖意，定了定神才道：「楚晗忽然派出重兵看守那裡，我怕打草驚蛇，只是遠遠看了一眼，另外……」

遲疑了下還是決定告訴霽雲。

「大楚皇上，已經駕崩了。」

「什麼？」霽雲簡直不敢相信自己的耳朵。「怎麼可能？」明明上一世，皇帝駕崩和爹爹離世、自己慘死是在同一年，應該還有十年之久，怎麼可能這個時候便會離世？

霽雲一直以為自己最大的依仗，便是因為重生而有的預知，即便會有些小的意外，卻認為那些大事終會按著既定軌跡運行，自己所要做的，就是努力幫爹爹和容家規避可能會出現的災禍，卻從沒想過有一天一切會和自己記憶中全不一樣。

上一世，皇上駕崩後，容家發生的一連串慘劇在眼前閃過。

容家被清剿，爹爹和自己流落街頭，惡狗撕咬，父女飽受折磨後離世……

「怎麼可能是這個時候？明明十年後皇上才會駕崩，對，還有十年時間，還有十年時間……」霽雲嘴裡喃喃著，更緊地攥住穆羽的手，聲音尖銳而刺耳。「讓我去，讓我去看看……皇上不會駕崩的，不會的……不不，我要去找爹爹，我要見我爹。」

那樣被惡狗追咬、無容身之處的煎熬，那樣受盡凌辱的唾棄，又彷彿抱著爹爹逐漸冰冷的身體，那種生離死別的劇痛使得霽雲神情越來越瘋狂，甚至全身體也不受控制地抖個不停。

「阿開！」認識這麼久，霽雲何曾露出過這麼脆弱的一面？穆羽終於回過神來，抬手把霽雲摟在懷裡，邊僵硬地拍著霽雲的背邊道：「妳怎麼了？別怕，別怕，我帶妳去見容公，我們馬上就去見容公，容公不會有事的。妳信我，容公一定不會有事的。」

心裡卻是翻起了驚濤駭浪。什麼十年後才會駕崩？阿開怎麼會這麼篤定楚琮應該十年後才會死去？他忽然憶起自兩人相識以來，霽雲的種種舉動，包括狀似無意地道出方修林在槐樹里養了外室，小小年紀卻能寫出和容文翰一般無二的字體……

細想的話，竟無一處不透著一股怪異。

寶和宮一片死寂。

容文翰所在的內殿更是漆黑一片，伸手不見五指。

這是已經做好處死自己的準備了吧？

這偌大的寶和宮裡，怕是除了自己，和不知道被關在什麼地方的安公，就再沒有第二個活著的人了。

這幾日飽受折磨，容文翰身體早已經壞到極致。自己的身體自己知道，怕是撐到明日已是極限了。楚晗來時不過強撐著，不願墮了自己的尊嚴，到了這會兒，早連坐都坐不起來了。

不過也好，這冰涼的地板，反而能讓神志有片刻的清醒。

也曾無數次揣測過，若是面臨死亡，自己會想些什麼？

國家興衰？家族榮華？或者，會想起年少時那個讓自己魂牽夢縈、如水一般溫柔的女子？

都不是，這般時候，充盈在容文翰腦海的，卻是那個小小軟軟的身體撲到自己懷裡時，那脆生生的一聲「爹」。

憶起和女兒在一起時的點點滴滴，那麼多的溫暖和幸福，甚至沖淡了身體上的痛苦。容文翰嘴角依稀露出一絲笑容。此生得女若此，自己死而無憾。

下一刻，就被人緊緊抱住。

「爹。」

容文翰抬起的手一下僵在了空中，明明全身的傷口因為這個擁抱劇痛無比，容文翰卻是沒有半點反應。

自己一定是作夢吧？不然，怎麼會聽到雲兒的聲音？

下一刻卻又驚又懼，一把打開霽雲的手，喘著粗氣道：「誰讓妳到這裡來的？還不快走，容大……」

既然決定要把自己滅口，如今這寶和宮外怕是早已森嚴無比，這樣貿然闖進來，不要說即便有機會離開，自己也不會走的，不然容家怕是會馬上大禍臨頭……

霽雲僵硬地抬手，置於鼻下，呼吸間全是血腥的氣息及不知名的腥臭味道。

「爹……」

霽雲跪倒在地，把容文翰抱在懷裡，無聲地抽泣起來。

難道說重活一世，自己仍是無法打破這個死局，要再一次眼睜睜瞧著父親死去而無能為力嗎？

「穆羽，我有沒有和你說過，其實我救了你兩次，可你卻……所以，你欠了我三次。」

前世今生救了你兩次，可前世裡，你卻恩將仇報，聽從李玉文役使，在我和爹爹走投無路時落井下石，使得我們陷入了更悲慘的境地……

「啊？」穆羽明顯有些沒反應過來，容文翰卻已經明白，陪同女兒到這寶和宮的不是容府暗衛，卻是西岐攝政王。

此時此刻，肯陪女兒冒此奇險，雖不明就裡，也明白兩人必是大有淵源。當即強撐著道：「穆王爺，請你馬上帶雲兒離開……」

頓了頓又道：「若然可能的話，王爺離開上京時，一併帶了雲兒離開，大恩大德，容文翰結草銜環，來世做牛做馬相報。」

說著竟是以頭碰地。

本想著自己死後，楚晗暫時應該不會動女兒，但方才突然看到寶貝女兒，便即明白，自己若真死去，雲兒的性子怕是會和楚晗拚命，那樣的話，無疑是以卵擊石……

外面突然傳來一陣整齊的腳步聲，穆羽臉色一變，忙飛出去查看，卻是一隊整齊的禁衛軍，臉色不由變了下。禁衛軍已經趕到了嗎？那些大內高手，怕是也已經各就其位。眼看天將破曉，再耽誤下去……

剛一轉身，就聽見霽雲嗚咽著叫了一聲「爹」，便再無半點聲息，忙縱身過去。

「容公，阿開怎麼樣了？」

他正好抱住即將軟倒的身體，立時明白，怕是阿開傷心過度，昏了過去。

「你們……快走！」許是方才流淚的緣故，容文翰聲音都有些變調了。

「容公，保重。」話雖這樣說，穆羽心裡清楚，當前形勢，容文翰怕是不能活著走出這寶和宮了，停了下道：「容公放心，有穆羽在，定不讓任何人傷到容小姐。」

倒臥地上的容文翰卻已無一點聲息。

能聽得見外面的口令聲，穆羽心裡一動。這是換防了？

揹起霽雲，身子一縱落在一處屋脊上，哪知還未站穩，卻被人一下抓住胳膊。

「別動。」卻是姬二的聲音。

穆羽忙俯身，正好瞟見幾個鬼魅般的影子從下方一叢灌木後繞出，又很快沒了蹤影。

「二舅。」穆羽大驚，若不是二舅突然出現，自己和阿開一定會被人發現。

「你這個混小子！」姬二氣得恨不得揍穆羽一頓。這小子真把大楚皇宮當自家後花園了？就敢這麼大剌剌地跑到關押重犯的地方，若不是自己派侍衛引開了絕大部分高手，這兩人早死翹翹了！

若被楚晗發現，西岐竟和容文翰或楚昭有什麼不清不楚的關係，那就等著被人家給一鍋燴了吧！

他伸手將霽雲提過來。

「快走。」

兩人回至自己宮室，能瞧見已經有打著燈籠的宮娥正往這裡而來。

第一百零五章

昨日已經向楚晗通報，要在今日離開上京。

姬二摸索著掀開穆羽的車駕遮板。穆羽的車是特製的，裡面設有一個隱秘的夾層，把霽雲放了進去，回身狠狠瞪了穆羽一眼。

「楚國禮部的人很快就會到了，你不會就準備穿著這一身和他們相見吧？」

好在離開上京倒還順利，十里長亭送別，大楚禮部的官員終於折返。

穆羽忙要打開夾層，外面忽然一陣鑾鈴響，緊接著兩隊身著容府標識的暗衛突然出現，兩隊人跪在馬前，齊聲道：「我等奉命接小姐離開，多謝王爺大恩，容府上下沒齒不忘。」

這是？穆羽僵僵地瞧了姬二一眼。

姬二卻是無所謂的樣子。

「是我通知了容府。她是容府的小姐，自然有他們自己的人操心。」

穆羽氣惱已極，卻又擔心霽雲這麼長時間躺在夾層裡會不會悶壞了？他沈著臉抽掉遮板，把霽雲抱了出來，容府暗衛也圍了上來，伸手便想去接，來來往往間正好碰掉霽雲臉上遮面的黑巾，頓時愣住。

穆羽懷裡抱的哪裡是他們小姐容霽雲，分明是雙目緊閉、昏暈不醒的家主，容文翰。

「殿下。」穆羽身形剛一動，便被姬二擋住去路，低聲道：「皇上遇刺，性命垂危，西岐不可一日無君……」

話未說完，車門倏地一下被關上。

姬二摸了摸鼻子，雖是有些尷尬，心終於放下來了些。

老實說，雖然容霽雲也算是投自己的緣，可也就僅僅投緣而已，論相貌不過中上，也不是什麼傾國傾城的美人兒，說句不好聽的話，委實連羽兒都比不上。

而且一路行來，和羽兒相處時間也不過寥寥，自己就不明白羽兒怎麼魔障了一樣，非她不可，竟是無論如何被冒犯，都放不下的樣子。

他嘆了口氣。真是前世的魔障！

卻自顧自地轉身，美其名曰要保護好皇上的安危，暗地裡卻吩咐侍衛，全力監控攝政王的車子，若發現任何異動，要不惜一切代價攔截。

畢竟穆璠之死，已是勢在必然，西岐國內必然會掀起一場腥風血雨，絕對禁不起穆羽出意外。

至於容霽雲，不只對穆羽的帝王之路毫無幫助，更是再三左右了穆羽的心神。自己的外甥本來是何等殺伐決斷、剛毅果決的一個人，現在卻屢屢因為此女做出蠢事。

所以別說去救，姬二甚至覺得，容霽雲還是死了最好。

「所謂求仁得仁，她既甘願代替父親死在大楚宮中，又與我們何干？」姬二聲音冷漠。

「而且還說什麼欠她三次？你一再出手救她，她卻絲毫不知感恩，甚至一次次把你誘入死地，這樣蛇蠍心腸的無情女子，羽兒還是忘了的好。」

忘了？穆羽第一次伸手抱住自己的雙臂，神情慘澹。自己何嘗不想如此？可有些事有些人，不是想忘就忘得了的，只要一想到容霽雲會死，穆羽就覺得如墮冰窖、了無生趣。

隱隱地，總覺得好像有一個聲音在心底說，這一世，絕不能再犯曾經的錯，即便她心裡永遠也不會有自己，只要她活著就好。

難道自己上一世，真的曾經負過阿開？

姬二傾聽片刻，裡面仍是悄無人聲，能隱約聽見穆羽清淺的呼吸聲。知道外甥性子自來執拗，這會兒八成在生悶氣，便也不再多言，只密切監視著車內動靜。只要安然返回西岐，到時羽兒想要怎麼出氣就都由他去。

一路無語，緊趕慢行，雖是儀仗繁瑣，不過大半日，已是離京百里之外。

遙遙看見前面就是驛站，姬二一勒馬韁繩，來至穆羽車前。

「殿下。」

卻是車內空空如也，哪裡還有穆羽的身影？

只來得及吩咐一聲，掉轉馬頭，便往來路一路疾奔，忽聽身後一片嘈雜聲響，忙回頭看去，卻是一道淡淡的人影從穆羽的車上一躍而出。

不好！姬二暗叫糟糕。自己怎麼這麼糊塗？以羽兒的功夫，由自己看著，怎麼可能無聲無息就消失！

那車內還有一道夾層，方才羽兒定是藏在夾層裡，然後又閉住呼吸，做出人已經跑了的假象；自己又一直存了羽兒會跑去救人這個念頭，所以才會情急之下上當！

就這麼耽誤了片刻工夫，穆羽的馬已經僅餘一道殘影罷了。

穆羽的馬本就是西岐最好的寶馬良駒，說是日行千里一點也不為過，因穆羽沒有騎乘，可算是養精蓄銳。反觀自己的馬，因急於離開上京那個是非之地，早已是疲憊不堪，這會兒是無論如何也追不上了！

正是深夜時分，眾人均已安睡。

寶和宮內卻忽然濃煙滾滾，只是所有人都似是睡得太熟了，等有人發現時，那裡早已烈焰炙天，根本無法靠近。

而同一時刻，更有喪鐘傳來，卻是大楚皇上楚琮，駕崩了！

太子又痛又驚之下，頓時昏了過去，宮中頓時亂成一片。

所有人都想著如何討好新君，至於據說「太過勞累、已經被扶往寶和宮歇息」的兩位重臣，早被眾人拋到了腦後……

霽雲靠在牆壁上，望著外面那無邊的烈焰，渾身上下都是被火苗舔舐的灼熱痛感。外面的腳步聲漸漸遠去，想來是確信但凡寶和宮的活物都絕無再逃出去的可能，所以撤離了吧？

雖然知道死亡很快就會到來，霽雲竟出奇平靜。很多時候，一直不明白為什麼老天會特別恩賜自己，讓自己能重活一世，這會兒卻突然想通了。

老天讓自己回來，就是讓自己償還欠爹爹的債、彌補前生的遺憾。

上一世，爹爹那麼愛自己，更為了自己而悲慘死去，所以這一世，換自己替爹爹就死。

那麼老天，和爹爹的帳已經扯平了的話，下一輩子，能不能保佑霽雲仍然投胎做爹爹的女兒，平凡些就好，讓爹爹親眼看著霽雲一點點長大，讓霽雲侍奉爹爹到白髮滿頭……

只是阿遜……那張癡癡的容顏倏忽在眼前浮現，霽雲心裡大慟。

阿遜，對不起……

哐噹一聲巨響，霽雲眼睛倏地睜開，簡直不相信自己的眼睛。

卻是穆羽去而復返，手持利劍用力地砍宮門前的鐵柵欄。

已經決定處死容文翰，楚晗便再沒有涉足此處，直接命人扛了鐵柵欄來把門和窗戶全部死死封住。

而此時，穆羽正用盡全身力氣朝著那鐵柵欄一下下砍去。

喀嚓！寶劍應聲碎成兩截，穆羽的虎口也隨之迸裂，鮮血頓時汩汩而出。

「穆羽？」霽雲終於反應過來，神情茫然而震驚。怎麼竟會是穆羽？

「玄凝鐵？」穆羽卻是不理霽雲，探手從懷裡拿出一把薄如蟬翼的匕首，依舊用力朝著鐵柵欄砍過去。只是不知為何，每一次他的手揮起，都會有一種烤糊了的味道傳來。

霽雲已經挪至近前，伸手剛一碰欄杆，卻又觸電般收了回來。

那鐵柵欄被炙烤的時間長了，此時溫度奇高，不過稍一碰觸，便有鑽心的疼痛傳來。

那方才烤糊的味道……

霽雲下意識地往穆羽手上瞧去，果然早已是血肉模糊。

而縱使穆羽手裡的匕首削鐵如泥，這會兒也不過在鐵柵欄上形成一個小小的切口罷了。

「穆羽，你瘋了嗎?!」外面的幔帳已經燒著，一陣風吹過，火苗呼呼一聲燒了過來，霽雲的劉海一下就捲了起來，穆羽的頭髮更是幾乎燒焦，再多待片刻，別說救自己，就是穆羽也會陪著葬身火海！

「穆羽，你回來做什麼?別以為你回來救我，我就會感激你！」

霽雲拚命回想上一世穆羽如何步步緊逼，拚命讓自己的聲音聽著充滿恨意。

「無論你如何對我，我都不會原諒你！我還是那句話，若是早知道是你，當初，我一定會眼睜睜地瞧著你凍死在那冰天雪地裡！」

穆羽身體猛地一震，匕首卻是更用力地朝著又一根柵欄切了過去。

「穆羽，你耳聾了嗎？」眼看那火焰已經燒著了穆羽的衣衫，甚至能聽見外殿轟然崩塌的聲音，再晚些，怕是真的來不及了！

「你以為這樣拚命救我，我就會原諒你嗎？告訴你，無論你做什麼，永遠也不要想著我會原諒你……我恨你，恨不得吃你的肉、喝你的血！你不知道當初得知救下的竟然是你，我有多恨自己……我甚至對你那皇兄萬分感激，你這人生來就是魔鬼，地獄才是你該永遠待著的地方！

「穆羽，我告訴你，黃泉路上若是有你相伴，我寧願現在就去死！」

穆羽果然一呆，神情悲愴至極。「阿開，妳真的……這麼恨我？」

「是。」霽雲慘然一笑。「恨到即便葬身火海，我也絕不願和你有哪怕一絲一毫的牽扯……若是和你這樣的魔鬼一同死去，對我而言，才是人生最大的恥辱！」

穆羽身體晃了一下，日日糾纏不休的惡夢忽然無比清晰地浮現在眼前。紛飛的血雨，倒下的屍體，殘破的古廟，衣衫襤褸比乞丐更骯髒的一對父女，漸漸幻化成無數次惡夢中的情景，阿開那雙仇恨的眼睛，終於和眼前神情冰冷的霽雲重合。

「那個老人，和妳在一起的老人……」

穆羽聲音很輕，卻恍若重錘狠狠地砸在霽雲心頭。

「……他把妳護在身下，然後跪下，拚命地向我磕頭，只求我放過他心愛的女兒……」

難道所有的一切不是夢，而是曾經真實發生過的嗎？

「你怎麼知道？」霽雲簡直不敢相信自己的耳朵。前世的記憶是自己這一生最大的秘密，即便是阿遜也不知道，為什麼穆羽竟然曉得，還說得絲毫不差？

寒風裹挾著火苗再一次衝了過來，頓時燃著了穆羽的衣角。

霽雲閉了下眼，淚水順著眼角不停滴落。「原來，你也記得嗎？那就是，我們的前世……你護著李玉文那個賤人，一步步把我逼至絕境……你殺了爹所有的侍衛，冷冷瞧著那些野狗瘋了一樣地撕咬我和爹爹。

「所以，你以為對這樣害了我和爹爹的人，我會選擇原諒嗎？穆羽，我現在就可以告訴你，不可能，我死也不會原諒你！今日，我死在這裡也就罷了，若是我能出去，第一個要殺的，一定是你！

「所以穆羽，你還不滾，還要留在這裡做什麼？」

自己果然曾經對阿開痛下殺手，逼得她走投無路，過著連豬狗不如的日子……

怪不得，怪不得認出自己是誰後，阿開會那麼恨自己。

是啊，無法忘記，那樣一個大雪紛飛的夜晚，自己病痛兼身中劇毒，是阿開緊緊抱著自己。然後那一夜裡，阿開一直在自己耳邊念叨著爹爹、爹爹……

自己既然曾經逼死過她的爹爹，這一世，又怎麼可能再得到她的諒解？

「啊！」

穆羽忽然丟開匕首，用力扯住兩個已經被切斷的欄杆，用盡全身力氣往外一拉。

鐵欄杆應聲而開，哪知上面卻是轟然一陣響，一個巨大的滾木從天而落。

穆羽一個躲避不及，正被攔腰砸在下面。

「穆羽！」霽雲慘叫一聲，從那個僅容一人可過的洞中鑽了過去，完全不顧被燒紅的鐵棍燙得起泡的肌膚。

鐵棍太熱了，穆羽又用了最大的力氣，兩隻手竟被生生黏在了鐵棍之上！

「阿開，錯了一次，是不是……怎樣做，都無法、無法得到原諒？」穆羽有些恍惚地瞧著霽雲，一大口鮮血一下從嘴裡噴了出來。

「穆羽！」霽雲瘋了一樣地推開滾木，穆羽身體隨即軟倒，兩隻手掌早已是血肉紛飛，甚至有森然指骨裸露出來。

「穆羽……」霽雲哆嗦著把穆羽抱在懷裡，眼淚再也止不住，一滴又一滴砸在穆羽臉上。

「別、別哭……」穆羽想要抬起手幫霽雲擦拭，手抬到半空，卻是重重落了下去。「快走，就當我……還了……前世……欠妳的債……」

「穆羽，別怕，我……帶你出去。」霽雲艱難地從地上起身，把穆羽揹上肩頭，哪知腳踝處傳來一陣劇痛，整個人撲通一聲仰躺在地。

嘩啦！又一根橫梁轟然落下，正正堵住前面的路。眼看外面已是一片火海，別說帶上穆羽，就是自己一個人，從這片火海中衝出去的可能也是微乎其微。

「爹，阿遜……」霽雲內心絕望至極，卻也知道，這兩個至愛之人，此生怕是已經無緣再會。

眼看火勢即將蔓延過來，反倒是自己方才所處的囚室，倒還相對安全些，霽雲艱難地抱著穆羽一步步往裡面挪去。

又一次重重跌倒在地後，穆羽終於痛醒過來，茫然地瞧著縮在角落裡，緊緊抱著自己的霽雲。

「我，死了嗎？不對，我一定……是在作夢……」

嘴裡說著旋即閉上眼。阿開說過，即便黃泉路上，也絕不會和自己同行。也就在夢裡，阿開才願意這麼抱著自己，就像八歲時，那個冰冷而殘酷的風雪之夜。

原來人死後也會作夢的嗎？

真好，黃泉路上，有這樣一個美夢，便是喝下孟婆湯時，也沒有什麼遺憾了。

「穆羽。」霽雲呆了一下，抖著手指放在穆羽鼻下，呼吸果然更加微弱，說是氣若游絲也不為過。這是，油盡燈枯了嗎？

忙從懷裡摸出金針，便想去刺穆羽的穴道，手舉到半空，卻又緩緩垂下，扶起穆羽，讓他斜倚在自己身前，好更舒服些，嘴裡喃喃道：「穆羽，這樣死了也好，可以不必再受烈焰焚身之苦……」

那樣活活被燒死的滋味，一定很痛吧？

懷裡的身體卻劇烈地痙攣了一下，穆羽一下睜開眼睛，想要坐起來，卻再次無力地倒在霽雲懷裡。破了一個大洞的鐵柵欄、關著阿開的囚室、肆虐的火舌……所有這一切，無不昭示著他們還在寶和宮！

有了這個認知，穆羽又驚又怒。「阿開，妳為什麼……還在這裡？」

「你醒了？」沒想到穆羽沒死，霽雲怔了一下，神情柔和。「你忘了，我的腿傷了，根本就跑不出去。這樣也好，黃泉路上，咱們倆正好作個伴。你不知道，我其實……很膽小的。對了，穆羽……」她故作輕鬆地對穆羽笑道：「你功夫那麼好，要是閻羅王要打我板子，你好歹護著我點……」

「胡說……什麼？」雖然無比眷戀，穆羽卻拚命地想要支起身子離開霽雲的懷抱。「現在，快走……」

竟是一把揪住霽雲的衣服，抬手就想往外擲，卻被霽雲緊緊抱住胳膊。

「穆羽，別傻了，已經……出不去了。」

一語未畢，又是一陣噼哩啪啦的崩塌聲，通往外面的路已經全被封死。

「阿開，妳怎麼……這麼傻……」穆羽怔了片刻，明白霽雲定是不願拋下自己一人逃生，嘆了口氣，無力地軟倒在霽雲懷裡。

許是方才勉強發力的緣故，腦袋越發沈了，火苗的灼熱氣息烘烤得身上發燙，明明全身的骨頭都像是要碎掉一般，沒有一處不痛，穆羽嘴角卻不自覺露出一絲笑意，即便心裡也是全然的歡欣。「罷了。只要妳……不……嫌棄。妳……方才說，閻羅王會打板子？」

「是啊。」霽雲輕笑了一聲，心裡升起一種很奇妙的感覺。真沒想到，再次告別這個人世的時候，竟是會和穆羽在一起。

「想不想知道，我為什麼知道前世你對我做了什麼？」

「嗯，妳說。」穆羽仍閉著眼睛，聲音卻越來越微弱。

「其實我這個身子，二十六歲那年死過一次，然後不知為什麼，魂魄竟又飄了回來，回到了我跟著娘在方府為奴為婢時……你說，我們去了，閻王爺發現我其實是早就該收走的魂魄，卻又逆天改命，偷偷溜了回來，會不會一怒之下，把我扔到油鍋裡……炸了呀？」

反正就要死了，霽雲也就毫不避諱把此生最大的秘密給說了出來。

「他敢。」穆羽愣了下，心裡忽然一痛。也就是說，自己只在夢境中出現的情景，卻是阿開親身經歷、無時無刻不能忘懷的椎心之痛嗎？

雖是聲音虛弱，穆羽說出來卻仍是很有氣勢。「有我、有我在，看哪個……敢肆意妄為！」

「穆羽，你好像也會吹牛啊？」霽雲噗哧一聲笑了。「咱們到了陰間，閻羅王就是地下的皇，有什麼事是他不敢的？啊呀，對了，我怎麼忘了，你現在是西岐的攝政王呢……你這陽間的王也就和陰間的皇差一級罷了，要是你做了皇上就好了，即便到了陰間也可以和閻羅王平起平坐了，說不好，還就真可以幫我求情呢……」

絮絮叨叨說了良久，懷裡的穆羽都沒有一點反應，霽雲慢慢住了嘴。囚室的窗戶已經燒著了，嗶嗶啵啵的聲音刺耳至極。看來，終究要自己一個人面對死亡。

哪知懷裡的穆羽忽然又動了下，她靜了一下，卻聽穆羽低低道：「阿開，若是、若是……有來世，妳想……做些什麼？」

「來世嗎？」霽雲怔了片刻，眼前不期然閃過爹爹和阿遜的面容。「真有來世的話，我希望還做爹的女兒，侍奉他到終老，然後嫁給阿遜，和他一輩子不分離……」

「那……我呢？」穆羽神情有些淒涼，想要張口再問，神志卻是越來越昏沈，竟是再也說不出一個字，只覺魂魄倏地一下跳出身體。

寶劍的寒光，冰冷的劍氣，紛飛的血肉，古廟中狼狽而絕望的父女……

穆羽眼睜睜瞧著那個殘忍的自己毫不猶豫地舉起寶劍，殺死了蒼老無助的容文翰身邊所有的侍衛。

再一次舉起劍來時，那個曾被讚有謫仙之風的老人，忽然就直挺挺跪了下去。

即使身為魂魄都止不住心驚的穆羽卻驚愕地發現，自己所有的心神卻被那個容文翰護在身後，形容枯槁、神情冷漠的女人所吸引。

那是，容霽雲。

容文翰跪下的那一刻，她突然抬起了頭。那一刻，她眼神中的冰冷迅速消失無蹤，蘊滿了痛悔、傷心、哀絕、心痛等種種複雜的情緒。

明明是醜極了的一個女人，這一刻，那雙眼睛卻是如此澄澈而美麗。

然後下一刻，一身骯髒的容霽雲撲了過來，一把抱住穆羽。

這樣熟悉的懷抱。

穆羽大驚，手中的劍猛地扔了出去，任自己的身體被撞得和那女人跌到一處。

為什麼幼時被人那般愛憐地抱在懷裡，使自己魂牽夢縈了十多年的那種溫暖感覺，卻在這個被自己逼得走投無路的瘋女人身上找到？

穆羽倉皇著爬起身，甚至寶劍都沒顧得及撿，就拉過馬匹朝著翼城方向一路狂奔。

自己要馬上找到李玉文，問個清楚！

「……這會兒，說不定容文翰和容霽雲那個賤人，已經被穆羽給大卸八塊了！」這麼得意洋洋、陰狠毒辣的聲音，真的是那個一向柔聲細語，因為被容霽雲那「毒婦」欺負而鎮日以淚洗面的「好姊姊」李玉文嗎？

「話說，妳那個弟弟真是西岐皇室？」方修林聲音也是暢快已極。看那人一身貴氣，聽說他那群手下身分也是高貴得很。「怎麼就那麼愚蠢？竟然妳說什麼就信什麼！若不是他，咱們的計劃還不能進行得這麼順利。便是這容文翰，雖已離開朝堂、身敗名裂，卻依舊是皇上心腹大患。現在好了，神不知鬼不覺，讓妳弟弟殺了，也不會授人以柄，咱們可以放心地向皇上請功了！

「對了表妹，先前倒忘了問妳，妳這兄弟到底是為甚，竟這般對妳言聽計從？」說到這些，方修林語氣明顯有些發酸。

「你又想歪了！」李玉文捶了一下方修林。「不過說到這一點，可還得感謝容霽雲那個賤人。」

「容霽雲？」方修林聲音甚是莫名其妙。「又關那個賤人什麼事？」

「所以就說那個賤人合該如此呢！」李玉文卻賣了個關子。「表哥還記得咱們小時候，有一次，容霽雲救了個昏倒在雪地裡的小男孩嗎？當時表哥不是不開心，罵了容霽雲，她怕你生氣，就託我照看。我當時正氣容霽雲纏著你，哪有耐心聽她吩咐？就吩咐下人把那孩子拖出去了事，又因為他是容霽雲所救，就想著踹他幾腳解解氣，哪知剛走到近旁，他就醒了，醒了還問我叫什麼名字。我當時也是嚇壞了，順嘴就說了出來，等我反應過來，他已經自己走了。」

「妳是說，那個男孩子就是穆羽？」方修林聽得目瞪口呆，半晌哈哈大笑。「真是陰差陽錯，看來容府合該敗落，才會生下容霽雲這麼個敗家禍害，連救個人都會幫著一起置她於死地。表妹，妳真是我的福星……」

「是嗎？表哥。那表哥，你要怎麼謝我？」李玉文聲音嬌嗲。

「還能怎麼謝？」

隔著窗戶能看到兩人正互相撕扯著衣衫，一副情慾正濃的模樣。

門嘩啦一聲被人踹開，穆羽手起劍落，那兩個赤條條的男女連喊都沒喊出口，人頭便滾了一地。

穆羽隨手扯下床單，包了兩顆人頭，回身上馬，朝著那破敗的古廟再次狂奔而去。

幾天幾夜不眠不休，卻在來至山下時被一隊侍衛攔住去路。

心知不妙，穆羽棄了馬兒，獨自往山上而去，只看到一身明黃服飾的大楚新皇楚昭正著人抬了副棺材，緩緩離開。

那處古廟前，一個身著蟒袍威風凜凜的背影正蹲在一具屍身前，小心地把一截胳膊放了上去。

「安大人，皇上鑾輿已經離開，咱們也快些跟上吧。」那人身邊一個官員小心翼翼道。

「我知道了。」那人回過頭來，卻是一張俊美逼人的容顏，只是此時那張本是充滿了玩世不恭的臉上卻有些惻然。「這容小姐也是個苦命人。你們去買口棺材，著人先葬在此處，待得幾年再運回京，葬在容公墓旁。」

「容小姐？」穆羽眼前一黑，一頭栽倒地上，手裡的兩顆人頭跟著滾了出來。

再次醒來時，那古廟旁的平地上早築起一座新墳，「容霽雲之墓」幾個大字正正刻在上面。

那筆字自己也認得，可不正是和棲山寺的月華樹上，安彌遜在紅綢上親筆手書的「容霽雲」三個字，一般無二……

第一百零六章

「羽兒，你終於醒了？」一個驚喜的聲音忽然在耳邊響起，穆羽一下睜開眼睛，入眼的卻是二舅姬二悲喜交加的面容。

「二舅……」

聲音卻是嘶啞至極。

「快別開口。」饒是姬二見慣了生死，這會兒也止不住流下淚來。

當時再晚到一會兒，自己這個外甥怕是就要葬身火海！

穆羽卻激靈地打了個冷戰，一下坐起身來，卻又無力地軟倒，卻是目眥盡裂。

「阿開？」

「我在呢。」霽雲同樣嘶啞難聽的聲音及時在外面響起，姬二臉色臭臭地掀開車簾，正是被燒焦了頭髮，甚至手臂也包著厚厚紗布的容霽雲。

「我們……沒死？」穆羽怔怔地瞧著霽雲，眼中有晶瑩的東西閃過。

「當然沒死！」姬二氣哼哼地道，眼睛如刀子一樣狠狠剜了霽雲一眼。「我就說這丫頭是個沒良心的，偏偏你這傻子……」

自己衝進去時，早已是一片火海，本來想著救羽兒一個人罷了，哪知傻小子竟是死死抱住容霽雲不放……

好不容易都救了出來吧，羽兒卻一直昏迷，直到今天才醒過來。天知道這幾天自己真是要擔心死了！

姬二抬手在臉上狠狠抹了一下，瞧著霽雲的神情憤恨無比。

「若不是為了羽兒，妳以為我會容妳活到現在！再鬧的話，信不信我現在就擰斷妳的脖子？」

這一路疾行，好不容易遠離上京，再趕幾日，應該就可以回到西岐，離開大楚這個是非之地。

容霽雲倒好，竟是要死要活地和自己鬧了起來，一副無論如何也不肯跟自己再往前走的樣子，方才甚至一下從車上跳了下來。

虧自己已經準備退一步，看自家外甥這麼癡情、這麼可憐，索性成全他們算了……

「穆羽。」霽雲單腳著地，一跳一跳地蹦了過來，臉上是大大的笑容，穆羽能看到其中全然的喜悅。「你醒了！」

「嗯。」穆羽輕輕點了點頭，抬起胳膊，用手背輕輕蹭去霽雲臉頰上沾的一點污泥，定定瞧著眼前的人兒。「妳要……離開？」

霽雲頭微微偏了下，卻怕碰到穆羽的傷口，忙又頓住，頓時有些無措，半晌終於點頭。

「我不想離開大楚，不想和你們去西岐，穆羽你能不能幫我勸勸姬總管……」

雖是姬二沒有明言，霽雲卻很明白，怕是跟去西岐後，自己再不會有機會返回大楚。勸勸自己？

姬二剜了霽雲一眼。「妳以為我真想帶妳回西岐？若不是為了羽兒——」怪不得古人說女人是禍水，照自己看，這個容霽雲就是個再禍水不過的女人，而且是專門來禍害羽兒的！

自己也奇怪，以外甥的身分、長相，甚至用情至深，有哪一點比不上阿呆那個臭小子？這丫頭倒好，無論羽兒如何對她，竟絲毫不感動。

罷了，趁這個機會斷了外甥對她的癡心也好。

當即沈著臉對一旁的穆羽道：「你拚死去救她，瞧瞧人家現在對你的態度，寧可死在大楚，都不肯和我們回西岐。羽兒，你確定這樣無情的狠心女人，你還要喜歡？」

還要再說，臉上突然浮現出驚嚇過度的表情，卻是穆羽臉上第一次露出再溫和不過的一個笑容。

「二舅，謝謝你。」

旋即轉過頭來，正對上霽雲的眼睛。

「阿開，妳想去哪裡？」

「哪裡？」霽雲愣了一下，神情有些茫然。最想去的地方自然是爹爹和阿遜身邊，可這些日子，被姬二強帶著一路疾行，根本沒機會打探爹爹的消息；倒是聽百姓議論紛紛，說是楚大哥已經以惠州為據點，拉起了一支隊伍，以阿遜為帥，揮兵直指京師。

可這裡離惠州實在太過遙遠，自己又是一身的傷，等自己趕去時，大軍也不知會到哪裡去了……

「羽兒，你想要幹什麼？」一旁被二人忽視的姬二卻是不幹了。瞧外甥這架勢，不會是準備扔下西岐，和容霽雲這丫頭離開吧？「皇上病危，西岐國不可一日無君，羽兒你要敢離開，信不信我馬上殺了這丫頭？」

拚著讓羽兒怪罪，自己也絕不能放他們離開。話說羽兒莫不是被那場大火燒昏頭了，明知道這丫頭不喜歡他，還要死要活地跟著？

別說大哥，自己這一關就過不了！

若這丫頭真心喜歡羽兒也就罷了，這一路走來，自己可是瞧得清楚，容霽雲雖是對羽兒照顧得無微不至，她心裡的那個人卻始終是阿呆，不然，也不會想盡一切辦法打聽楚昭大軍的情形。

自己怎麼可能眼睜睜瞧著外甥陷入那麼可悲可憐的境地。

穆羽轉頭，對姬二微微一笑。「二舅，你有沒有辦法把阿開送到一個安全的地方？」

把容霽雲送到一個安全的地方？姬二掏了掏耳朵，明顯不相信自己聽到的。不是吧，羽兒說的是要送容霽雲走，他並不會跟著？愣怔了半天，才猶豫著試探道：「真要送這丫頭走？」

「是。」穆羽重重點頭，卻又看向霽雲。「阿開有沒有想好去的地方？」

確定了穆羽是真的要送霽雲離開，姬二比穆羽還要心急。

「我倒知道一個地方，離這兒不遠有個傲雲山莊。」

「傲雲山莊？」穆羽愣了下。這個山莊自己早就聽過，老莊主叫李傲天，還有一個結拜兄弟叫雲楚風，聯手創建了這個山莊，據說是大楚武林的執牛耳者。

「是了，就是那個傲雲山莊！」姬二明顯有些不爽。「還記得那次大街上和我交手的女人嗎？我若猜得沒錯，那女人應該就是山莊的人。」說是猜的，其實是姬二太不忿，派人日夜探查的結果。

畢竟一向眼高於頂的姬二被個女人逼成那副德行，委實是平生大恨。

霽雲眼睛一亮。「你說我三嫂？」

「是。」姬二點頭，看霽雲一副雀躍的樣子，越發不高興。雖不願她繼續留在羽兒身邊，可看到這女人一說可以離開羽兒就這麼開心的樣子，還是止不住為外甥感到難過。

「可好？」穆羽轉向霽雲，手不自覺想要握緊。

卻被霽雲輕輕握住。「別亂動。」抬頭懇切地凝望穆羽的眼睛。

「穆羽，謝謝你。好好養傷，一定要早些康復。還有，我能不能收回從前的話？」

「從前的話？」穆羽愣了下。「什麼？」

「我說很後悔救了你，你可以當作沒聽過嗎？」霽雲毫不迴避地對上穆羽的眼神。「其實，你能活著，真好。以後也請一直一直好好活下去，而且，開開心心、幸幸福福。」

「好。」穆羽重重地點了下頭，只覺眼睛一陣刺痛，順手扯下車帷幔。「妳走吧，我累了，想要睡會兒。」

姬二剛要轉身和霽雲一道離開，卻被穆羽叫住，忙打馬過來。

「羽兒。」

「二舅，我會做西岐皇上，做你和大舅想讓我做的事，你放心。」穆羽聲音堅定。「所以，你要把阿開安全送到傲雲山莊。」

姬二臉一下耷拉了下來，很是不悅地瞥了霽雲一眼。這小子，又為了這個臭丫頭威脅自己！算了，時間緊迫，自己才沒心情折騰人呢！

卻還是不確定地追問了一句。「你真願意做西岐的皇上？」

讓外甥站在最高位，洗雪妹子當年所受的一切恥辱——那個狗屁太子和皇后不是一直都在罵妹子，說妹子覬覦皇位、包藏禍心嗎？自己就是要他們所說的全變成真的！

只是之前，羽兒對西岐皇位卻是無可無不可，不甚在意的樣子，甚至多次流露出厭煩，自己倒也能理解。羽兒心裡之所以會對皇位有抵觸，肯定是認定自己所有的不幸，全是那把龍椅帶來的。

因此一直擔心他會不會臨陣脫逃，扔下西岐皇位離開。

「是。」穆羽答應得毫不遲疑。

姬二終於放心離開，卻是怎麼也想不通，羽兒那麼固執的一個人，先是同意放容霽雲離開已是不可思議，接著又說願意做西岐皇上，一樁樁一件件，都實在是匪夷所思。想來想去還是決定，回去一定要讓靈老好好幫羽兒檢查一下，不會是真被這場大火燒出毛病來了吧？

穆羽仰躺在車上，怔怔瞧著上面的木板。

自己怎麼會把阿開留下？火海裡，魂魄離身的那一刻，再次親眼見到霽雲上一世的悲慘，自己又怎麼忍心，這一世再讓她有一絲一毫的不幸？

而且，自己看得沒錯的話，上一世那個安放好霽雲屍身的人，正是安彌遜。

因為他了了妳的夙願，把妳的屍骨送回爹爹身旁，所以，妳才會這麼執著地要用這一生來報答他嗎？

所以阿開，想要修來世的話，只要努力對妳好一點，再好一點，就可以了吧？

還有……

他眼裡閃過一絲厲色。阿開說，只有自己當了人間的皇，才可以和陰間的閻王平起平坐。

阿開，妳放心，只要妳活著，我就會長長久久地做西岐的皇，所以，莫要怕，即便妳去了陰間，有我這個可以和閻羅平起平坐的人皇在，那個閻王若膽敢對妳如何，我就索性燒了他的龍椅，打塌他的閻羅殿！

「這兒就是傲雲山莊，妳等著。」

一座大氣壯觀的莊園出現在眼前。

姬二站住腳，臉色依然很臭。

「妳自己去叫門吧。」想了想又道：「還是我去吧。」省得容霽雲出了任何事，羽兒把責任算到自己頭上。

聽到外面的敲門聲，莊門應聲而開，一個身著勁裝的少年上上下下打量了姬二和身後明顯又傷又病狼狽不堪的霽雲一眼。

「走走走，又想來打秋風是不？我們姑爺說了，一個都不許留，再不走，別怪我不客氣！」

若不是姑爺聰明，自己還不知道，原來武林中確實有那麼多敗類，騙吃騙喝還把山莊當冤大頭，生生把個天下第一莊吃成了一無所有不說，還欠債累累，害得小姐一個大姑娘不得不到處奔波領賞金來貼補家用。

若不是幸好偶然一次「拾了」姑爺回來，自己和二爺還有二寶、大頭他們，說不定早拖了個棍上街乞討了。

這人說什麼呢？姬二臉色頓時很不好看，想想好歹也要把容霽雲給送出去，終於壓了火道：「這位小哥，你是不是認錯人了？我們是來找——」

「來找我們小姐對吧？」少年撇了撇嘴。「合著你們看我們小姐心善，還就黏上來了？我告訴你，現在我們莊裡當家的不是二爺，也不是小姐，而是我家姑爺。」

說話間一挺胸脯，一副很是自豪的樣子。

那麼多難纏的都不得不在姑爺面前低頭，就不信面前這兩人能難纏過姑爺去，啊呀錯了，姑爺那不叫難纏，那叫能言善辯、聰明機智、口若懸河、陰死你沒商量……

「雲杉，和他們那麼多廢話做什麼？還不快回來！」二寶不耐煩的聲音在裡面響起。

「你不是不知道，姑爺這幾天心情不好，一直不肯用飯，小姐愁得什麼似的，你還有心和不相干的人白活……」

叫雲杉的少年忙應了一聲，回身就想去關門，卻被姬二一下推開，冷聲道——

「叫李楚楚出來！再晚個一時片刻，信不信我把你們莊子給燒了！」

「喲嗬，哪裡來的狂夫！」那雲杉頓時大為惱火，鼓著腮幫子道，哪知還沒靠近，就被姬二拽住腳脖子丟了出去。

雲杉還要往上衝，卻被旁邊另一個濃眉大眼的少年給攔住。

「你傻呀你，忘了姑爺平日裡交代的？打不過還死撐著往上衝，不是上趕著找虐嗎？咱們打不過，就陰死他。」

想要陰死別人還這麼嚷嚷出來的。

霽雲默然。領了這麼一群一根筋，他們家姑爺真是太讓人同情了！

一個女子卻已經聞聲飛身而出，一眼看到姬二，頓時一愣。

「是你！好啊，我這會兒正好一肚子火，就拿你來鬆散鬆散筋骨吧，今天一定要和你大戰三百回合！」

說著摩拳擦掌也要往前衝。

霽雲卻是眼前一亮。雖然女子一身水紅的衫子，打扮得也挺有閨中女子的氣韻，可這麼潑辣的性子、這麼豪爽的言語，還有那樣一雙澄澈的眼眸……她試探著上前一步，對著女子喊了聲：「三嫂。」

女子恍若被雷擊了般，一下定住身形，一眨不眨地瞧著霽雲，突然嗚哇一聲大哭起來，竟是再不理姬二，上前一步攔腰抱起霽雲，飛一般往後院而去。

「相公，你好歹吃口飯吧，咱們妹子，她沒死啊！」

第一百零七章

明明兩人身高相彷，李楚楚卻宛若抱著個嬰兒，毫不費力地挾著霽雲一路疾行。

只是這般公主抱，著實讓霽雲有些吃不消，又有冷風一直往喉嚨口灌，本就被火焰嗆傷的喉嚨頓時刺痛難當，甚至呼吸都有些艱難，剛要出聲阻止，李楚楚已停下腳步。

竟是已來到主院，能看見枯掉的藤架下，一個一身青衫落拓的瘦弱男子正背對著兩人負手而立。

不過一個簡單的站立動作，男子做來卻是極盡艱難，恍若用盡全身的力氣才能強撐著不倒下，襯著滿架的枯葉，更顯得淒涼蕭索無比。

霽雲的眼淚一下流下來。

雖然只是個背影，她還是一眼認出，男子正是失蹤多日的三哥傅青軒。

只是這許久以來，三哥身子骨好像更弱了，竟是風一吹就會倒下的樣子。

想要喊出口，喉嚨裡卻彷彿塞了一團棉花，一時除了流淚，一個字也說不出來。

「相、相公……」李楚楚心疼得什麼似的，顯然愛極了傅青軒，抽了下鼻子，強忍住眼淚道：「妹妹她……沒、沒事，你已經連續幾天沒好好吃東西了，好歹用一口吧……」

聽李楚楚說到「妹妹」，傅青軒身子猛地晃了一下，卻又強撐著站好，脊背挺得筆直，想要轉身卻似是沒有一點力氣，嘶聲道：「是不是……二叔回來了？」

「不、不是……二叔。」李楚楚繼續用力抽著鼻子。「是妹妹……真的，是妹妹。」

傅青軒雖已遠離上京，卻無時無刻不關注著京師，只是這裡距離京城畢竟山高水遠，很多消息都是很長時間後才能傳過來。一聽到皇上駕崩的消息，傅青軒便有些坐立不安，待聽說新帝竟是太子楚晗，更是驚得夜不成寐。

楚楚本來說要自己前往京師打探消息。

楚楚也知道傅青軒的心事。最愛的兄長就是被楚晗虐殺，和新帝實有不共戴天之仇，自然在她心裡，傅青軒的仇人就是自己的。做人妻子自然要為夫分憂，當即就準備跑到京師，一則探聽小叔傅青川和妹子容霽雲的消息，二則找個機會進宮刺殺狗皇帝了事，大不了以後帶著相公和弟弟、妹妹占山為王、落草為寇。

卻被傅青軒看穿，嚴令她不准輕舉妄動，待打聽清楚到底情形如何再說。

果然過沒多久又得到消息，說是昭王爺在惠州扯起大旗，和狗皇帝對上了，聽說小叔傅青川是軍師，準妹夫安彌遜是元帥，傅青軒終於心下稍安，本以為既然妹夫和兄弟都出來了，那妹子必然也隨在左右。

哪知隔沒幾天卻有晴天霹靂般的消息傳來。

先是說容文翰和安家老公爺因為心傷皇上之死，被扶至偏殿休息時，精神恍惚之下推倒紅燭，竟是隨了先帝而去。

真正擊垮傅青軒的是另一個接踵而來的消息。幾日前，容文翰忽然現身軍中，拿出先皇遺詔，昭告天下楚晗毒死先皇、謀朝篡位，又有燒死大臣等數宗大罪。

傅青軒當時便慌了神，直覺怕是有什麼事情發生了。明明說當日容相和安公俱歇在寶和宮中，現在容相安然無恙，那真正燒死在宮裡的又是哪個？

適逢莊主雲楚風辦完事從兩軍陣前經過，回來後卻隻字不提一路見聞不說，甚至看到傅青軒掉頭就走。

只是這一家子都是太過爽直的性子，又焉能瞞得了聰明的傅青軒？

便逼問李楚楚到底發生了什麼。

論心眼也好、口舌也罷，楚楚怎麼是傅青軒的對手，不過三言兩語便被套出了真相。

雲楚風從兩軍陣前經過時，正好瞧見一個白衣白甲的俊美將軍一頭從馬上栽了下來，因那人身後是昭王爺的帥旗，知道男子應是楚昭的手下，也清楚自己姪女婿的弟弟和妹夫就在昭王爺手下做事，那自己也就毫無疑問是和昭王爺一國了，雲楚風當即衝殺過去救下白袍將軍，才知道這俊美逼人的將軍不是別人，正是青軒的準妹夫，安彌遜。

進了楚昭的大營後，才知道一個石破天驚的消息——當日寶和宮中確然有人死去，不過那人不是容相，卻是容相唯一的女兒，也是青軒始終掛念的妹子，容霽雲。

一向驍勇善戰從無敗績的大帥安彌遜，便是因為聽到這個消息，才會在凶險如斯的萬軍陣中栽落馬下。

震驚之下，他甚至來不及和傅青川見上一面，連夜打馬回了山莊，卻怕傅青軒承受不住，便和楚楚相約不然就瞞過去吧。只是幾人俱是性情憨直之人，竟是日日裡看見傅青軒就心虛得不得了，終究被傅青軒給瞧破。

知道霽雲早已燒死在宮中，這個工夫，說不好屍骨都化成灰燼了，傅青軒仰面朝天就栽倒在地。過度傷心之下，竟是舊疾復發，直昏暈了兩日兩夜方才醒。當時便要掙扎著起身，說是無論如何要去京師，撿拾了妹子的骨灰回來。

只是虛弱如傅青軒，又怎麼承受得了奔波之苦？楚楚苦苦哀求，但平日裡最是狡黠多智的他，這會兒卻是固執得和一頭牛相仿，只說了一句「便是爬也要爬到京師」，便再不肯多說一句廢話。

若不是雲楚風情急之下打暈了傅青軒，指不定會出什麼事呢！

直到傅青軒再次醒來，才知道雲楚風已經打馬趕往京師，並留下口信，無論是死是活，一定會把容霽雲給帶回來。

饒是如此，楚楚仍是嚇得寸步不敢離開傅青軒左右，唯恐他會做出什麼傻事。

至於說用飯，除了前兩天確實吃不下去外，後來想著怎麼也要撐到二叔把妹子帶回來的那一天，餘下的日子，傅青軒也強迫自己進餐。只是不知為何，卻總是吃多少吐多少，甚至最後連膽汁都吐出來似的，不消幾日，便成了現在這般骨瘦如柴的模樣。

現在聽楚楚口口聲聲說「妹子回來了」，理所當然地以為，應該是二叔帶了霽雲的屍骨回返，早已是心神俱裂，整個人都被掏空了一樣，別說轉身，竟是連動一下手指的力氣都沒有了。

後面的霽雲已經在楚楚攙扶下挪至傅青軒身後，看著那無比熟悉的背影，已是哽咽不能言。

「三、三哥……」

傅青軒恍若被雷擊了一般。放眼整個天下，會叫自己一聲三哥的女子，除了霽雲還有哪個？自己一定是幻聽了吧？

身子頓時一個踉蹌。

「相公！」眼看傅青軒就要摔倒，楚楚大驚，忙探手抱住。

傅青軒卻已霍地轉過身來，一眨不眨地瞧著一臉淚痕的霽雲。

「三哥。」霽雲想要擦乾眼淚，無奈那淚水彷彿怎麼也拭不完一般，不住淌下。

傅青軒呆滯的眼終於動了下，喃喃道：「滿天神佛，罪男傅青軒自知行負神明，本就是畸零之人，合該受天之譴，若真要收了一個人去，便帶青軒一人離去即可，切莫要報應到我弟妹身上。雲兒、雲兒，可是妳……魂兮歸來……」

「三哥！」霽雲再也忍不住，上前一步，不顧傷到的右臂，緊緊抱住傅青軒。「三哥，我沒死，雲兒沒死，你瞧瞧我，雲兒還好好地活著啊！」

傅青軒身體猛地哆嗦了一下，想要伸手去觸摸懷裡的人兒，卻又唯恐自己在作夢，手僵僵地伸在半空，直到被楚楚握著，碰觸到霽雲溫熱的臉頰，才明白原來自己不是在作夢，雲兒真的還活著，而且哭倒自己懷中。

兩隻胳膊慢慢合攏，死死抱住霽雲，呆立半晌，終於哭叫出聲。「雲兒、雲兒……」

「嗚哇！」一旁的楚楚再也忍不住，張開手臂把兩人一起抱住，跟著放聲大哭起來。

二寶和雲杉最先跑過來，看到此情此景，也是忍不住潸然淚下。

一時，莊裡竟是哭聲震天。

傅青軒自幼受盡苦楚，生來便為父不喜，又有一個那樣的娘親，早已識盡人間冷暖，走到今日，心底最愛重之人也不過弟妹和妻子楚楚幾人罷了，平日裡雖是身子骨羸弱，卻偏又是最為爭強好勝的性子，半點不肯輸於別人，便養成了有什麼苦痛只埋在心裡，一個人擔著的性子。

這次以為霽雲慘死，除了昏厥及嘔吐外，不曾流過一滴眼淚，這會兒驚見霽雲竟然好端端地活著，竟是哭得怎麼也止不住。

旁邊的楚楚也跟著哭得眼淚糊了一臉，還是霽雲最先發覺不對勁，只覺抱著的三哥身體竟是越來越冷，忙收了淚。

「三哥、三哥，莫要再哭，切莫傷及——」

話音未落，傅青軒突然仰面朝後倒去，直把霽雲和楚楚嚇得魂都快飛了。

傅青軒這一暈厥，竟又是兩日兩夜。

霽雲這才明白為何三哥離開這麼久，都未回京城尋自己和四哥。

「三哥的身子，竟是病弱到了這般境地嗎？」

「虧得雲兒還活著，不然，我怕相公真會……」楚楚垂淚道。

傅青軒身體本就羸弱，楚楚剛帶回莊裡時，有將近兩個多月的時間，都是癱在床上，根本就無法下地行走。

「若不是掛心妹妹和小叔，說不定相公那會兒就……」

楚楚語氣感恩之餘，又有些失落。雖是一百個一千個地情願嫁給相公，可相公之所以肯娶自己，一定是不得已的吧？

「傻三嫂。」看傅青軒呼吸漸漸平穩，霽雲懸著的心終於微微放下了些，上前輕輕摟了楚楚的肩，心裡更是為三哥欣喜不已。試問若不是一顆心全在三哥身上，有哪個閨閣女子會放下身段，全身心侍奉一個癱瘓在床的病弱男子？

三哥這樣玲瓏剔透的性子，也就是楚楚這般純真無邪的嬌憨人兒才相配呀。

「三哥的性子如何，三嫂定是比雲兒還要清楚。」霽雲微微一笑。「三嫂可見過三哥為不相干的其他人籌謀過？」

「不相干的其他人？」楚楚睜著眼睛拚命回想。從兩人相識，一直到同床共枕，再到今日，這麼長時間以來，傲雲山莊最不缺的就是一波波上門哭窮求助的。可每一次無論哭得如何唏哩嘩啦，甚至李楚楚很多時候都會跟著淚流不止，稟到相公那裡，卻全是再簡單不過的三個字：「攆出去。」

「三哥的性子雖清冷，卻最是個至情至性之人，一旦用情，便終身不悔，若是不喜，便必是寧為玉碎不為瓦全。試問三哥這樣的性子，怎麼會在終身大事上委屈自己？」霽雲聲音柔和，那模樣不似個妹妹，反倒是楚楚的姊姊一般。「三哥心裡定然也同三嫂一般無二，而三哥性子悶了些，就不肯說出口，就如同他待我和四哥一般。」

只是從來不說，儘管自個兒身體贏弱，卻拚了命也要護住自己和四哥……

「妹妹是說，相公他……也是有一點點……喜歡我的，對嗎？」楚楚怔怔瞧著床上仍是緊閉雙眼的傅青軒，不自覺握住傅青軒冷冰冰的手，慢慢貼在自己臉頰邊。

「何止一點，是很多很多才對呀，不然憑三哥的機智，若是三哥不願，三嫂以為真留得住他嗎？」霽雲摟了下楚楚。「妳這麼好，三哥怎麼會不喜歡？妹子真開心，有妳這麼好的嫂子……」

可見老天也是慈悲的，終於拿這麼好的楚楚補償了三哥。

她眼前不期然閃過穆羽的影子。希望他的將來，也會有一個楚楚這麼善良的女子，給他人世間最真純的愛。

至於自己，還是要儘早趕往軍營才是，要是阿遜和爹爹真信了自己的死訊……

「三嫂已經趕去軍營了？」聽了傅青軒的話，霽雲一怔。

傅青軒點頭，抬手輕撫了下霽雲燒焦的頭髮，神情心疼之餘又有些憂慮。

「妳受了傷，怎麼能再長途跋涉？我本來和妳三嫂商議，想讓雲杉和她一起的……」

哪想到，一眨眼才發現李楚楚已經獨自離開。

只是，自己這個糊塗妻子卻是個一等一的大路癡，讓她帶上雲杉，就是為了防止她會迷路……

看傅青軒一張俊臉微微發紅，霽雲頓時明白，自己那三嫂怕是更不放心俊美的三哥，特意留下雲杉他們來護著三哥的，這才一個人偷偷溜了。而且瞧三哥的模樣，這樣的事八成不是第一次發生了。

臉上頓時現出一個促狹的笑容，被傅青軒發覺，在頭上輕輕拍了下。

「臭丫頭，連三哥也敢取笑。」

「沒有。」霽雲忙不迭地搖頭。「雲兒真的太喜歡太喜歡三嫂了，因為她這麼稀罕我的三哥！」

「調皮！」傅青軒繃不住，也跟著笑了出來。

卻不想，傅青軒實在低估了李楚楚迷路的本領，和霽雲在莊裡足足等了有半個月之久，卻是連李楚楚的一點消息都沒有。

以楚楚的腳程，不耽誤的話，這會兒就是跑到京城也該趕回來了。

用腳趾頭想也知道，九成九是又迷路了。

看霽雲急得什麼似的，雲杉笑著道：「雲姑娘放心，不管跑多遠，我們家小姐終究會回來的。曾經有一次，十多里的路，小姐一個人來來回回走了三天呢，這次啊，八成還得一陣子。」

李楚楚並沒有告訴眾人霽雲的真實身分，只說是自己的小姑、傅青軒的妹子，要大家稱呼霽雲「雲姑娘」即可。

不是吧？霽雲一下傻眼。真是雲杉說的這樣，那得到什麼時辰，才能把「自己還活著」這個消息傳給爹爹和阿遜啊？

想要馬上離開，可三哥這麼虛弱的樣子，沒一個主事人在的話，自己怎麼能放心？

第一百零八章

「近日裡聽說昭王爺的軍隊一路揮兵直上，勢如破竹，已經逼近京城，而元帥仍是阿遜。」傅青軒微微思索了下道。

不過短短月餘，楚昭軍隊以惠州為據點向京師挺進。本來楚晗發布詔書，指斥楚昭狼子野心、不忠不孝不悌等八宗大罪，號召天下人齊力誅之，哪知沒幾天，容文翰就來至軍中，並出示了皇上遺詔，頓時人心惶惶。

如果說容文翰手中的遺詔樹立了楚昭的正統地位，那他手下那位據說是賊人冒充的安家嫡孫安彌遜，則保證了楚昭與楚晗對抗的可能。

明明不過二十出頭的年紀，竟是文韜武略無一不精，審時度勢、揣測人心之精準，即便沙場宿將也是望塵莫及。

更要命的是，安彌遜心腸可不是一般冷硬，直殺得楚晗的軍隊望風而逃，甚至有一次，一天之內，安彌遜一鼓作氣斬殺了楚晗駕下八員戰將，接連攻占了七座城池，其中太師淩奐的嫡孫淩寶方，更是被安彌遜在陣前足足切了十八截有餘，甚至當場把淩寶方好幾個部將都給嚇尿了！也由此一舉奠定了不可動搖之大楚戰神的地位。

至此，天下再無一人懷疑安彌遜的身分。試問，若非安家之後，怎麼可能年紀輕輕便闖下此等功業？

也有人嘆息，安家人為將，一樣的運籌帷幄之中、決勝千里之外，卻是個個心懷仁厚，這安彌遜卻有些殺傷太過，不免會傷了陰騺……

傅青軒卻是明白，阿遜直殺得寶刀卷刃、渾身浴血那一日，正是霽雲死訊傳出去的第二天。

不過又恐霽雲擔心，這些話卻是不好告訴霽雲。好在到目前為止，容相也好，阿遜也罷，俱是安全無虞。

「雲兒，三哥知道妳的心思，可妳瞧瞧自己，這一身的傷，一路山高水遠的，再沒有個得力的人護著，別說是三哥，就是容相和阿遜又怎捨得妳如此奔波勞苦？阿遜的隊伍又是勢如破竹一般，不然，咱們再稍待幾日，等大局定了，妳的傷也好得差不多了，再一起趕往京城，也興許，楚楚這次……」

本想說搞不好楚楚這次不會迷路，卻又頓住。好像除了追著自己時，楚楚還真沒走對過一回路。

知道傅青軒說得有理，霽雲只得點頭。這一等，又是七、八日過去了。

「姑爺、姑爺！」一大早，雲杉就跑了來，還一路跑一路嚷嚷著。

霽雲本來正陪著傅青軒用早膳，看雲杉慌張的樣子，心裡不由一緊。

這些時日，三哥經常派雲杉出去打探消息，看雲杉這麼慌張的樣子，難道是……

「先把這碗粥喝了。」傅青軒彷彿沒有聽見，自顧自端著一碗黑米粥遞到霽雲手裡。那次火海中，霽雲頭髮被燒掉了大半，剩餘的也是焦黃乾枯，傅青軒每每看了都是心疼不已，便頓頓都著人煮些養髮生肌的湯水。

因此，傅青軒眼裡，什麼事情都比不上幫自家妹子保養重要。第一次看到傅青軒這麼殷勤地伺候霽雲，雲杉和二寶他們嚇得眼珠子都差點掉下來。姑爺這樣長得神仙似的人兒，竟然也會伺候人？而且伺候的還是個蓬頭垢面的醜丫頭。當時火海裡，霽雲的臉也被燙傷，現在雖已大致痊癒，膚色卻仍與正常情況有別，有著深深淺淺的紅印，配上參差不齊的雞窩頭，可真是有夠難看的。

只是這麼多天，也就見怪不怪了。

看霽雲乖乖接過去，一小口一小口地喝完，傅青軒才轉頭瞧向雲杉。

「去套車，咱們今日就趕往京師。」

霽雲正好放下碗，忙擺了擺手道：「三哥你身子骨弱，讓雲杉和我去便可，你留下等三嫂回來──」

話音未落，卻被雲杉再次急急打斷。

「哎喲，我的好姑爺、雲姑娘，先別說去京師，大事不好了！」

「怎麼了？」霽雲嚇了一跳。難不成是楚大哥他們……

「是姑太太！姑太太和表少爺又來了。」雲杉並沒賣關子，神情又是憤怒又是擔心。

霽雲的心終於放了下去，不是阿遜和爹爹他們出事就好。不過，這姑太太和表少爺，又是何許人也？

「是楚楚的姑母。」一旁的傅青軒皺著眉頭道。

李家是武林世家，一直是大楚武林中如泰山北斗似的人物，至於李楚楚的父親李傲天，還有一個嫡親的妹子名叫李文鳳。

兄妹倆年輕時曾一起行走江湖，李文鳳後來一次隨同兄長出外遊歷時，偶然救了一個叫魏文成的官宦公子，當時兩方正好要往一個地方去，一路行來，兩人竟是暗生情愫。

那魏家一開始自恃身分，並不願意自己兒子和綠林人物結交，對李家很是瞧不起，李傲天也是自由自在慣了的，不願和官家打交道，便嚴令兩人分開，沒料想李文鳳竟是鐵了心，非要嫁魏文成不可。

且不久後，魏家犯事，家境敗落，而李家依然興盛，魏家人終於鬆了口，同意了兩人的婚事。李文鳳看兄長仍是不甚樂意的樣子，於是拋下狠話，若是不讓她嫁給魏文成，就讓兄長給自己收屍算了。

李傲天無奈，只得應下這樁姻緣。

又過了幾年，李傲天有了女兒楚楚，李文鳳也有了兒子魏綸，其間魏家多方謀劃，仕途上卻始終碰壁，便也就絕了仕進的心思。

許是怕李楚楚有了夫婿，李家會不再關照魏家，也許是眼饞李家的莊子田產，魏文成主動提出要和大舅子聯姻；李傲天也怕女兒嫁到別人家會受拿捏，想著自己親妹子做了楚楚家婆的話，肯定會對女兒多加照應，又兼魏綸生得也算一表人才，更是自己瞧著長大的，也就同意了。

但世事難料，第二年，魏家就攀上了京中權貴，再次起復，然後立即翻臉不認人，不只魏文成、李文鳳夫婦不再殷勤上門探看，更在不久後，委婉表達了想要解除兩家婚約的意思。魏家老夫人話裡話外都說楚楚出身草莽，怎堪做他們家少夫人？

魏綸倒是有些不捨，就偷偷跑過來，央求楚楚不然先嫁予他做妾，等過些時日，生米煮成熟飯了，他再央求父母抬楚楚做平妻，恰好被李傲天聽到，氣得把人痛打一頓趕了出去。

李文鳳看到獨生愛子被打，也遷怒於楚楚，甚至說定是楚楚行為不端，兒子才會有那麼張狂的行為。

兄妹兩個關係自此冷淡下來，甚至直到李傲天離世，李文鳳才再次登門。

只是讓所有人都沒想到的是，李文鳳上門不過是兩個意思，一是兒子娶了妻子後，連生了兩個都是丫頭，既然自家姪女兒沒了娘又沒了爹，孤苦伶仃的，婚姻大事自然應由自己這個姑姑作主，不如就還是嫁給自己兒子罷了，自己也好多加照拂；二則是，兄長既然沒了，那李家的家傳寶貝當然該由她這個女兒來繼承。

虧得當時李傲天的結拜兄弟雲楚風在場，雲楚風和李文鳳也是舊識，狠狠把李文鳳痛斥了一頓，李文鳳臉皮上掛不住，雖是含恨離開，可那模樣，明顯是不願善罷甘休。

現在竟然又來了，更不巧的是，雲楚風和李楚楚全都不在。

雖然山莊實際上的主事人早已是傅青軒，若是其他人倒也罷了，可耐不住這次來的是姑太太李文鳳和表少爺魏綸。李文鳳連楚楚小姐都不放在眼裡，更不要說姑爺這麼個瘦弱得一陣風都能颳走的人了。

還有魏綸。魏綸的老婆他們也見過，雖是官家小姐，生得比起楚楚小姐來，差了可不是一星半點。魏綸甚至在小姐和姑爺圓了房後，還不止一次來此糾纏過，心裡還在打小姐的主意。

現在雲二爺和楚楚小姐都不在，還不知道他們會做出什麼事來呢！

正想要勸傅青軒和霽雲不如先躲躲，門外面傳來一陣急促而雜亂的腳步聲，緊接著，門被人推開，一個一身綾羅的中年女人和兩個一身錦衣、神情高傲的年輕男子進了房間。

李文鳳居高臨下地瞧著依舊端坐桌前，神情雖有絲錯愕卻旋即恢復鎮定的傅青軒和霽雲，嘴角露出一絲冷笑。

自己早讓人探明了，雲楚風外出辦事，到現在還沒回來，只有一個楚楚的話，諒她也不敢違拗自己，更不要說現在楚楚也不在。

不是自己貪心，實在是相公仕途正是緊要的時候，說句不好聽的話，若是大哥當年大方些，多送幾件珍奇寶貝給自己，相公也不會蹉跎那麼久，又怎麼會到現在還窩在這樣一個山高皇帝遠的偏僻所在？

自己拿了那些好東西，也算是有正經用途，真是相公發達了，封侯拜相的話，李家列祖列宗臉上也有光不是？哪像現在，婆婆老是看自己不順眼，言下之意，不是嫌自己不懂規矩，就是說自己娘家除了打打殺殺，對相公的前途也沒有絲毫幫助。

要是兄長不癡迷於這樣打打殺殺的日子，能在朝中謀個一官半職，自己又何至於落到這樣尷尬狼狽的境地？

若非自己生下兒子魏綸，而公婆又愛極了這個孫兒，說不定自己這個正室地位早就岌岌可危了。

看了依舊垂眸不語的傅青軒一眼，李文鳳撇了撇嘴。庫裡那些寶貝，用來給相公鋪路，總好過便宜了這個只會吃軟飯的男人！

同樣是選男人，李文鳳真是對姪女的眼光鄙視至極。

和李文鳳一樣想法的，還有站在李文鳳右首，手持摺扇、自命瀟灑的錦衣男子。男子正是魏綸。

魏綸長相倒也說得過去，偏是那一雙詭譎的桃花眼，怎麼瞧怎麼讓人不舒服。

當然，此時更不舒服的是這位魏大少爺。

早聽說表妹莊上養了個癱子男人，魏綸起初並沒有放在心上。雖說是混江湖的，李楚楚卻是個大剌剌的糊塗性子，行走江湖，什麼阿貓阿狗都愛往回帶，又禁不住別人說幾句好話，要不然也不會好好的一份家業弄到現在這樣，幾乎要揭不開鍋的蕭條境地。

這也是為何當初魏老夫人說楚楚不宜娶為正室、當家主事時，魏綸深以為然的原因。只是即便如此，畢竟是青梅竹馬一起長大，特別是表妹確實人如其人，生得楚楚動人，起碼比自己現在的老婆，漂亮了可不止十倍百倍！

魏綸每見一次即便不懂得打扮也是明豔動人的楚楚，便越發心猿意馬，卻也明白，依舅父愛極了女兒的性子是絕不會應允的，所以才會特意跑來，蠱惑楚楚和自己私奔。

哪想到理想很豐滿、現實很骨感（注），魏綸本以為就自己的身分、長相，一旦說出願意和楚楚私奔，楚楚定然感動不已，一定會痛哭流涕地求自己馬上帶她走。

注：理想很豐滿、現實很骨感，網路用語，比喻理想很美好，現實很殘酷。

怎麼也想不到，卻被李楚楚當場一腳踹飛了出去。

更可惡的是舅父，知悉事情緣由後，竟然當眾把自己往死裡揍，自己堂堂魏家大公子落了一身傷不說，真是面子裡子全都丟了個乾乾淨淨！

他一面故意讓人放出李楚楚想要勾引自己的謠言，一面在父親安排下，娶了京城劉家的遠房庶女，只是劉氏不獨性格潑辣，容貌又太過粗俗，實在是讓人倒盡胃口。

只是劉家在京城也算是大家，自己再怎麼著也只能忍下，再加上舅父防範極嚴，別說接近楚楚，根本連靠近山莊的機會都沒有。

好不容易，舅父終於一命歸天，自己陪同娘親再次來至山莊，正好碰見一身素服的楚楚。

怪不得人說女要俏一身孝，自己看得眼都直了，而劉氏也因嫁過來之後一直生不出兒子，終於鬆口同意自己納妾了。

又費了九牛二虎之力說通了祖父、祖母，讓他們應允了納楚楚為妾之事，結果李楚楚根本就不領情，還弄了個癱子男人來下自己的臉面。

現在倒好，聽說前些日子還真圓房了！

此時看著外表風流、容貌俊美的傅青軒，魏綸更是厭惡。不就是一個小白臉嗎？自己今天就要讓他知道，不是什麼女人他都可以碰的，敢和自己搶女人，自己一定讓他後悔生到這個世界上，然後乖乖把楚楚讓給自己！

剛要上前呵斥，卻被李文鳳給拉住，狀似不經意地瞄了眼左邊方臉大耳的男子。

魏綸愣了一下，忙看過去，臉上頓時露出一絲了然的笑容。

旁邊的男子不是別人，正是自己敢來李家鬧事的最大依仗。

工部尚書劉文亮的么兒，大楚昭王，不對，現在應該說大楚新皇楚昭的小舅子劉俊文。

第一百零九章

劉俊文是大楚戰亂伊始從上京跑出來的，許是走投無路，才想起妻子劉氏這個同宗姊姊。

他初來時真是狼狽不堪，也虧得父親英明，一向對這位公子爺客氣有加，現在好了，還真押對寶了。

楚晗倒臺，楚昭上位，劉俊文身價馬上一躍百倍，成了正正經經的國舅爺！

爹爹的光輝仕途前景，已經完全可以預料。

也因此，今天一大早一得到楚昭已經攻進上京的消息，劉家真是一片歡欣。

李文鳳琢磨著要錦上添花，當即便和相公商議，說是娘家庫房裡正好有些珍奇寶貝。

當年李傲天行走江湖，委實得了不少好東西，即便現在變賣了些，據自己所知，應該還有很多。

劉公子不是要回上京嗎？一則要送些禮物才好，劉家那般權貴之家，一般的怕也看不上眼，娘家庫房裡的寶貝倒還拿得出手；二則那劉公子一再表明要帶了魏綸進京，讓家人幫著謀個一官半職，到時候還得請人打點，也要給兒子拿些好東西傍身，自己才放得下心來。

因此，稍一合計，就帶了魏綸往娘家而來，正好碰上劉俊文。這廝本就是個浪蕩性子，這段時間也真是憋得很了，當聽李文鳳說起娘家有些好玩意兒，可惜卻被一個吃軟飯的男人幾乎給變賣乾淨，當即表示要出頭給魏家主持正義。

劉俊文心裡，本來對那些所謂的武林豪傑是很看不起的，卻沒想到會在這偏僻的莊子裡，見到傅青軒這般神仙似的人物。

即便往常逛勾欄院時，那些紅牌比起這男子來怕也是大大不如，而且看那纖細的腰肢、秀氣的脖頸……劉俊文頓時就嚥了口唾沫。還真是找到寶了！

所謂飽暖思淫慾，這段時間只顧著逃命，好不容易安定下來，這窮鄉僻壤的，連個稍微整齊點的美人都見不著，卻會在這裡見到這麼個絕色尤物。

當即露出一個自認為很瀟灑卻是風騷無比的笑容，伸手就想去摸傅青軒的臉。

「喲，瞧瞧美人兒，怎麼這般消瘦……」

卻不防旁邊的霽雲忽然探手上前，手裡金針朝著劉俊文的膻中穴刺了過去。

「大膽賊子，找死！」

敢當著自己的面輕薄三哥，真是活膩了！

劉俊文被扎了個正著，撲通一聲就趴倒在桌面上，湯湯水水的頓時淋了滿頭都是。

「雲杉，把他扔過來！」霽雲厲聲道。

「啊！」李文鳳嚇了一跳，忙出手阻攔，還是慢了一步。

雲杉已經揪著劉俊文朝著霽雲的位置扔過去，霽雲一腳踩住，拿了把刀對著劉俊文不住晃悠。

「混帳東西！說，你為何要私闖民宅？」

雲杉和旁邊的二寶幾人眼睛頓時一亮。真不愧是姑爺的妹子，性子竟是比姑爺還要狠，又這麼乾脆俐落，真是對胃口！

傅青軒嚇了一跳，忙扶住霽雲。「怎麼又亂動，妳的傷還沒好。」心裡卻苦笑。這個妹子，每次都拿自己當琉璃人兒一般，好像一碰就會碎掉，明明腳傷了站都站不穩呢，還就敢和人上演全武行了。

「三哥莫急，我沒事。」霽雲忙安慰。相信三哥也看出來了，這三人明顯來者不善，三嫂不在，自己和三哥不是病就是傷，不先制住他們的要害，不定又要出什麼么蛾子呢！好不容易找到三哥，可不能再瞧著他在自己眼皮子底下受傷。

李文鳳卻是慌了手腳。她早年功夫也算了得，可自嫁入魏家，因公婆不喜，這麼多年也荒廢了不少，所以方才才會被霽雲出其不意把劉俊文給擄了去。

全家的前途可都在劉俊文的身上，若劉俊文真有個什麼閃失，別說功名富貴，就是全家性命可能都會不保。

她衝著傅青軒喝罵道：「混帳東西！也就楚楚好騙，才會上了你這小白臉的當！一個吃軟飯的東西，竟也敢在我們李家橫行霸道、耀武揚威？我告訴你，你身邊的這位可是京城劉尚書家的公子，我們大楚的國舅爺！想要活命的話就趕緊把人放了，再乖乖交出庫房的鑰匙，還能饒你一條小命！」

魏綸神情陰沈地看了霽雲一眼，冷笑一聲。「我家表妹不過離開幾天，你這男人竟然連廚房的燒火丫頭都敢勾搭，還公然這麼親熱，真是吃了熊心豹膽！」

心裡卻盤算著，李楚楚落得這般下場，倒也是自找的。這回一定會知道，還是自己這個表哥好。不過以前沒嫁人時，自己還能許她個妾做做，現在瞧著，當個外室養著就算了，畢竟她的清白身子已經毀了。

京城劉尚書家的公子、大楚的國舅爺？霽雲聽得一愣，下意識看向狼狽不堪地縮在自己腳下的劉俊文。

「你爹是工部尚書劉文亮？昭王爺勝了？」

「什麼昭王爺？竟敢直呼當今皇上的名諱，真是找死！」劉俊文終於得了說話的機會，艱難地抬起頭來，神情猙獰。「我告訴妳，識相的快放我離開，不然等我皇上姊夫來了，一定會誅你們九族！」

又色迷迷地斜了眼傳青軒。

「美人兒，你要是現在趕緊來服侍我，說不定還來得及——」

卻被雲杉隨手拿起旁邊的抹布塞進嘴巴裡，又拿了根繩子給捆了個結結實實。什麼工部尚書、皇上姊夫的，還真會吹！小姐嫁人的時候說得清楚，姑爺既然娶了她，就是她一個人的，除了小姐外，誰都不能碰！

劉俊文再沒想到，竟有人膽大包天到這種程度，竟然明知道自己的來頭，還敢如此對待自己。

難道是什麼江洋大盜？方才來的時候聽李文鳳說起，她娘家哥哥可是做過武林盟主的，又說家裡很多寶貝，想來想去，也只有那些無法無天的江洋大盜，才敢對自己如此放肆。

雖然瞧不起那些武林人物，可現在落到對方手裡，卻由不得劉俊文不怕，想要哀求，偏偏嘴裡被塞了抹布，一個字也說不出來，只得拿眼睛不時看向李文鳳母子。

李文鳳沒想到，特意挑了個雲楚風不在的時間來找碴，竟是比那次還要慘！只怪自己方才一直把注意力放在男子身上，卻沒想到這灰頭土臉的小丫頭不只眼睛毒，更是個心狠手辣的，一眼瞧破劉公子的高貴身分不說，如此利索就把人擒了去當人質。

一面示意兒子魏綸趕緊去官府求援，一面厲聲對霽雲道：「哪裡來的賊人，真是膽大包天！竟然敢劫持皇親國戚，真是找死！識相的快放了劉公子，說不定還能有條活路！」

「放了他？」霽雲冷冷一笑。「妳當我們是三歲小孩嗎？妳說他是皇親國戚，敢問可有憑證？再說，什麼皇親國戚不在京裡好好待著，跑到別人家裡做什麼？明明是爾等強闖民宅、為非作歹，竟然還敢倒打一耙，說我們劫持人質？等官府人來了，到時咱們再好好說道說道！」

「妳！」沒想到小丫頭如此精刁，李文鳳怒極，伸手就想去抓霽雲，卻聽旁邊的劉俊文忽然慘叫一聲，忙錯眼看去，卻是那個吃軟飯的小白臉正拿了把匕首在劉俊文臉上來回比劃著。

「別！」李文鳳臉都白了。要是劉俊文有個三長兩短，別說相公升官了，怕是整個家族都會遭受滅頂之災。忙收了劍後退，咬牙道：「好，我不碰這賤丫頭便是，你千萬不要傷了劉公子！」

「那還不趕緊滾出去？」傅青軒手一用力，摁住劉俊文的頭，用力往下一戳，匕首不偏不倚，正好擦過劉俊文厚厚的嘴唇，牢牢把劉俊文嘴裡那塊抹布釘在地上。「我數一二三，要是三聲之後，妳不馬上帶著妳的人滾出去，我就把他舌頭捋直了割下來！」

這麼個豬頭似的男人，竟也敢叫自己美人兒！真當自己是泥性子嗎？

傅青軒聲音冰冷，話中的殺機如匕首上傳來的寒意，滲入劉俊文的骨髓，當場嚇得聲音都直了。「你們還愣著幹什麼，還不趕緊出去！」

心裡卻是暗恨，還以為是場豔遇，再沒想到竟是遇上了個蛇蠍美人！劉俊文直覺要是不按傅青軒說的去做，這個好看的男人九成九會真的把自己舌頭給切下來。

「劉公子，你放心，官兵很快就會來了！」李文鳳無法，只得跺了跺腳，領著人退出房子。

雲杉幾人看得樂呵。沒想到一向囂張的姑太太也會有今天，實在是太解氣了！

再看向霽雲時，那神情和瞧著傅青軒的崇拜之意竟是如出一轍。

果然不愧是姑爺的妹子，這就是姑爺常說的，打不過陰死他吧？

正搜腸刮肚，想說幾句拍馬屁的話，外面又響起一陣嘈雜的聲音，幾人忙透過窗戶向外看，卻是一隊劍拔弩張的官兵，在魏綸的引領下衝了進來。

「快！就是這裡，賊人就在房間裡，劉公子也在他們手上！」

啊？雲杉和二寶頓時面面相覷，忙看向霽雲，有些口吃道：「姑娘、來了、好多官兵。」

姑娘剛才不是說那劉公子是冒充皇親嗎？怎麼會來了這麼多官兵？

「來得好。」霽雲卻是輕鬆一笑，閒閒拉了張椅子坐下。「讓他們主事人進來說話。」

此言一出，不只是雲杉，便是躺在地上的劉俊文也直覺不對勁。官兵來了，這些江洋大盜不應該嚇得魂飛魄散破窗而逃嗎？這小丫頭倒好，竟還擺起譜來了！

「公子。」雲杉忙看向傅青軒。

「按姑娘說的去做。」傅青軒點頭，心同樣放了下來。既是官府的人來了，只要雲兒亮出身分，即便沒有任何證物，這些人也絕不敢輕舉妄動，一定會上報朝廷。

雲杉無奈，只得開門。

來的正是和州知府廖良功本人。

如今大局已定，大楚王朝已是日月換新天，忽然聽說新皇的小舅子竟然在自己境內被人挾持，直把這位知府大人嚇得魂都飛了，忙一邊派人飛報省城，一邊親自帶人趕了來，效率可是從未有過的高。

剛想詢問李文鳳情由，門就打開，雲杉探出頭。

「你們誰是主事者？我們姑娘說，主事者進來即可。」

廖良功愣了下，旁邊的李文鳳上前一步。

「大人，我陪您進去吧。」

廖良功倒也認得，知道她是李傲天的妹妹，身上也是有功夫的，而且自己料得沒錯的話，怕是劉公子被劫持也和她家有關，便點了點頭。

「走吧，切記不可輕舉妄動，劉公子性命要緊。」

又低聲囑咐手下的弓箭手做好準備，絕不許給賊人任何可乘之機，必要時便殺無赦。安排完畢，這才舉步往房間而去。

剛一進得屋內，便聽見一個沈穩的女子聲音響起。

「二寶，給這位大人看座。」

廖良功神情微微一動，待看清霽雲的容貌，不由更加詫異。女子口音明顯聽來不是本地口音，倒是京城那邊的，若不是過於狼狽的外形，倒還算有些氣勢。

「大人貴姓？」霽雲抬頭看向廖良功。

「大膽！」一旁的李文鳳卻忍不下去了。這女子是不是腦子有毛病啊？劫持了劉公子不說，還一副完全不當回事的樣子！

「這是知府廖大人，是特意為了劉公子而來，還囉嗦什麼，快放了劉公子，不然一定讓妳死無葬身之地！」

「李文鳳！」霽雲的臉頓時沈了下來。方才已經聽雲杉細細講述了李文鳳當初對待李家和楚楚如何翻臉無情，心裡對這個女人可不是一般厭煩。敢欺負三嫂，那就是欺負三哥；欺負三哥，可不就是欺負自己？

容家的人自來護短，這等惡婦，自然不會給她留半分情面。

「妳算什麼東西，也敢這樣同我說話？滾！」

李文鳳氣得渾身哆嗦，剛要回罵過去，卻見傅青軒冷冷睨了自己一眼，又開始滴溜溜把玩那把懸在劉俊文頭上的匕首，只得把嘴邊的斥罵又吞了下去。

廖良功眉頭蹙得更緊。方才魏綸說的是什麼江洋大盜劫持了劉公子，可這兩人不只見了自己後絲毫不慌張，瞧著更是氣度非凡，根本與江洋大盜的形象大相徑庭。

剛要探問，霽雲再一次開口，聲音並不大，聽在廖良功耳朵裡卻如同響起一記炸雷。

「小女容霽雲，乃當朝丞相容文翰之女，方才被歹人威脅，為了自保，才於無奈之下出此下策，若是給廖大人帶來了麻煩，還請見諒。」

第一百一十章

「容霽雲？容相爺的女兒？」廖良功嚇得差點坐倒地上。

這和州地界最是荒涼不過，即便當初昭王爺和偽皇打得天翻地覆，也沒人跑到這裡興兵，現在倒好，一下出現了兩個金枝玉葉！

雲杉幾個的眼睛卻一下興奮的睜大。姑娘肯定又在陰人了！瞧姑娘說得跟真的一樣，若不是他們事先知道姑娘的底細，怕也會上當。以後有機會了可得跟姑娘請教請教，怎麼才能做到把假的說得和真的一樣，瞧把那知府大人唬得一愣一愣的。

同樣想法的還有旁邊氣得發抖的李文鳳，冷笑一聲。「什麼容相爺的女兒，廖大人，不要信她一派胡言！」

說著一指傅青軒，話語尖酸刻薄。「我早就讓人查明，這男子名叫傅青軒，一個靠著張小白臉吃軟飯的貨色罷了！這粗俗不堪、膽大妄為的女子，正是他的妹子，大人莫要被他們的花言巧語騙了，還是快想法子救了劉公子、懲治奸人為是。」

廖良功皺了下眉頭，半晌卻道：「事關重大，魏夫人休得莽撞，本官還是稟明上峰再予定奪。」

容家可是大楚三大世家之一，特別是在士林中，更是享有美譽。廖良功科舉出身，本就對容家很是仰慕，更不要說容相爺差點被燒死在寶和宮裡，仍是威武不屈，最終保著昭王爺取得節節勝利的事蹟，也同時傳遍了天下。

用腳趾頭想也知道，容相爺在昭王爺心裡的地位，根本就不可能是劉家這樣的姻親所能比的。

而且聽聞容相爺僅有一女，自來愛若掌上明珠，甚至立為容家世女。

若面前這女子所言是真，那比起容家世女的身分來，劉俊文的身分又算得了什麼？

劉俊文眼睜睜瞧著廖良功匆匆來了又去，雖是憤恨已極，只是懾於傅青軒手裡那匕首的寒光，卻連大氣都不敢出。

眼看時間一分一秒過去，廖良功急得在外面不斷踱步，正自一籌莫展，又一陣噠噠的馬蹄聲傳來，忙小跑著迎了出去，入眼所見，正是巡撫大人的儀仗。

那巡撫大人明顯是一路疾行，從馬上下來時差點摔倒，廖良功上前一把扶住，小聲稟報了裡面新的變故。

「真是刁民！竟連長公主也敢冒充！若非……」那巡撫冷哼了聲。「為了劉公子的安全，咱們就來個將計就計。」

「長公主？」廖良功不甚明白。

「是啊！」那巡撫一臉感慨。

再沒想到，世上竟會有此奇女子。

今天一早收到朝廷邸報，上面詳細記載了容家世女容霽雲從幼時流落在外，到興建萱草商號，直到最近為了救父救國，葬身火海……

即便是巡撫大人老於人事，看完之後也不由淚濕衣襟。

如今皇上已經明發詔文，追封容霽雲為鎮國長公主，以國禮葬之……

除此之外，還有小道消息說，容家小姐還曾數次解救皇上於危難之中，和皇上早已是情同兄妹，皇上因心傷長公主之死，數次於大臣面前潸然淚下……

容霽雲之名更是早已天下傳揚，而現在，竟有人敢冒充容家世女！

即便沒有劫持劉家公子，單是玷辱長公主名聲這一條，裡面的人怕就是死罪。

當下也不去戳破，只在門外道：「本官乃是這惠南省巡撫鄭毅，小姐自陳是容家世女，魏夫人又說被你們綁了的是劉尚書公子，你二人卻俱是自說自話，並沒有什麼憑證。不若由本官派人護送二位到京師去，到時一切自明，不知二位意下如何？」

「好、好！」劉俊文率先答應，等回了京師，再跟這兩個賊子算帳！

霽雲也點頭。自己正準備回京，有官兵護著自是省了不少麻煩。

眼見一行人施施然出了房間，鄭毅和廖良功明顯一怔。聽說去京城對質，這對雌雄大盜不應該驚慌失措，怎麼還這般氣定神閒？難道是真有什麼依仗？

李文鳳卻是銀牙緊咬。長這麼大，還是第一次被人罵得這麼慘，既然已確知這賤人絕不可能是容府小姐，自然就要出了這口惡氣。

她忽然抽出長劍，朝著霽雲砍了過去。

「小姐！」虧得旁邊的雲杉眼疾手快，忙抬手挌開，胳膊上卻是鮮血直流。

「李文鳳，妳——」

沒想到李文鳳竟敢如此大膽，霽雲大驚，剛要責問，廖良功忽然一揮手，幾十個弓箭手圍攏，個個張弓搭箭，正對著霽雲幾人。

「我看你們誰敢！」

一個陰冷恍若來自地獄的聲音忽然在院門處響起。

眾人都是一愣，忙回頭去看，卻是一個白髮翻飛卻俊美猶如天人的男子，正傲然立於門旁。

霽雲身子一晃，傅青軒忙扶住她。

「雲兒。」

心裡也是感慨萬千。當初告訴霽雲，二叔陣前救下阿遜時，自己是隱瞞了一點沒說——那個風流倜儻、宛若謫仙的阿遜，竟是聽聞霽雲死訊後，一夜白頭！

廖良功等人卻是一愣，剛要喝問，那人身形再次縱起，手揚處，那些弓箭手全部倒飛了出去，下一刻，霽雲便被阿遜緊緊摟入懷中。

他只啞聲喚了聲「雲兒」便再也說不出一句話。

「這逆賊竟還有同黨！」李文鳳最先反應過來，尖聲道：「快來人，把他們都拿下！」

哪知話音未落，又有幾個鬼魅般的人影落下，為首一人氣喘吁吁，累得不輕，看這麼多官兵圍在這裡，明顯一愣，待聽清李文鳳的嚎叫，臉色一下沈了下來，從懷裡掏出一枚印信在眾人面前晃了一下。

「大膽！我們安大帥面前也敢放肆，還不快滾下去！」

可不正是三軍元帥的印信？再聯想那侍衛口中「安大帥」三字，廖良功等人嚇得小腿肚都要抽筋了。難道那白髮年輕人竟是大楚新出的一代戰神、安家少主安彌遜？

啊呀，難道說這蓬頭垢面的女子其實和安家有關係？

還沒反應過來，又一陣急促的腳步聲，卻是一個器宇軒昂的青年男子正護著皇家儀仗匆匆而來。

這又是誰到了？

鄭毅被嚇得夠嗆，等他反應過來，那儀仗已經來至眼前。

廖良功愣了一下，一眼即認出，來者正是去年的新科狀元郎，也是目前皇上面前紅得發紫的大紅人，傅青川。

頓時吁了口氣。有傅大人在，好歹有個能主持大局的了！

「傅大人，下官廖良功有禮。」

「免禮。」雖是年紀輕輕便得居高品，傅青川卻沒有一絲驕人之色，細看的話，反倒有些近鄉情更怯的緊張。

那鄭毅也回過神來，忙上前一拱手。

「傅大人，敢問這隊鑾駕是……」

傅青川從懷裡掏出一卷聖旨，聲音中是隱忍的酸澀和激動。

「本官奉皇上之命，特來接長公主回京……」

「長公主？」李文鳳身體一晃，頓時全身冰冷。

那巡撫和廖良功也同時張大了嘴巴。難道……

傅青川卻已越過眾人，疾步往院中而去，一眼看到被阿遜緊緊摟著的霽雲及守候在旁的傅青軒，視線模糊。

「雲兒，三哥！」

傅青軒也聽到了動靜，看向門口的兄弟，下頜收緊。

「阿川。」

「三哥。」傅青川忙上前一把扶住，哽聲道：「苦了你和雲兒了……」

三哥？這個吃軟飯的小白臉傅青軒，是皇上跟前的大紅人傅青川的哥哥？

而自己罵的那個賤人，卻真的是容家世女，皇上新封的鎮國長公主容霽雲？完了，怕是這輩子不只相公和兒子都仕途無望，說不定一家人都會被投進天牢！

打擊太大了，李文鳳再也支持不住，兩眼一翻就昏了過去。

一年後。

十里長街，紅妝似錦，容公府裡鼓樂喧天。

正是大楚戰神安彌遜和鎮國長公主容霽雲大婚之期。

「快快快，跟主子說，長公主迎娶的車隊已經離府！」安志撒腿跑進來。

「啊呀，好像忘了一件事！」安堅猛拍了一下頭，箭一樣地衝進一身大紅喜服卻不老老實實坐著，在屋裡來來回回踱步的安彌遜房間裡。
「又怎麼了？」明明春寒正濃，阿遜頭上卻滿布一層薄薄的汗，手也不自覺地攥緊又鬆開，鬆開又攥緊。
「主子，還有一件事得請主子明示。」說著從懷裡掏出一個小冊子，急急翻動，終於找到地方。「……我就覺得有什麼事，現在看著果然！」
說著長吸一口氣，很是嚴肅地瞧著自己主子。
「還有一件事關主子顏面的事。據說女子出嫁，娘家皆送有陪嫁侍女，人數多少依門庭而定，敢問主子，可有選定陪嫁公子？」
「陪嫁公子？」阿遜聽得目瞪口呆，半晌反應過來，險些沒氣壞了，抬腳就把安堅踹了出去，氣哼哼地關上門，卻聽得窗外有人噗哧笑了一聲。
「誰？」安彌遜忙推開窗戶。「是你？」
卻是一個同樣意態風流、俊美無儔的男子，正是西岐皇帝穆羽。
「是我。」穆羽斜倚在細嫩的柳枝之上，身子隨著枝條輕輕搖擺，說不出的風姿動人。
阿遜剛要說話，門外再一次響起了急促的敲門聲，安志的聲音在外面響起。
「主子，長公主已經進府了——啊呀，不對，已經進了院子了！」
阿遜再顧不得和穆羽計較，忙回身關上窗戶。剛一轉身，門就唄嚓一響，頭戴鳳冠、身穿霞帔、靚妝麗服、美麗不可方物的霽雲紅著臉來至門前。
「雲兒。」阿遜上前一步，緊緊握住霽雲的手。

執子之手，與子偕老，雲兒，生生世世，我們再不會分離！

「阿遜。」霽雲回握住阿遜的手，深深看了阿遜一眼，然後，兩人肩並肩往門外而去。

一陣風吹來，方才沒關好的窗戶一下敞開來。

阿遜不覺回頭瞧去。窗外，早沒有了穆羽的影子。

望著那對相偎相依、漸漸遠去的背影，高踞在房頂之上的穆羽微微一笑，慢慢從懷裡掏出一壺酒，對著嘴巴就澆了下去。許是喝得太快太急，穆羽忽然猛烈地嗆咳起來，直到最後，咳得一臉的淚，雙手卻不自覺做出擁抱的姿勢，靜靜躺倒在料峭春風裡。

這麼漫長的人生，真是寂寞如斯。

好在，雲兒最後的心願也終於實現，自己也終於可以放心地，期許來世……

——全書完

番外之一

坍塌的民房，哭泣的人群，不遠處冒著熱氣的施粥棚。

李楚楚身子一晃，一屁股坐在斷壁殘垣上，簡直是欲哭無淚。

雖然自己腳程夠快，可正是因為這樣，才更讓人崩潰。試想，一天連續六次跑回同一個地方，還是餓著肚子這樣兜圈圈，也一定會想去死一死算了。

忽覺旁邊似有兩簇視線直勾勾落在自己身上，習武之人的警覺讓李楚楚手按劍柄，一個旋身，正對上角落裡一個行動遲緩的乞丐。

李楚楚怔了下，手鬆開劍柄，努力露出一個自以為好看的笑臉。

那乞丐喃喃了聲，終於承受不住，兩眼一翻，昏了過去，手中的破碗噹啷啷一直滾到楚楚腳下。

自己有這麼醜嗎？楚楚下意識抹了下自己這張臉，惆悵無比。好像因為那個極品表哥，自己這段時間都沒在家待過，也有幾個月都沒照過鏡子了……

「排好隊、排好隊，施粥了！」那邊，粥棚處忽然一陣喧譁，人群呼啦一下就圍了上去，很快擠了個水洩不通。

李楚楚嘆了口氣，認命地撿起地上的破碗。這人都被自己給嚇暈了，怎麼著也得給他領碗粥才是。

領完粥，還得趕緊尋那殺千刀的採花賊，不然家裡那幾口怕再過一、兩日就得餓肚子。

當然，他們都心疼自己，並不願自己出來受苦，只是二叔醉心武功，根本不理世事；二寶他們幫人走鏢，可每次也不知道怎麼回事，別人走一趟鏢能掙二、三十兩，他們能掙個二、三兩就不錯了，還有很多次，回來時手裡一分銀子都沒落著。

她摸了下頭，好像自己很多次也是這樣啊，想想還真奇了怪了，明明到手的賞銀也不少，怎麼總是沒等回到莊裡，手裡就空了呢？

算了，除了練武時被老爹讚過領悟力驚人，生活上很多事情，李楚楚很少有想明白的。

正自發呆，一個清雅的聲音忽然在耳邊響起。

「碗給我。」

李楚楚恍若被雷劈了一樣，直到跟著人群夢遊一般地端著碗離開，腦子都是暈乎乎的。

天啊，世界上怎麼會有這麼好看的男人，怎麼會有這麼好聽的聲音，最關鍵的是，自己怎麼會有這麼強烈的衝動？

那就是向所有人宣佈：這個男人是我的，是我李楚楚的！

太羞人了！李楚楚一下捂住了臉，下一刻卻頓時僵住——手裡的粥碗正正扣了自己一頭一臉……

那乞丐好不容易睜開眼來，正好看到還是那灰撲撲的人影，卻舉著熱呼呼的粥對準自己的頭澆了下去，淡定地翻了個白眼，再次昏了過去。

傻傻看著腳下徹底碎了的碗，再瞧一瞧又一次癱倒在地上的乞丐兄，李楚楚真是萬分抱歉。

「那個……老兄，你放心，我會再給你領一碗粥來。」

風一般地再次衝進人群中。十個、九個、八個……

終於又輪到自己了，楚楚只覺心裡好像揣著一萬頭小鹿，咚咚咚地跳個不停，兩頰也好像著了火一樣。明明心裡想得不得了，卻不敢抬頭去看一眼……

「湯灑了？」看到楚楚一身的汁水，頭上還調皮地點綴著幾顆潔白的米粒，傅青軒頓時了然，許是餓得狠了，結果反而弄灑了。

抬手拿起旁邊一個碗，用力在鍋裡攪動了幾下，又裝滿了碗塞到始終垂著頭的楚楚手裡，因體弱而整日冰涼的手指有著沁人的涼意……

楚楚再次端著碗回到那乞丐的旁邊，蹲下來，吃一口，抬頭看看天空，嗤嗤地笑一聲，再吃一口，繼續望天，繼續笑，連身前的乞丐再次醒來都沒有察覺。

可憐的老兄愣了愣，順著楚楚的視線瞧過去，卻是黑茫茫的，什麼都沒有，直嚇得渾身的寒毛都豎起來了，艱難地撐起身子，邊流著淚邊緩緩向遠處爬去……

那也是李楚楚行走江湖以來，第一次被別人搶了生意。

可惜不久之後，二叔就找了過來，李楚楚不得不跟著二叔離開。

哪知再來時，她再也找不到那個魂牽夢縈的美男影子。

李楚楚人生中第一次開始和二叔嘔氣。都是二叔，幹麼要帶自己回去，這人海茫茫的……

從此，俠女李楚楚就有了個奇怪的愛好，甭管什麼時候看到有人施粥，都會趕緊買個碗乖乖地排隊去。

再沒想到，卻在已經絕望後，兩人在上京的街頭偶遇。

擁擠的人群中，李楚楚一眼就看到儀態風流的傅青軒，只覺自己的人生終於圓滿。什麼武功第一，什麼行俠仗義，統統見鬼去吧！俠女李楚楚現在最愛的就是蹲在牆角，癡迷地瞧著傅青軒在自己眼前來來去去。蹲的時間久了，甚至旁邊的乞丐老兄都看不下去，默默從自己碗裡拿出一文銅錢丟了過去……

也因此，她才會在傅青軒被楚晗劫持之後第一個察覺。

跑到太子府，親眼見到遭受鞭笞的傅青軒時，楚楚氣得差點瘋掉。即使是這個男人身上的一粒塵埃，在她心裡也比黃金還要金貴啊！現在這混蛋竟敢這樣對他！

太憤怒了，讓李楚楚來不及謀劃——當然，李楚楚也從來沒謀劃過什麼事——倒提著劍就衝了進去。沒想到，自己捧在手心裡還怕他會碰著的美男，竟會一路跑著，然後當著自己的面就撲通一聲跳進了黑漆漆的護城河裡。

等楚楚把糾纏自己的幾個侍衛全格殺掉，哪裡還看得到傅青軒的半點影子？

李楚楚直嚇得魂飛魄散，跟著撲通一聲也跳了下去，一個人傻了似的閉著氣沿著護城河底摸了一天一夜，卻哪有傅青軒的蹤跡？

好在老天有眼，正好一個農夫經過，聽李楚楚趴在河邊哭得悽慘，駐足探問。

「我夫君……掉護城河裡了！」李楚楚幾乎是衝口而出。雖然不過是第二次相遇，甚至連對方的名字都不知道，李楚楚心裡卻認定了美男，甚至絕望地想著，真是找不到，自己也隨他去了吧……

直到恍恍惚惚跟著農夫來至家中，一眼看到慘白著臉、死氣沈沈躺在床鋪上的傅青軒，李楚楚再次喜極而泣，撲通一下跪在地上叩謝上蒼。

雖然殘了，可好歹還活著啊！

很多年後，李楚楚還清楚記得，傅青軒第一次跟自己回莊裡時的情景。

看到本來說要去掙錢養家餬口的小姐，卻寶貝地從京城帶回來一個只會默默躺在床上等人伺候的癱子，雲杉等人一下炸了毛，不顧雲楚風閉關時不准外人打擾的禁令，死拉硬拽地把二爺拖了出來。

好不容易聽明白發生了什麼，雲楚風也是暴跳如雷，哪知還沒衝進屋裡，就被李楚楚擋在門外，傲然宣佈，她已經下了決心，今生就是死也要嫁裡面的癱子，誰要是敢動她的夫君，她就跟誰拚命。

雲楚風當時就被嚇住了，心裡也明白，這個姪女兒雖是自來孝順，卻最是個一根筋，要是逼急了，說不定真會玉石俱焚。

無奈，他只得退一步，也顧不得練功了，命令二寶幾個全天候十二個時辰嚴密監控，絕不許姪女兒被人占了便宜。可先是雲杉，然後是二寶，最後是大頭，一個個地紛紛跑過來抹淚表示，這個活兒他們做不了，壓力太大了！

雲楚風萬分好奇，便自己披掛上陣——哎呀媽呀，差點閃瞎了眼，楚楚那可還是黃花大閨女啊，每天懷裡抱著那個男人晃來晃去也不嫌累不說，怎麼一會兒偷偷摸摸人家眼睛，一會兒揪揪人家鼻子，甚至握住小手都要偷笑半天?!

終於，雲楚風想出一條計策。

多了個人總得吃飯吧？家裡可是揭不開鍋了，她是不是得考慮著出去掙點銀子花？心裡更是打定主意，只要楚楚前腳走，後腳自己就把這男人給丟出去！

看楚楚大力點頭，雲楚風長吁一口氣，只是那口氣只出了半截就梗在了喉嚨裡。

這出去殺人，懷裡抱著個男人算怎麼回事？

「你不是說讓我帶好自己的東西嗎？」李楚楚白了一眼最近越來越弱智的二叔，身形一晃便絕塵而去。

卻在第三天就回返，除了懷裡還抱著那個男人，竟是沒帶回一分銀子。

眼看就是年關，幫人走鏢的雲杉和二寶他們也先後折返，兩人回來時倒是興高采烈，可一共也只帶回了不到二兩銀子。

庫裡倒是有些好寶貝，可那是給姪女兒留的嫁妝，不管怎麼樣，也絕不能動一件。

雲楚風愁得頭髮都揪掉了幾十根，終於嘆了口氣。算了，看來今年比去年還要清苦，這麼點銀子，也就夠買幾十個饅頭，肉？還是作夢時吃一口吧……

正自長吁短嘆，鼻子忽然動了下。怪哉，這是什麼味道？唉呀，太他媽的香了！

雲楚風飛身而出，一下把同樣直著眼睛往廚房跑的雲杉給撞飛，卻是停都不停，施展絕頂輕功，一溜煙地往飄散出香味的地方飛了過去。

到了之後才發現，二寶和大頭比自己還要早，正老老實實地蹲在廚房門口，不時抬起衣袖抹一下口水，無比熱情誠懇地對著坐在輪椅上，掂著大杓的癱子叫道：「快，傅公子，這地方也攪一下吧，瞧這耳朵的色，哎喲嘿，肯定好吃！」

嘴裡說著，狠狠嚥了口唾沫。

二寶則狗腿地站起來，湊到傅青軒身邊，涎著笑臉道：「那個……傅公子累了吧？不然，讓我攪——」

「你攪做什麼？」李楚楚嗓門自來大，忽然意識到什麼，忙坐直了，細聲細氣道：「你要是攪的話，這火，奴家就不燒了……」

二寶一抖，看一眼明明坐在爐灶前灰頭土臉，偏要努力做出柔美樣子的小姐，再抖了一下，終於垂頭喪氣地默默挪出灶房，對著蹲在不遠處深呼吸的雲楚風說出了一句很有哲理的話。

「二爺，女大不中留啊，不然，就把小姐嫁了吧！」

這麼個花癡的樣子，也就那個癱子受得了吧？自己可不承認是被那鍋肉給收買了！

只是一直到很久以後，二寶都想不明白，明明把肉燜在鍋裡燉是最好的了，姑爺那麼個精明的人，為什麼除夕夜卻偏要坐在灶臺前，拿著杓子不停攪呀攪的……

——本篇完

番外之二

「阿遜……」

半睡半醒之間，霽雲倏地睜開眼來，入眼正是虛伏在自己身邊，身子卻大半懸在床下的阿遜。

明顯是太累了，阿遜緊閉的眼睛周圍有著濃重的陰影，甚至耷拉在床下的身子，一隻腳棉襪半褪，另一隻腳則根本光裸著踩在地上。

瞧這模樣，分明是想回來看一眼霽雲就走，卻控制不住抱一下她的渴望，只是太疲憊了，襪子脫到一半，終是撐不住睡了過去。

霽雲吃力地半坐起來。「阿遜，睡過來些。」

雖是睡熟了，阿遜還是聽話地往床上挪了下身體，又似乎怕自己身上的涼意會冰著霽雲，下意識和霽雲保持一定的距離。

「把你的腳給我。」霽雲無法，自己這會兒實在沒力氣做些什麼。好在阿遜對霽雲的話是從不會違拗的，竟是懵懵地把腳丫子伸了過去。

霽雲探手一觸，果然冷冰冰的，沒有一點暖意，當下輕輕一拉，就把阿遜冰涼的腳丫子抱在了懷裡。

許是那溫暖太過突然，睡夢中的阿遜一下睜開雙眼，直直瞧著霽雲，囈語了聲「雲兒」，剛要閉上眼睛，下一刻突然意識自己不是在作夢，頓時惶急無比，若非腳還在霽雲手裡，怕是會馬上跌下床來。

卻被霽雲虛按住。「別動。」

「別。」阿遜一哆嗦，就要抽回腳。「涼。」

「我幫你焐暖。」霽雲輕聲道，卻更加用力地抱在懷裡，又用手揉搓阿遜同樣僵冷的腳板……

「雲兒。」阿遜呆呆瞧著昏黃燭光下，霽雲溫柔的容顏，忽然一探手，就把人摟了過來，手滑入被中，緊貼在霽雲的小腹上，頭也隨之深深埋在霽雲的頸窩裡。

下一刻，他忽然渾身一僵，低下頭，傻傻瞧著錦被下她高高隆起的小腹，像是要笑，卻不知為何眼圈一紅。

「雲兒，孩子、孩子踢我……」

就在方才，掌心處忽然被輕輕碰了一下，那觸碰那般輕柔，卻好似一根羽毛，讓阿遜整個人都如失重般找不到半點著力的地方。

霽雲嗯了一聲，整個人埋入阿遜懷中。

「寶寶想爹了呢。」

「是、是嗎？」阿遜怔了半晌，聲音都有些嘶啞，忽然彎下腰，把頭貼上去，朝著她肚子吻下去。

哪知剛靠近，那裡再次隆起，竟是直直送到阿遜唇邊。

阿遜一臉膜拜地瞧著這神奇的一幕，低下頭溫柔地親了一口，又用力抱了抱霽雲，在霽雲的唇上吻了一下。

「雲兒再睡會兒，我去陪祖父。」

昨夜祖父醒來，精神比平時健旺得多，竟是無論如何要攆自己回來陪陪孫媳婦兒和即將臨世的寶寶。

本想著回來略坐一坐就去陪祖父，哪想到竟睡著了。

「我陪你一起。」眼看外面晨光熹微，霽雲也跟著坐了起來，揚聲就想叫青荇。

阿遜本想阻攔，待看到霽雲有些微紅的眼睛卻又頓住。

「我來就好。只記得從祖父那兒回來後，不許流淚。」

從有孕在身，雲兒的性子越發綿軟，又自來和祖父關係好，每每因祖父病重而暗自傷懷，甚至前些時日還差點動了胎氣，虧得祖父不知道，不然又不知如何放不下心了。

看霽雲點頭，忙跪坐在床上，把昨晚青荇準備好的一應衣服抖開，一件件給霽雲套上。

等青荇聞聲推開門，看到裡面的阿遜，明顯嚇了一跳，待看到被精心伺候的主子，不由抿嘴一笑。

姑爺真是愛極了公主呢，但凡公主衣食住行，恨不得全包了才好。

這幾日安老公爺病危，姑爺一直衣不解帶在旁邊伺候，這會兒回來了，敢情是老公爺身體見好了？

簡單用了早飯，霽雲便和阿遜起身往安雲烈的主院而來。

強弓，勁弩，秋水長劍，獵獵長風中招展的旌旗……

霽雲扶著阿遜的手站在小院外，眼睛竟是有些澀澀的痛。門倏地從裡面拉開，一頭蕭蕭白髮的安武手提大刀，宛若門神般挺立，待看清外面的人，怔了一下。「將軍，長公主。」聲音卻是莫名有些嘶啞。

阿遜已經從食盒中端出一大盤香噴噴、燉得爛熟的肉，又變戲法似的從最下面取出一小甕酒。

「武叔，吃飯。」

「公主。」青荇則有些膽怯的樣子，小院兩旁的甬道上，正站著兩排老者，明明髮已白背也駝，偏是如利劍一般的男兒風姿。

阿遜扶著霽雲，一步一步穿過甬道，待走至房門前，卻是站住腳，兩人回身齊齊朝著一眾老兵深深一躬。

那些老兵一下紅了眼睛。

阿遜輕輕推開門，房間裡的情景一覽無遺。

古樸的大床上，正躺著一個瘦骨嶙峋的老人，本是高大的身材，卻在長久的病痛折磨下縮成了小小的一團，若非那隆起的一團，簡直看不出來床上還有個人。

當年，楚晗本是要將安雲烈和容文翰一道處死的，事到臨頭又改變了主意。大楚戰將幾乎出自於安家，沒抓住楚昭及安彌遜之前，楚晗一顆心實在放不下。

有安雲烈在手裡，那安彌遜即便有三頭六臂也翻不出自己的掌心。

沒想到後來楚昭和阿遜果然扯起反旗，並在容文翰逃過去後，一躍由反賊成為正統。城破之日，楚晗把安老爺子綁在城頭逼阿遜歸降，老爺子為了不使孫子為難，竟是直接從城樓上跳了下去。

好在阿遜功夫了得，遠遠擲了一疋白練過去，好歹保住老爺子一條性命。只是彼時老爺子中毒已深，又遭此重創，終至臥床不起，甚至雖服食了解毒聖藥冰晶雪蓮，再結合阿遜出神入化的銀針之術，也不過讓毒性暫時壓制。

雖不至於立即喪命，卻讓整個人宛若身處地獄之中，甚至一點風吹草動，都會痛不欲生。尋常人怕是早就承受不住，自尋死路了，老爺子卻是一直撐著。

於阿遜而言，跌跌撞撞長到這麼大，幾乎從沒有得到過來自長輩的呵護疼寵和指導，做生意也好，戰場廝殺也罷，阿遜憑藉的完全是一種近乎偏執的對親人的愛。

也因此，一直到睜開眼又活過來，老爺子才知道，自己那一跳給這個孫子造成多大的傷害。活到這麼大，老爺子並不覺得死了有什麼虧本的，只是死之前還有一件事，那就是補給孫子曾經缺失的親情，把阿遜成長過程中缺少的、屬於長輩引導的那一環給補上。

這一撐，就是兩年。而現在，老爺子怕是撐不下去了。

「祖父。」阿遜俯身，趴在安雲烈的耳邊輕輕叫了聲。

床上的人沒有半點反應。

「祖父。」霽雲也輕聲道。

安雲烈素日裡雖是威嚴厚重，卻和霽雲處得好，每每霽雲來時，倒是比阿遜這個孫子還受歡迎。這會兒看老爺子這般情形，紅了眼圈，卻又想起方才答應了什麼，只得把滿滿的酸澀又勉強嚥了回去。

「祖父，雲兒來了，雲兒見過祖父。」

下一刻，她臉色忽然一變，身子也險些栽倒。

「雲兒！」阿遜驚得臉都白了，忙一把扶住，卻見霽雲頭上已布了一層豆大的冷汗。

「阿遜……」霽雲抓住阿遜的衣襟，用的力氣太大了，指關節都有些發白。「我……肚子疼。」

「姑爺，」青荇之前被囑咐的次數多了，這會兒立時反應過來。「公主怕是要生了！」

一語未落，眼前影子一晃，再抬頭看去，卻見阿遜已經抱著霽雲飛身門外，忙跟著往外跑。

容文翰第一個得到消息，轎子也等不及坐，直接搶了下人的馬，騎上就往安府狂奔而來，嚇得後面的一干侍衛魂都飛了，忙跌跌撞撞跟在後面緊隨而至。

很快，傅青軒、傅青川兄弟，連楚昭都從皇宮趕了來。還未進院子，便聽見房間裡的霽雲陣陣慘痛的呼聲，卻是不見阿遜的影子。

「阿遜呢？」傅青軒先紅了眼。雲兒在給他生孩子，這個臭小子跑哪兒去了？

話音一落，就見阿遜喝醉了酒般，白著一張臉，同手同腳從外面走了進來。

傅青川氣得抬腳就踢了過去。楚昭貴為一國之君，明顯不好動手捋袖子，瞧著阿遜的神情卻也不善至極。

倒是容文翰擺了擺手。

「安公知道了？」

阿遜紅著眼睛點頭。方才祖父突然醒來，李昉說，怕是迴光返照，自己跑過去，老爺子已經知道了霽雲要生產的消息，愣是不許自己守在身旁。

「你待在這裡。」楚昭道，又看向傅青川。「青川，我們去陪著安公。」

「我和你們一起。」容文翰看了霽雲的房間一眼，心裡已經有了決斷。

畢竟是初次生產，霽雲這一胎生得驚險，竟是直到第二天拂曉，產房裡都沒有一點消息。瞧著那一盆盆端出來的血水，別說傅青軒，便是阿遜這個上慣了沙場的都六神無主，嚇得臉白得和紙一般。

直到一聲嘹亮的啼哭響起，兩個邋邋遢遢在外面守了一夜的男人猛地站起，又一起跌坐在地。

「妹夫。」說話的是傅青軒的妻子李楚楚，手裡正抱著一個襁褓，臉上也唏哩嘩啦地糊滿了眼淚。「妹子生了個男娃，說讓你快抱去給老公爺看。」

阿遜一把接過襁褓，入目正是一個皺巴巴的小嬰兒，明明瞧著醜得緊，阿遜的眼淚卻流了下來。下一刻，他深深瞧了眼產房，轉身就往安雲烈的房間而去。

剛來至院外，便聽見李楚楚驚悚的叫聲。

「什麼！妹子肚子裡還有一個娃兒？」

正奔跑著的阿遜腳下一踉蹌，險些沒摔倒，卻是一咬牙，抱著襁褓飛奔而去。

待來至主院，容文翰已經在外面等著了，抖著手接過襁褓，轉身就往安雲烈房間而去。

「安公、安公，安家後繼有人了！」

無力地躺在床上的安雲烈一下睜開眼來，本是渾濁的眼睛，這會兒卻亮得嚇人。

「安公。」容文翰把嬰兒托到安雲烈眼前。「看一眼吧，這是你的重孫子啊，要繼承安家的重孫啊！你好歹給孩子取個名字。」

安雲烈眼睛猛地上移，似是不敢相信容文翰的話，兩滴大大的眼淚忽然順著眼角流下。

「承志……安……承志。」

言畢，嘴角露出一縷笑容，安然閉上眼睛。

同一時間，李楚楚的聲音再次響起。

「相公，妹子這次生了個女娃，一個好漂亮的女娃！」

十二年後。京城，曲江苑。

新科狀元周子安步出宮門，不覺擦了把頭上的冷汗。雖然自信才高八斗，胸羅錦繡，可也耐不住那麼多人考問啊。

丞相大人傅青川考究自己的學識也就罷了，怎麼連皇上也逮著自己問個不停？

要說這些人是考察學識的又不全是，竟連自己平日生活瑣事都問了個清楚明白。

比方說，皇上問自己在學院中何時起床，甚至連夫子什麼時候起床都問得清清楚楚，聽自己說夫子大多寅時起身，臉色沈得簡直和要下雨了一般，嚇得自己現在心裡還在打鼓，可前後回顧一番，並沒有說什麼出格的話啊！

「周兄。」榜眼溫明華是京城人，看周子安出來，忙走上前搭訕，眼睛裡更是明明白白寫滿了豔羨。

方才殿試之時，這位狀元郎語驚四座，不獨學識，便是民生百事俱皆爛熟於胸。甚而眾人都退下了，周子安又被單獨留下來，和皇上及傅青川傅相爺、有戰神之稱的武將第一人安彌遜安公爺探討至今。

能入得了這三人青眼，怕是周子安日後想不青雲直上都難。

「祁兄已經在狀元樓擺了一桌酒席，別人不去還可，你這位狀元公卻是務必要走一趟的，不然這酒席可就名不副實了。」

溫明華口裡的祁兄姓祁名雲瑞，說起這位祁雲瑞來可是大大有名。

據說這位祁公子當年曾向當今長公主容霽雲求親，後來雖是未入公主青眼，卻很是被勸誡了一番，竟是從那之後幡然醒悟，一改往日紈袴公子的習氣，潛心詩書，終於在今年高中探花。

周子安也是灑脫之人，看溫明華真心結納，就爽快應了下來，兩人一道往狀元樓而去。

剛出宮門，迎面正見幾個侍從簇擁著一位小公子匆匆往皇宮方向而來，兩人驚了一下，忙侍立道旁。

兩人雖是初次入宮，從服飾上卻也能看出來，那些侍從全都身著大內侍衛服飾。

竟然能帶隨從進宮，用腳趾頭想也知道，對方必然是身分極其貴重之人。

好不容易那群人過去，周子安和溫明華才敢抬起頭來，待看清那人背影，周子安不由一怔。

怎麼那被簇擁著的少年身形，和學院裡的小師弟好生相似？

還要再看，卻被溫明華一拉，小聲道：「周兄莫要再看，方才那位是太子殿下。」

太子？周子安驚得冷汗都快下來了。

太子名叫楚睿，今年剛滿十五歲，賢名卻已傳遍整個大楚，怎麼可能同自己那偶爾出現的小師弟扯上關係？定是方才被皇上和相爺他們嚇著了，才會出現這般幻覺。

只是時隔幾日後的賜官，卻出乎所有人意料。

明明之前瞧著頗得聖寵的狀元郎周子安，竟是打破了尋常狀元入翰林院的舊例，被打發到嶺西郡西陵縣做了縣令，一同被放了外任的還有探花郎祁雲瑞，以及其他十多名進士，倒是榜眼溫明華入了翰林院。

周子安倒是滿心喜悅。

自來是個無父無母的孤兒，若非遇見夫子，自己怕是早已凍斃街頭了。夫子平日裡常說：「不知稼穡之艱難，乃逸乃諺。」一想要做一個好官，就須得深入下層，瞭解百姓疾苦。

周子安心裡從來都把夫子看得如同神明一般，平日裡常想，若然自己進入仕途，必然要從最底層做起，將來成為夫子口中那般的好官。這下得償所願，倒也喜氣洋洋。

赴任那日，一出京城，正好遇見同樣要趕赴任所的祁雲瑞。

祁雲瑞要去的地方是嶺南沙河縣，兩人一個西南，一個西北，路途竟是大半重合。

祁雲瑞的父親如今已是官居二品大員，如今祁公子外放，一路上不時有冒出來的世交故舊給祁大公子餞行，這一路行來倒是輕鬆。

這日正好行至平原郡。

平原郡襄垣縣就是周子安的家鄉，而那個聲震大楚的白鹿書院，也正建在襄垣境內的白鹿山中。

等來至襄垣縣驛館時，天色已晚，平原郡守祁雲恒的人已經在驛館外候著了。

祁雲恒乃是祁雲瑞的大哥，當初祁雲瑞年少荒唐時，沒少被這位大哥修理。

以致雖然年紀老大了，還對這位大哥畏懼得緊。

當然說起祁雲瑞畏懼的人還有一個，那就是大楚長公主容霽雲。聽說祁雲瑞這次之所以高高興興赴任，其中最大的原因就是一看到長公主的儀仗，就止不住心虛氣短冒冷汗……

往日裡但凡有宴席，祁雲瑞總是和周子安一起，唯有這次，卻是無論祁雲瑞如何死勸活勸，周子安都不肯再陪同前往。

明日一大早還得上路，今夜無論如何要去給夫子請安。

當下向前來請人的郡中長史告了罪，竟是牽了匹馬、帶了個書僮就往白鹿書院而去。

祁雲瑞傻了片刻，最終慌慌張張丟下一句：「那個……大哥不是說要有難同當嗎？我陪子安兄弟去拜訪夫子。」

說完，甚至連手下都沒帶，就搶了匹馬落荒而逃。

把那長史弄得一愣一愣的。什麼叫有難同當？話說人家狀元公分明是去拜恩師，難不成那白鹿書院還是龍潭虎穴不成？

祁雲恒本來已經在家中擺了一桌酒席，哪料到長史竟沒有帶回人來，又聽說兩人竟摸黑趕往白鹿書院去了，不由大為擔心。

實在是昨日裡剛下過一場雨，這山陡路滑的……頓時放不下心來。

左思右想之下，還是決定親自帶人去接一下。

竟是帶了十多個隨從忙也從後趕了過去。

那邊，祁雲瑞已經追上了周子安，兩人一路上說說笑笑，興致高得緊。

「我平日常聽家裡夫子說，一生能教出一個進士，這一輩子也就圓滿了。」祁雲瑞邊走邊道。「你家老夫子卻教出了堂堂狀元郎，也算是極為了得的一件事了。」言詞之間，頗為自得。

卻被周子安搖頭否決。

「我家夫子不是那般淺薄之人，以先生的才學，便是和當今傳相相比，也是不遑多讓的，只是先生更喜山水之樂。我只求這輩子能有點出息，不丟先生的臉便夠了。」

周子安這話委實是發自肺腑。放眼世上，周子安真不覺得有哪個人風采可以和夫子相比的，甚至現在鬢邊已有白髮，也依舊是謫仙一般的人物。

這輩子能有這樣一位夫子，委實是人生大幸。

一番話說得祁雲瑞頓時心癢難耐。

雖因長公主一罵而痛改前非，可祁雲瑞內心深處卻還有一個臭美的自我。

甚至和周子安這般比自己小了十多歲的狀元郎相比，祁雲瑞都覺得自己即便年齡虛長幾歲，風姿還是猶有勝之的。

這會兒聽周子安讚頌夫子如何神仙一般風華翩然，心裡頓時不服氣至極。想著自己日常所見夫子，再如何也就一個老朽，如何能配得上「風華翩然」這四個字？

要不就說狀元郎雖則滿腹詩書，奈何出身僻野，見識自然也就有些淺陋，待會兒倒要讓他瞧瞧什麼叫謫仙風度、風華無雙！

兩人很快來至山門之下，暢通無阻一路來至夫子院中。

早有小僮進去通報，周子安激動之下，已是熱淚盈眶，祁雲瑞則是宛若將要開屏的孔雀般，精神抖擻地跨入門裡。

「拜見夫子。」一看到安坐堂中的夫子，周子安撲通一聲就跪倒在地，剛要回頭招呼祁雲瑞，卻見祁雲瑞臉色蒼白，宛若見了鬼一般，竟是連腳下的門檻都沒看見，以五體投地的姿勢一下拜倒在夫子腳下。

周子安嚇了一跳之餘，忙伸手去扶，心裡更是驚詫莫名。明明方才祁兄還是很不服氣的樣子，怎麼一轉眼就對夫子這般大力參拜？

一抬頭，正好瞧見夫子旁邊端坐的明妍少婦和兩個粉妝玉琢一般的男女孩童，頓時明白。

話說當初第一次見到這麼美麗的師姊時，自己也是被驚了一下呢。

忙笑呵呵拉起祁雲瑞，推到一旁的椅子上坐下。

「雲瑞已經見過禮了，我幫你介紹一下。」

說著，一指正中就座的青衫男子。

「這就是我家夫子。」

又指著女子道：「這是我師姊。師姊好。」

這位師姊人也是極好的，聽夫子說婆家太遠，饒是如此，每月也必然趕過來探望夫子，甚至很多次還給自己帶禮物。

剛坐上椅子的祁雲瑞騰地一下就跳了起來，動作太大，險些沒把周子安給嚇趴下，卻見祁雲瑞喉嚨裡發出和蚊子哼哼一般的聲音。

「……好。」

周子安無論如何也沒聽清他叫了一句什麼。

少婦身邊的孩子已經站了起來。

師姊這兩個孩子是雙胞胎，一個叫瓔珞，一個叫承志，日常裡都是瓔珞陪著夫子住在這裡，至於承志卻不常見，想是跟在師姊身邊。

兩個孩子的性情並不相同。瓔珞性情天真無邪，每日裡簡直就和大家的開心果一般，叫承志的男孩子卻很穩重，平日裡不言不語，很有小大人的模樣，但是對瓔珞和夫子親近得緊。

要說夫子的性子真是寵孩子，特別是對瓔珞，每每因為陪瓔珞小姐玩耍，兩人甚至連飯都會誤了吃。

若然承志在，每次都會繃著臉押了這一老一小去用膳，甚至連湯都不許少喝一口。他變戲法似的從懷裡掏出一大把小玩意兒。

瓔珞興奮地叫了一聲「子安叔叔」，就衝了過來。

旁邊的承志則接過周子安遞過來的打羅漢拳娃娃，說了聲「謝謝」又坐回原處。

祁雲瑞也手忙腳亂地往外掏，卻是除了幾塊銀子和紅顏知己送的扇墜，就什麼都沒有了，頓時面紅耳赤。

「對、對不起。」

「什麼對不起？」周子安搗了祁雲瑞一下。「我也是趕巧了，本來想託夫子讓人把這些東西捎過去的，倒不想正好碰到他們，你沒準備什麼見面禮，也在情理之中。」

說著又轉頭看著瓔珞和承志道：「是不是？」

「是。」瓔珞很給面子。沈默的承志也點了點頭，顯然並沒有怪罪祁雲瑞的樣子。

周子安已經回身坐下，一回頭，卻瞧見祁雲瑞還傻站在原地，一副要坐不坐，快要哭出來的樣子。

到了這時候，便是周子安也終於意識到好像有些不對勁。

夫子許是也看出來了，笑了笑道：「祁公子不須多禮，坐吧。」

祁雲瑞又看了那位依舊端坐的師姊一眼，看對方微笑著點了點頭，才敢斜欠著身子坐下，只是那筆直的坐姿，周子安真覺得比站著還要累呀。

「子安回來得正好。」夫子道。「正想和你說一聲呢，我怕是要離開了。」

「離開？」周子安的心神一下從祁雲瑞身上拽了過來。「夫子不是說很喜歡這裡嗎？為什麼要走？」

「是啊，所以當初我和瓔珞來到這裡，就不捨得走了。」夫子憐愛地看了看瓔珞。瓔珞生來體弱，大夫說得到地氣溫暖的明山秀水中好好將養。從那時起，自己就親自帶了瓔珞一路往南而來，一到這白鹿山就喜歡，索性住了下來，又開了這間書院，倒沒想到，彈指之間，竟是已十多年了。

只是睿兒畢竟身繫朝廷社稷，每次要學什麼東西，還得大老遠從京城中跑來，自己委實不放心。好在瓔珞的身體已經完全恢復了健康，昭兒每次來信也總說思慕得緊，幾個孩子又苦苦相勸，眼瞧著，這地方是住不得了。

「天下沒有不散的宴席，放心，等有時間了，我還會回書院的。」

明顯看出夫子去意已決，周子安眼淚都快下來了。本是來探看夫子的，倒沒想到只能送夫子離開，一時哽咽著道：「那夫子要去哪裡？和師姊一道嗎？」

夫子點了點頭，尚未回答，又是一陣門響，一個十五歲的少年大踏步而入。周子安眼睛一亮。

「小師弟也來了？」

忽然聽得撲通一聲響，周子安回頭，卻是祁雲瑞再次摔倒在地。這次更慘，竟是連凳子帶人砸成一團。

少年點了點頭，看向中間的夫子和少婦幾人。

「東西已經收拾好了，爺爺、姑姑、瓔珞、承志，咱們動身吧。」

說著上前，和那叫承志的少年一左一右扶住夫子，又伸出一隻手自然地牽住瓔珞，回頭對周子安道：「周師兄，切記夫子教誨，以民生為重。」

「欸。」周子安愣了下，卻不自覺點頭。總覺得今天不知怎麼了，不只祁雲瑞同撞了邪一般，就是小師弟好像也和往日不同……

一行人來至外面，周子安才發現，院子裡不知何時多了好幾輛馬車，甚至門口處正指揮眾人搬東西的那個男子，身影也是熟悉得緊。

後面的祁雲瑞身子又是一歪，虧得周子安這次眼明手快，才不至於摔倒在地。

「祁兄可是身體不適？」

祁雲瑞強撐著站好，神情蒼涼地瞧著在院門口巍然挺立的白袍男子。

所以說善惡終有報，老天饒過誰！自己不就是忤逆了一次大哥嗎？老天至於這麼一而再再而三地打擊人嗎？

那位小師弟已經揚聲衝男子道：「姑丈，可以走了。」

男子應聲回頭，燈光下，卻是一張再英俊不過的容顏。

「安——」周子安一下傻了眼。

這位的長相實在太過俊美無儔，自己無論如何是不可能忘的。

「安公爺？」

還沒反應過來，又是一陣嘈雜的腳步聲進了院子，正是祁雲瑞的大哥祁雲恒，竟是一進院子納頭便拜。

「臣平原郡守祁雲恒見過太子殿下。」

「見過太傅大人。」

「見過長公主殿下。」

「見過安公爺。」

「見過小郡主、小世子。」

——本篇完

番外之三

皇宮，勤政殿。

正是下朝時辰。和往日三三兩兩結伴而行的情景不同，滿朝文武卻是全都變成紮了口的鵪鶉，一個個縮頭縮腦，那模樣恨不得一步跨進家裡才安心。

就在方才，皇上傳下旨意，說是丞相傅青川過度操勞，身染重疾，特准予告假一年。旨意下達，所有人都懵了。

那可是一國之相啊，說告假就告假了？還是一年時間！說句不好聽的，朝堂之上瞬息萬變，別說一年，就是一個月，也可能是另一番格局。這傅丞相一走一年，就是到時候能「病好」，黃花菜也都涼了。

而且這人可是傅青川，是配得上「鞠躬盡瘁死而後已」這八字箴言的傅青川。

別看傅青川不過一介文臣，卻偏偏心志堅定、宛若磐石，說句不好聽的，這麼些年來，傅青川以文臣之首，卻是皇上手中最鋒利的一把劍，運籌帷幄、殺伐決斷，終幫皇上穩定了曾經風雨飄搖的大楚河山，竟然說被踢開就被踢開了？

這還不是朝臣們心驚肉跳的原因，最關鍵的是，皇上此舉好像傳達出一個訊息：那就是，曠日持久的太師黨和太子黨之間的鬥爭，怕是終於露出曙光；結果就是，太師黨眼下占了上風。

那豈不是說，太子殿下的位置已是有些岌岌可危？

想想也是，眼下坐龍椅的那位，可不就是以皇子之尊幹翻了太子，最終問鼎皇位？

卻也有人不解。

也不知太師家圖的是什麼，不管五皇子或太子殿下，不都一樣是劉家外甥嗎？

太子殿下乃是元后，也就是太師及兵部尚書劉文亮的嫡親姪女兒劉靜萱所出，可惜被當年篡位的偽皇楚晗所殺。

皇上即位後，因感念元后的全力維護之情，又不想太子受委屈，便立了元后的堂妹，也就是劉文亮的女兒劉靜芳為后。

三年之後，皇后誕下五皇子楚堯。

只是彼時太子尊位已定，又有太傅容文翰親自教導，即便年紀幼小，便頗有一代明君之風姿。

皇上之後，太子即位本應該是板上釘釘的事，不料前幾年忽然有流言四起，說是太子感慨「皇上春秋鼎盛，孤怕是會走到皇上面前也未可知」，話語之間，無疑流露出盼望君父早死，自己榮登龍位的意思；同一時間，五皇子楚堯也開始入朝廷辦差，而且接連辦了好幾件漂亮的差使，惹得臣下紛紛驚嘆：「五皇子之能，竟是不在太子之下。」

那之後，太子黨和太師黨之間就有了微妙的變化。

太子黨一方以丞相傅青川、長公主容霽雲、鎮國公安彌遜為主，太師黨一方則是後宮有皇后劉靜芳，前朝有太師劉文亮。

眼下太師已是強勢掌控兵部，實力雖是還弱於鎮國公，卻也相差不遠。太子黨一方最大的優勢怕就是文臣之首傅青川，而在這個節骨眼上，傅青川告假了，是真的有病了？還是被病了？

也有人想要上門探病以確認虛實，卻全被擋了駕。倒是有人發現鎮國公也好，長公主也罷，還有大楚第一商人傅青軒，甚至太子殿下，經常出入丞相府。

而且無一例外，那些人出來時，神色都是難看得緊。

所有人都明白，怕是在想對策以解決危局。只是瞧這一干太子黨，怎麼竟有焦頭爛額的感覺？

城郊的十里長亭。

一個一身青布衣衫的男子揹了個書箱、提了行李，騎著頭小毛驢，悽悽遑遑地往遠處而去。

「真就這麼趕他走？」女子的聲音明顯很是猶豫。

「嗯。」男子的聲音卻是少見的凌厲。

女子屏息，半晌鼓起勇氣看了看那個越來越遠的蕭瑟背影。「要是被人坑了，怎麼辦？」

「不會。」男子終於忍不住，伸手揉了下女子的頭。

不能想，不然就又要氣得肝疼。

「他滑溜著呢，才會把咱們玩弄在手掌上團團轉這麼多年！」

不然，怎麼京城那麼多出名的美人兒，恰恰好全讓他得罪了個乾乾淨淨？這麼多年了，無論自己和妹子如何東奔西跑，竟連個媳婦兒都給他娶不到？說到底，還不是他從中作梗？

這個臭小子，從很小的時候心就硬著，什麼隨和，什麼胸有丘壑，什麼虛懷若谷，全是放屁，自己瞧著，分明就是一塊茅坑裡的石頭罷了。

「雲兒，別再想著那個狠心的混蛋了！」

不就是仗著我們愛他嗎？今兒就是要狠下心來不管他，不娶媳婦的話就不是趕出去一年，而是兩年、十年，反正什麼時候娶了媳婦兒什麼時候回來！

越走越遠的英俊男子滿臉悽苦。

都說最毒婦人心，可自己瞧著這句話簡直是狗臭屁，不通至極。

放眼世間，就沒有哪個人比得上妹子心善的，同樣放眼整個世間，就沒有哪個人比得上三哥這麼心狠的。

有這麼對付自己親兄弟的嗎？竟然說攆就攆，那是自己的地盤，他卻理所應當地搶占了去，還有沒有天理了？

再說自己那些朋友，一個個也都是白眼狼。就說那個姓楚的，自己可是替他辦事的，這麼多年跟著他鞍前馬後、風霜雪雨，沒有功勞也有苦勞不是？

現在倒好，竟是翻臉不認人，這邊剛幫他出謀劃策布了好大一個局，轉頭就加入了驅趕自己的行伍，甚至自己瞧著，能把自己攆走，八成今天回去，那姓楚的非多吃幾碗飯不可。

今兒算是體會到了，什麼叫遇人不淑！

看來看去，也就自己妹子貼心，方才之所以會離開，也是因為瞧著妹子哭得太厲害。一輩子就這麼一個妹妹，自己可真是怎麼疼都嫌不夠，這會兒讓那群狠心賊挾制著，愣是什麼話也不敢說，哭成了個淚人兒一般。

決定了，自己這次出去要找一個跟三嫂一樣厲害的婆娘，然後讓婆娘下死力地折騰那票所謂的兄弟和朋友！

太委屈了，甚至都翻過一座山了，心裡還是緩不過勁來。

不就是不想娶媳婦嗎？守著妹子和兄弟，還有姪子姪女外甥外甥女過一輩子怎麼就不行了？也算不得什麼傷天害理的大事吧？怎麼就要淪落到喪家犬一樣貓憎人嫌的地步？

辛辛苦苦做了這麼多年，到了最後，卻是成了人家的眼中釘、肉中刺，要死要活地攆了出去。

許是怨念過重，竟是嘰哩咕嚕地說個不停，完全沒注意到旁邊突然人影一閃，卻是一個滿身灰塵、頭髮蓬亂的女子拖著條大棍攔在了面前，一副視死如歸模樣，大吼一聲：「此山是我開，此樹是我栽！」

她趁著換氣的工夫，眼睛微微下移，卻是正對上一雙浩瀚如大海的溫潤眼眸，女子只覺身上的血忽地一下往頭上衝去，手中大棍掉在地上，女子卻渾似全無所覺，只用一種作夢般的語氣喃喃道：「要從、此路過，那就、嫁過來……」

等意識到自己說了什麼，立時像被咬了尾巴的貓一般一下跳了起來，只覺整張臉好像都要燒著了，好在頭髮上有根羽毛，臉蛋上兩片污跡，倒也看不出來和方才有什麼不同。

「好。」男子的聲音忽然在耳旁響起。

那聲音真好聽，女子不自覺動了下耳朵，只覺耳廓都酥麻麻的……

「給。」男子俐落地卸掉書箱，又毫不客氣地扔過行李。

女子作夢一般地接過來，乖乖揹上，又小心地把薄薄的行李捲抱到懷裡，心裡忽然就止不住開始心疼。

這男人也太好說話了吧，竟然自己說什麼就是什麼，怪不得會被家人欺負成那樣！

卻又有點慶幸。話說自從昨天從家裡偷偷跑出來，自己已經趴在這裡兩天了，其間總共有一百三十個人從這裡經過，男子有九十九個。

看到第一個男人自己就想蹦出來的，無奈還沒站好就開始腿軟，然後第二個、第三個……一直到這第九十九個。

然後，半睡半醒之間，就聽見了這人的嘟嘟囔囔，卻是個做牛做馬到最後反而被人掃地出門的窩囊廢。

那一會兒，她終於有了信心。要是自己連這麼個窩囊廢都怕的話，那別說反抗大伯了，自己還是乖乖回去任人擺布吧！

管他呢，這男人這麼窩囊，肯定不敢對自己怎麼樣，權當練練手，到時候就有勇氣搶別的男人了！憑自己這模樣，就不信自己看中了男人，男人會看不中自己！

然後她拖著大棍就視死如歸地衝了出去，不料這男人的眼眸好像有法術，竟是把自己一下就給吸了進去。

書箱把背都給壓彎了。這麼沈，他卻揹了這麼久，該多累呀！

行李把眼都給遮住了。嘻嘻，這上面好像全是他的味道啊……啊，真好聞！不對，羞羞羞，怎麼有大姑娘喜歡聞一個男人的味道的！

雙手卻是抱得更緊了些。有什麼啊？馬上就是自己的人了，自己聞幾下有什麼打緊？

兩人一路行來，引得所見之人紛紛側目。

這兩人腦子有問題吧？一個大男人穩穩當當坐在驢背上，一個小娘子卻是揹著個書箱抱著行李，甚至還騰出一隻手，無比艱難地牽著那毛驢？

男子卻恍若未見。又玩這些小伎倆，不就是放個無鹽女嚇唬嚇唬自己，好讓自己向他們低頭，娶他們幫自己選的老婆嗎？

老子這次真的生氣了，要是自己真就破罐子破摔，娶了這醜女，到時候看誰急？所以說這會兒坐不住的人一定不是自己，而是他們了吧？

男子正想得入神，卻聽見撲通一聲，卻是女子又要揹箱子又要抱行李，還要牽毛驢，又控制不住分神打量一下驢背上的男子，竟是一個不留神就絆倒在地。

卻是顧不得喊痛，慌裡慌張地就提起地上的箱子，又撿起行李看向男子。

「你沒事吧？」

男子眼神中滿是悲憫。果然不出所料。不過也算是用心良苦，這樣又醜又笨還是個缺心眼的，還真不好找。

女子卻被瞧得有些害羞。哇，就說自己有眼光吧？瞧相、相公心疼得什麼似的！看得太癡了，直到男子有些不舒服地動了動身子，女子才意識到什麼，忙忙一指山坡上一間茅草屋道：「相——」

在心裡想想就罷了，真叫出來，還有些羞人呢。

怕什麼，別看這麼大個子，卻是被家人欺負成那個……想說「熊樣」（注）的卻又嚥了下去。嘻嘻，好像相公無論什麼樣都是剛剛好。

不對，不然還是看成個窩囊廢吧，獨屬於自己一個人的窩囊廢，不然可真是什麼話都不敢說了。

饒是這麼想，卻生怕嚇著對方似的，她聲音簡直溫柔得能擰出水來。

「相公，咱們到家了。」

男子點了點頭，慢慢吞吞、無比溫順地從驢背上爬下來，掃了眼荒涼山坡上的孤單茅草屋。這次更簡單，竟是連鄰居也沒有了？也不想想自己是誰，會連這樣大的破綻都看不出來？一個大姑娘，還是個笨成這樣的大姑娘，會一個人孤孤單單住在這裡？

哼，以為這樣自己就會怕了嗎？所謂兵來將擋、水來土掩，自己就是不反抗，看到最後誰先忍不住。

雖是兩條腿都走得僵了，女子還是忍不住滿心的歡喜，強撐著先把人送進屋，又把書箱放下，把行李擺好，強忍著想要在床上趴一下的慾望。

相公走了這麼久，說不定又餓又渴呢？

這麼一想，竟如同打了雞血一樣，忙忙起身倒了杯茶水，摸了下，算是微溫，頓時有些懊惱。

「相公愛喝熱茶還是愛喝涼茶？」

喝熱茶的話，自己馬上去燒。

男子瞄了瞄女子，下一刻移開眼。「都好。」

唔。女子長吁了口氣。果然和自己想的一般，相公的性子委實綿軟。

下一刻又有些犯愁。只是這般沒脾氣，到了自己那個虎狼一樣的家，要是被人欺負了怎麼辦？

她恨恨地跺了下腳。不怕，大不了誰敢欺負相公，自己就跟他拚命！

既然相公說什麼都好，那自己就趕緊去做飯吧！走了這麼久，相公不定餓成什麼樣了呢。

卻完全忘了，「好相公」是一直坐在驢背上，而她自己，是跌跌撞撞跟著跑了一路。

她忙忙地到了廚房。好在房子的原主人倒也善解人意，米缸裡有幾把米，甚至還有一大塊鹹菜孤伶伶地放在那裡。

女子抓了幾把米就扔進鍋，然後撓了撓頭。好像還需要鹽巴？可找遍了廚房，也沒見鹽巴的影子。

對了，鹹菜不也是鹹的嗎？不然用鹹菜代替？

可用什麼切呢？正好看見旁邊地上扔著的柴刀，眼睛頓時一亮。好了，就用這傢伙！當

注：熊樣，窩囊無能，沒本事，讓人看不起的樣子。

下兩手抱起柴刀，朝著鹹菜用力砍去，只聽得咔嚓一響，卻是案板被砍翻落地。

聲音太大，穩坐房中的男子，手中的茶碗都差點打翻在地。

好在那邊很快沒了動靜。

男子皺皺眉，揉了揉額頭。也就三哥那個貌美如花卻心如蛇蠍的會這般折騰自己！還沒想好回去怎麼和三哥算帳，一股黑色濃煙已經順著風向，張牙舞爪地往茅屋中飄來。

男子猝不及防，頓時劇烈咳嗽起來，好不容易拿穩的茶杯掉在地上，摔了個粉碎。

直到逃也似的跑出草屋，男子才發現濃煙的由來。

旁邊的廚房裡面，有一個人同樣咳得驚天動地。

所以說那醜女該有多缺心眼啊？都嗆成這樣了，還不到外面透透氣？更別說，那廚房濃煙滾滾，明顯是快要燒起來的樣子。

雖然明知道一切都是三哥的詭計，可那醜女那麼傻，說不好真會弄出人命！

他再不遲疑，掏出帕子往水裡浸了一下，捂住鼻子，衝進茅草屋中，揪起依舊趴在地上邊咳嗽邊鍥而不捨吹火的女子。

這般濃煙滾滾也不是辦法，把女子送到院外的青石上，他又回轉，待看到塞了滿滿一灶膛的柴火，不由默然，毫不耽誤地把柴火扒出來，又撿了軟和的乾草送進去。聽得噗一聲響，那乾草終於燃出耀眼的火苗，然後，憋了那麼久的柴火轟地一下就著了。

女子許是緩過來了，帶著一臉「我有罪我該死」的歉疚神情挪進廚房。只是這般楚楚可憐的模樣，若是個美女也就罷了，偏是這個一臉污跡、連眉眼都分不清楚的醜女。

男子無聲地嘆了口氣，揮揮手。

「妳──」

話音未落卻忽然覺得不對勁，怎麼大鍋裡黑煙騰騰升起？探手掀開鍋蓋，一時倒抽了口涼氣。

鍋裡這團黑乎乎的東西是什麼？

女子瑟縮了一下。

「那是……米湯。」

聲音卻已經哽咽。自己只想給相公做碗湯喝啊，怎麼就會變成了一團黑不溜丟的東西了？

男人呆立半晌，終於幽幽道：「水呢？」

所以三哥該是有多看不起自己呢？以為弄這麼個破綻百出的女人，自己都不會察覺？

啊？女子一呆。煮湯還得放水嗎？

兩人再一次站在庭院裡，女子的頭都快要垂到地上了，一副等著挨訓的模樣，可等了半天，對方一句埋怨的話也沒說。

女子終於忍不住，偷眼看去，卻是一眼看到男子眉峰上不知什麼時候蹭到一道灰跡，方才的膽怯頓時一掃而空。

即便是相公想罵自己，好歹也得幫他洗乾淨臉才好啊！

她打了雞血般拎起一個木桶就朝河邊衝去。

不到片刻，一聲撕心裂肺的哭聲從河邊傳來。男子抖了一下，忙要回頭去看。

那個蠢女人不會被魚當成魚餌給咬了吧？

哪知只響了一聲，河邊再無聲息。

男子也就懶得再理對方的么蛾子，自顧自在院中的青石上坐下。

卻不知這會兒河邊女子早已悲痛欲絕。一直覺得自己能搶過來這麼好一個男人，是靠了自己如花似玉的容顏，可這會兒看見河邊的倒影才發現，什麼美女啊，就是村裡的傻姑都比自己好看十倍！

所以相公該是多窩囊啊，被自己這副醜得驚天地、泣鬼神的模樣荼毒了這麼久都不反抗，甚至還衝進差點燒著的房子裡救自己。

唔……平日裡，相公在外面是被人欺負成什麼樣啊？竟越想越難受，一邊把頭髮披散下來，就著河水想要綰上，偏偏平日裡根本不會梳頭，半天了還是綰了個歪七扭八。

沒辦法，索性讓頭髮散開算了。好在臉洗乾淨了，把本來面目露出來了。

又看到溪水旁長著些紅紅的果子，忙又採了些，最後才打了桶水，蹣跚著往茅屋走。

只是這樣的打水活計也是沒沾過的，好不容易把水提回草屋，滿滿的一桶就只剩下半桶，至於剩下的半桶卻是一滴不剩，全灑在了身上。

等到男子覺得臉上一涼，睜開眼來，入目正好是一個長髮披瀉、眉目如畫的美人，再往下看，美人一身衣衫盡濕，內在已是纖毫畢露，再配上臉上的欲語還休……

這是又換了個法子，從打擊變成了勾引嗎？

當下不動聲色接過帕子，自己把臉擦過，半晌才指了女子身上的衣服。

「濕了。」

啊？女子低頭，羞得恨不得找個地縫鑽進去，拔腳就往茅屋衝去。

「穿我的。」男子悠悠的聲音再次在身後響起。

記得沒錯的話，方才房間裡好像根本沒有一件衣服吧？

門很快被關上，不知過了多久，才又打開。

男子深呼吸數次才緩緩轉過頭來。嗯，這次倒還算正常。

察覺到男子審視的眼神，女子臉頰再次飛上兩朵紅雲。自己這個模樣，相公瞧見了是滿意呢，還是不滿意呢？應該……有那麼一點喜歡吧？

太入神了，卻連腳下一塊石頭都沒發現。等意識到不對勁，已是整個人朝著男子就砸了過去。

聽得嗤啦一聲，男子胸前的衣衫頓時被整個撕下，露出赤裸的胸膛。女子大驚之下忙鬆手，待意識到自己馬上就要栽倒，嚇得一下抱住男子的腰，兩人終於不負眾望地跌在一起。

兩人尚未來得及反應，一陣腳步聲忽然由遠而近，然後哭叫聲隨即響起。

「啊呀，小姐，妳可不能——」

下一刻恍若被掐住了脖子的鴨子，沒了一點聲息。

男人勉強抬頭，由下往上，是幾十個張著嘴巴的人。

他苦中作樂地抱著懷裡女子起身。

這是三哥計策的第三步。所謂，捉姦在床？

下一刻，一聲驚呼再次響起，他眼睛下移，卻是女子也不知怎麼把自己那套男子衣衫給裹上去的，這麼一倒一抱，衣服已經完全散開，恰恰露出裡面穿的鴛鴦戲水肚兜，以及一大片凝脂般的玉肌。

圍觀的人群又是一陣驚呼，一個五十許的夫人越眾而出，狠狠瞪了男子一眼，一把揪過女子，「心肝兒、肉的」就哭了起來。

這是丈母娘出場？男子似是有些牙酸。恍惚想起，自己今年可是已經不惑之年了，所以三哥好歹幫兄弟找個年齡大些的靠譜丈母娘是不？

又有小丫鬟上來，忙不迭地幫女子整理好衣衫，接著，一個俊俏的少年郎就出現在眾人眼前。

女子看婦人還在哭嚎，丫鬟、僕婦也稀罕似的巴著自己相公瞧，忽然就有些不開心。便是窩囊廢，也是自己一個人的窩囊廢，這麼多人看猴似的圍著幹什麼！

越想越怒，女子忽然上前一步，一下挽住男子的胳膊，頭一昂，對婦人道：「娘，這就是若兒給自己找的相公。」

夫人看了男子一眼，先是一喜，緊接著又有些失望。長得倒還成，看面相也是個實在的，就是年齡大了些。

哪知眼裡剛閃過些不豫，女子就一下抱緊了男子的胳膊，如臨大敵般地道：「娘親不許不答應！方才情形您也看見了，女兒生是相公的人，死是相公的鬼！」

一句話說得婦人險些嗆咳起來。死丫頭，這麼快就死心塌地了？那還不讓這男人吃得死死的？

要命的是，男子年齡這麼大，誰知道家裡是不是已經有妻室了?!

都這個時候也顧不得矜持了，婦人揮手令眾人退下，自己則一指男子。

「你，過來。」

哪知進屋剛坐下，回頭一看，險些沒給氣壞了。男人是進來了，可自己那個沒出息的女兒，正像老母雞一樣護在男人前面。

話說，自己也沒擺丈母娘的譜吧？

順順氣，婦人終於開了口。

「敢問這位公子，祖籍何處？」

「京城。」

「叫什麼名字？」

「老四，傅老四。」

「家裡可曾娶親？」

哐噹。卻是女子身子一歪，正好倒在男子的懷裡。

他搖頭。

「不曾。」

呼……婦人長吁一口氣，臉色蒼白、一副快要昏過去的女子也終於又活了過來。

許是覺得自己閨女太沒出息了，婦人終於起身。

「好吧，就是你了。」

婦人剛出門，丫鬟、僕婦就一擁而入，端盆的打水的，淨面的梳頭的，不過片刻，本就人模狗樣的傅老四更加光彩照人，和打扮一新，據說閨名叫杜雲若的女子站在一塊兒，還真是郎才女貌、珠聯璧合。

當兩人並肩站於人前，所有人都沒了聲音。那本想擺擺丈母娘譜的杜夫人張了張嘴，又把到了嘴邊的訓誡之話嚥了回去。

實在是旁邊的女兒虎視眈眈，明明被自己強令坐得遠遠的，卻是眼觀六路耳聽八方，一副隨時都會撲過來搶人的樣子。

倒是這女婿軟趴趴的，沒有半點脾氣的樣子。罷了，所謂女大不中留，留來留去留成仇！而且家裡那個模樣，女兒要是不趕緊嫁了，說不好真會被那個挨千刀的大伯送給人家做小老婆。

很快，雲州府向陽縣杜家開始鑼鼓喧天，眾人打聽了才知道，卻是曾經做過將軍老爺的杜開成杜老爺的長女要嫁人了。

消息傳出來，整個向陽縣議論紛紛。

就在前幾天，杜家大家長杜開亮已經誇下海口，說是不日就會把姪女兒嫁給雲州府郡守劉俊亭的兒子劉洪熙。

到時候，杜家自然也就成了板上釘釘的皇親國戚。

這劉俊亭可是當今皇后劉靜芳的嫡親哥哥，名副其實的國舅爺。杜家和劉家攀上親戚，自然也就成了皇親國戚。

怎麼一轉眼，杜家女兒卻要嫁給一個什麼傅老四？

而且，但凡有些出息的，就不會取這麼土氣的一個名字吧？

等到官居向陽縣主簿的杜開亮聽說這個消息時，已經是舉行婚禮的前一天晚上了。

「爹。」說話的是個油頭粉面的男子，正是杜開亮的兒子杜敬明。

「我方才跑過去看了，二叔家就是張燈結綵，還有那新郎官，已經住進了二叔家的偏院。那個死丫頭，竟是要來真的的樣子！」

「她敢！」杜開亮氣得猛一拍桌子。「還真反了天去了！」

自己才是杜家的大家長，別說一個黃毛丫頭，就是自己那當過將軍的弟弟，也不敢忤逆自己！

「走，咱們去一趟。」

竟是帶著杜敬明氣勢洶洶地往縣東的杜開成府邸而去。

「夫人。」和尖嘴猴腮的杜開亮不同，杜開成卻是長得膀闊腰圓，只是膀闊腰圓的杜二老爺這會兒卻是唉聲嘆氣、愁眉苦臉。

一邊是自己的娘子和閨女，另一邊則是自己素來畏之如虎的兄長。

「你還有臉說！」杜夫人也是火爆的脾氣。「你自己說，這麼多年來，我和閨女有哪裡對不起你、對不起你們杜家？當初你在外打仗，可知道我帶著若兒受了多少苦？」

說著，頓時悲從中來。

夫家兄弟兩人，尋常人家都是偏愛老么，偏偏自己婆家，公婆素日最心疼的卻是老大，說什麼老大身子骨弱，自然需要好好疼寵，老二皮實，摔打摔打也沒事。

長久以來，就養成了老大蠻橫霸道的性子。

後來祈梁狗快打過來了，朝廷徵兵，公婆竟是死活把自己相公給弄了進去，又上下打點，把大伯給留在身邊。

這也罷了，好歹相公走了，照顧一下自己這一房也好啊，而公婆和大伯倒好，說什麼錢都送出去了，愣是辭退家裡的下人，把自己當成個丫鬟使喚。

可憐自己還在襁褓中的女兒，哭死了都沒人看一下，而和女兒差不多大的杜敬明卻是公婆的命根子，天天吃好的喝好的，沒事就來欺負寶貝閨女。

自己後來才明白，卻是公婆和大伯嫌自己吃得多，有意想把自己趕出去。

可家裡所有的活計都是自己一個人做，不吃飯哪裡有力氣？

那樣艱難的日子，如果不是心裡還有個盼頭，自己真想抱了孩子去死。

好在老天有眼，仗打了幾年，容大帥還是勝了。老爺不但回了家，還立了軍功，後來又跟著安大帥討伐反賊，立了大功，就被朝廷封了個總兵當。

看到老爺回來了，還當了官，大伯就馬上如叮血的蚊子一樣圍了過來，相公又是從小讓著哥哥慣了，當下二話不說，拿出自己攢下的一半銀兩給了大伯。

自己雖然討厭大伯，可想著人家好歹是兄弟，罷了，過去的事也就過去了，老爺想幫就幫吧。

卻怎麼也沒料到，那個杜開亮分明就是隻白眼狼，竟然為了攀附權貴，唆使老爺休了自己，另娶一家和離的官家小姐！

虧得一向耳根子軟的老爺這會兒倒是沒肯聽，卻也終究因為大伯的到處鑽營惹了上峰不高興，在任上幹沒幾年，就卸甲歸田。

大伯想要用老爺婚事換的榮華富貴，自然也就隨著付之東流。

從那以後，大伯更是陰魂不散地纏上了自家，那模樣，好像自家欠了他多少似的。

還有自己老爺，竟然也就默認了，竟是每回見到大伯也跟老鼠見貓似的，不然，也不會聽說大伯子要把女兒給了那什麼皇親國戚時，屁都沒放一個。

虧得自己心細，派人去打聽一番，才知道杜開亮說的富貴之境，根本是井中月、水中花，那劉洪熙早已是家有嬌妻，就是妾也有六個了。

「夫人、夫人，妳別哭……」杜開成早已急得抓耳撓腮。要說這事兒也是自己聽岔了，還以為閨女過去是正房太太呢，哪裡知道會是妾！

這會兒說不惱大哥是假的，好好的一個閨女，誰願意送給別人做妾？只是大哥積威已久，杜開成是根本不敢反抗的。

卻被杜夫人一把甩開。

「杜開成，我現在把話給你撂在這兒，你要是敢聽你大哥的話，把閨女給人做妾，信不信我現在就死給你看！」
口裡說著便去拿剪刀，嚇得杜開成忙撲過去一下抱住。
老婆可是個烈性子，真的不答應說不好就真會尋死！
「好好好，我答應妳，不讓若兒嫁過去。」
話音一落，卻聽見一聲冷哼，然後門一下被打開，卻是杜開亮和杜敬明正站在門外。
「開成，都說長兄如父，你就是這麼對你大哥的，你忘了當初爹娘是怎麼囑咐你的？」
杜開亮一開口就拿了一頂大帽子給杜開成壓了下去，然後非常滿意地看到自己人高馬大的兄弟立馬矮了一頭。
杜夫人氣得渾身哆嗦，一下站起身來，指著杜開亮道：「大哥，你今兒來是要喝你姪女兒一杯喜酒的就坐著，要是有人再敢說讓我閨女給人當小老婆，那就從我家滾出去！」
杜開亮差點給罵懵了，半天才意識過來發生了什麼。
「李氏，妳果然頭髮長見識短，竟敢這樣和我說話？這般多嘴多舌，開成，這樣的婆娘你現在不休了，還留著過年嗎？」
一句話一下說到杜夫人的傷心處。這個臭不要臉的，當初就是威逼利誘、無所不用其極地逼丈夫休了自己，老了竟還要把自己一家人拆散嗎？
她站起身來，抄起椅子就朝著杜開亮衝了過去。
「老王八蛋，我跟你拚了！滾、滾！」
杜開亮不及反應，忙伸出胳膊一擋，狠狠挨了李氏一下的同時，抬腳朝著李氏小腹踹去。

隨著哐噹一響，兩人齊齊倒在地上。

杜開成頓時目瞪口呆，想要去扶大哥，又擔心自己婆娘，還未想清楚個所以然，杜敬明已經猙獰地衝過來，朝著李氏就踹了過去。「敢打我爹？妳這老東西，活得不耐煩了！」

冷不防杜開成年僅十三歲的兒子杜敬亭正好經過，看堂哥毆打母親，拽了根木棍朝杜敬明頭上敲了下去。杜敬明只覺腦袋嗡地一下，忙伸手一摸，手上沾了好多血！

杜家雖不過小康人家，杜敬明卻歷來被當成祖宗一般供著的，這會兒突然見血，嚇得雙眼一翻就暈了過去。

至於杜開亮，終於醒過神來，看李氏像瘋了一樣，杜開成忙護住大哥、拖著姪子往外跑，卻不防李氏對著門哭喊道：「杜開成，你要是敢跟他們走，就永遠也不要回這個家了！」

「夫人……」杜開成勉強回頭，一副想要和老婆講道理的模樣，卻不防兒子女兒，甚至那個準姑爺一起站了出來，然後便聽女兒斬釘截鐵道：「爹，你要是不想要我們，我和相公這就帶著娘和弟弟走！」

「我……」杜開成簡直要哭了，再轉頭看已經著手收拾東西的婆娘和兒女，手一鬆，就把杜敬明丟到地上，轉頭關上門。

被拍上的門狠狠撞到腦門的杜開亮頓時傻了眼，忽然意識到，自己那從來聽話的傻大個弟弟，怕是真要造反了……

怒氣攻心之下，竟是連素日裡最講究的臉面也不顧了，咚地坐在地上，攥著腳脖子號哭起來。

「我早死的爹娘啊……讓不孝兒子跟你們去了吧，兒子沒教好弟弟，他杜開成要謀殺親姪子啊……」

拿死去的爹娘作筏子，已經是最後的殺手鐧了。哪知嗓子都哭啞了，裡面愣是一點兒動靜也沒有。

好在杜敬明已經醒了，杜開亮擤了下鼻涕，恨恨地和兒子離開了。

好你個老二，好好的陽關大道你不走，偏要給自己走出絕路！老子這就去找劉少爺，看治不死你！

也顧不得回家，父子倆竟是找了輛車，直接往雲州府而去。

「想要悔婚？杜開成那老東西腦袋讓驢踢了嗎？」劉洪熙簡直和聽了個天大的笑話一般。

「傅青川那樣的人，敢得罪我們老劉家都會立刻被拿掉，那杜開成以為他比傅青川還厲害嗎？」

杜開亮頓時打了個哆嗦。

實在是傅青川這個名字太可怕了，對杜家而言，就是天人一般，杜家祖祖輩輩做過最大的官，也不過是老二當過的六品罷了，聽說那位傅老相爺可是超品啊！

那樣神人一般的人物竟也折在劉太師家，豈不是說，真能和劉家結親，自己就等於搭好天梯了？

虧自己謀來這潑天的富貴，老二那個沒出息的，竟還想往外推。自己閨女那是入不了劉家的眼，不然還能輪到老二那個蠢貨？

當下竟是添油加醋胡說了一通，什麼杜雲若如何口出狂言，說是嫁豬嫁狗也不嫁姓劉的；什麼要是姓劉的敢上門，杜開成一定把人給抽出來，甚至連那什麼傅老四都給編排上了。

那傅老四竟然說，敢搶他的女人，一定讓劉少爺當眾磕頭賠罪。

劉洪熙險些沒氣暈過去，沒聽完就摔了杯子。從來自己看上的女人就沒有弄不到手的，還是第一次有這樣的混帳王八蛋敢折自己的臉面！

爹爹這幾日秘密進了京，這雲州府眼下可不就是由自己一個人作主？

當下叫了幾十個隨從，氣勢洶洶地就朝杜開成家而去。

待來到杜家門前，瞧見紅綢滿地，喜字盈門的情景，劉洪熙更是簡直要氣懵了。方才一路走來，還隱隱覺得杜家老大說話是不是有水分，畢竟自己的家世在那兒，但凡有點腦子都不可能做出這樣的蠢事。

現在看到這幅情景，哪還有半點懷疑？竟是大喊一聲，直接踹翻了杜家的大門就闖了進去。

杜夫人哭了一通，看夫婿還算有良心，最後還是選擇了妻兒，情緒終於緩過來了些，正要把女兒叫到後房，好歹說一些女人的事，誰想門就被人撞破了。抬頭看去，正好瞧見趾高氣揚地跟在劉洪熙後面的大伯父子，氣得幾乎咬碎銀牙。

「混帳東西，還有沒有天理！」

哪知話音未落，卻被劉洪熙的人一擁而上，上前就一個耳光，嘴角頓時帶出血沫子。

杜家人頓時傻了，尤其是傅老四，本是老神在在地坐在椅子上，一副看戲的模樣，這會兒看到劉洪熙，卻驚得一下站了起來。

不會吧？為了演戲，三哥竟然下了這麼大血本？連劉文亮那個不成器的孫子都找人扮演？

還沒回過神來，劉洪熙已經大踏步上前，抬腳就要朝傅青川踹去。

看來看去也就這個傢伙最礙眼，敢和自己搶女人，那就做好死無全屍的準備！

傅老四尚未反應過來，杜雲若已經飛快地擋了過來，頓時哎呀一聲。

劉洪熙這一腳當真狠毒，杜雲若險些昏暈過去，雖是被他接住，卻是嘔出一口血來。

到這會兒，傅老四終於覺得不對勁。

要是三哥找的人，自己可不信對方會膽大包天下這般重手。

也就是說，眼前這個無法無天的男人真的是劉文亮的孫子劉洪熙。

當初自己離開時，計劃中唯一銜接不上的一環，就是雲州府。

之前已經暗中查了劉文亮的帳，明顯每年都有大量的銀錢不知所蹤，想也明白，定是劉家拿來養了數目龐大的私兵。想來想去，也就劉俊亭扼守的雲州府最為可疑。

可無論派出多少人前來探查，竟是始終不能發現劉家半點蛛絲馬跡。記得沒錯的話，從自己告假的消息傳開，劉家人就謹慎得緊。現在劉洪熙敢這樣大張旗鼓強搶民女，只能說明一點，那就是劉俊亭並不在雲州府。

也就是說，能抓住機會的話，這將是找出劉家養私兵證據的最好時機！

伸手攬住杜雲若扶坐到椅子上，自己卻霍地站起。

劉洪熙正好瞧過來，忽然覺得有些不對勁。

眼前這什麼傅老四，怎麼有些嚇人啊！

轉念一想，怕什麼，這可是雲州府！說句不好聽的，根本就是老劉家的天下。

抬起腳還要再踢，那方才還畏畏縮縮，據說是被杜雲若搶過來的男人竟是一把握住自己腳腕，然後一拉一拽，劉洪熙一個站立不穩，撲通一聲就栽倒在地。

下一刻，傅老四上前一步揪起劉洪熙的衣襟，抬手朝著他頭部就是狠狠一拳。那一拳委實太狠，劉洪熙哼都沒哼一聲就昏了過去。

所有人都沒想到會發生這樣的事，等反應過來，傅老四已經迅速倒拽著劉洪熙的腳到了房間裡，連帶杜家幾人也跟著回到房間，咚一聲把門關了個嚴嚴實實。

「好，不愧是雲若看中的男人！」如果說之前還看這傅老四有些不順眼，杜夫人這會兒卻是滿意得不得了。知道護著自己女人的男人才是真男人，若兒沒有看走眼！

杜雲若更是含情脈脈地瞧著傅老四，眼中是彷彿能溢出的萬千柔情。

「那劉家人怕是還會再來。」傅老四轉向杜開成。「現在，做好準備。」

「欸。」杜開成應了一聲，等走出房間才意識到不對勁。自己不是岳父嗎？怎麼倒成了女婿的應聲蟲？半天沒想通個所以然。

不是個連女兒都能搶回來的窩囊廢嗎？怎麼一認真起來，連自己這個上過戰場的人都會膽寒？

劉洪熙被杜開成給抓起來的消息很快傳回了郡守府，劉夫人一下就瘋了。

自己過門後連生了三個丫頭，最後才生下這麼個寶貝兒子，那可真真是自己的命根子啊！

怒氣攻心之下，早把老爺臨走時無論何事都不可輕舉妄動的囑咐拋在了腦後，竟是點齊了所有家將就往杜家而去。

本想著帶了這麼多人，一定踏平杜府，哪想到事情再次出乎意料。

杜家那個老狗竟是瘋了般，到了最後，竟是除了幾個丫鬟，其餘的全被撂倒。

而且那個杜開成下手真狠，自己方才可是親眼見那人一巴掌就把一個家丁打飛出去，這人根本就是殺人不眨眼的土匪吧？

那自己兒子……

一聲慘叫聲隨即傳來，劉夫人一個踉蹌，險些沒摔倒。兒子落在這幫人手裡，再耽擱下去，怕是凶多吉少，不行，絕不能再耽擱下去了，要是沒了兒子，自己就什麼也沒有了。

直到劉夫人逃得影子都不見了，杜開成才意識到自己做了什麼，抱著頭就痛苦地蹲到了地上。

天啊，自己一定是被鬼附身了吧？怎麼竟連堂堂郡守府夫人都敢對她大打出手？

娘欸，真是要了老命了，人家可是皇親國戚啊！

他無限怨尤地看一眼依舊穩穩當當坐著的準女婿。

「老四，我們老杜家可是要讓你給坑死了！」

卻被寶貝閨女打斷。

「爹，你說什麼呢！明明是我們連累了相公才是。若不是因為咱們家，相公怎麼會惹上劉家？大丈夫敢作敢當，待會兒真打不過劉家人，我去頂罪，你們誰都不許怪我相公。」

傅老四眼睛眨了下，眼前不期然閃過總是護著自己的妹妹身影。好像……有些窩心啊。

杜開成張了張嘴，狠狠一跺腳。「罷了，大不了老夫和他們拚了！」

好在幾個時辰過去了，外面都沒有什麼動靜。

杜開成本是得過且過的性子，頓時心有僥倖。難不成，劉家人突然幡然醒悟，準備放過自家了？真那樣的話，就親自把劉公子送過去磕頭請罪吧？

本來想不然就回房睡覺，哪想剛一開口，就聽老四說：「這裡挖深溝，溝裡放火……這裡埋陷阱，裡面插些尖刀。」

等杜開成反應過來，整個杜家院子早被挖得面目全非，卻也是固若金湯。

他登時就嚇傻了眼，怎麼越來越瞧著，竟像個占山為王的樣子了？

只是這裡是向陽縣城，哪有人會蠢到在朝廷眼皮子底下造反的？有心想數落老四幾句，哪知還沒開口，女兒就橫眉豎目。

杜開成抱著頭蹲在地上，整個人老了十歲似的。

最後嘆了口氣。罷了，兒女都是債，頂多明天再費些力氣把這些溝啊陷阱的都弄平了便是。

搖搖擺擺著回了房間，哪知剛閉上眼睛，外面就傳來一陣擊鼓的聲音。

多少年沒聽見這激越的號角聲了？杜開成激動得一哆嗦，穿上鞋子就往外跑，但跑到女婿所站的高臺往外一望，差點沒嚇趴下。

老天，那密密麻麻、裡三層外三層圍住自家小院的，竟然是一整支部隊？

他完全沒察覺到旁邊的女婿已是眼神冰冷。

劉家私兵果然就在雲州府。

外面這些人明顯不屬於朝廷正規番號，不過他們身上全是朝廷號服，更離譜的是他們手中的兵器，記得沒錯的話，這些兵器樣式可是前不久才經由自己的手交由劉文亮，讓他儘快打製，好趕在冬日前幫軍隊換兵器。

現在倒好，那邊朝廷的兵器還沒有打出來呢，劉家的私兵就用上了！

只是這點人馬還是太少，怎麼著也要把劉家私兵全都誆出來再說。

轉身下了高臺，回頭看杜開成還在下面呆站著，他招了招手。

「下來吧，現在還輪不到咱們。」

什麼叫「還輪不到咱們」？杜開成沒聽明白怎麼回事，只是這一天多的相處，卻已經養成了聽女婿話的習慣，乖乖就跟著下來。

果然剛走下高臺，便瞧見幾個人影一下從院子中躍出，朝著外面的官軍就殺了過去。

眼看那些人殺人和砍瓜切菜一般，杜開成簡直要懷疑自己眼睛出毛病了。不對啊，自己府裡什麼時候有了這麼厲害的人物？那模樣分明比自己還要強上幾分。

如果說外面的劉夫人之前還有些僥倖，親眼看到之後終於明白，這杜家果然是窮凶極惡之徒，而且根本沒把自己這點人馬放在眼裡。

她回頭就叫來衝在最前面的將領。

「劉馳，你去把所有人都帶來！」

那劉馳頓時嚇了一跳。帶這些人來已經夠提心弔膽了，要是再帶些人，真被發現劉家養了這麼多私兵，說不好就會被抄家滅族！

劉夫人卻早急紅了眼，腦袋也難得靈光一回。

「混蛋！再拖延下去，才真的會出事！」

那劉馳激靈地打了個冷戰。可不是，人都出來了，想要不留下一點痕跡是根本不可能的，眼下最要緊的是趕緊滅了杜家，救出劉洪熙，然後殺光所有人，自然就不會有人知曉。

有了決斷也不含糊，拿了令旗就去調人。

等杜開成再次跟著傅老四站上高臺，腿一軟便坐倒地上。老天爺，那成千上萬的官兵是怎麼回事啊？

「老、老四……」

杜開成被傅老四一下托住腰。「堅持，半個時辰。」

準備了一夜，能堅持半個時辰就好。

好在昨日已經讓人拿了權杖命令向陽縣令，帶領所有百姓去陽平縣迎接欽差……

杜開成吞了吞口水，再次信了老四的話。奶奶的，不就是半個時辰，自己和這些烏龜王八蛋拚了！

只是杜家再如何也不過一個小院罷了，一盞茶時間，大門就被人攻破，然後距一個時辰還差點之時，杜家四口人和傅老四，還有幾個勁裝男子，以及那個倒楣的劉洪熙就被困在中間的房子裡。

「裡面的逆賊聽著！」劉馳臨時負起勸降的任務，衝著房間厲聲道：「現在馬上把我家少爺給好好送出來，不然定讓你們死無全屍、罪誅九族！」

劉洪熙一聲慘叫立即應景地響起。

饒是劉馳也沒想到，賊人竟然鐵了心要頑抗到底。

至於劉夫人，每聽兒子慘叫一回，便要歇斯底里地發作一次。

眼看著時間一點一滴過去，劉馳終於意識到不對勁。

而同一時間，一陣馬蹄聲傳來，緊接著，雲州郡守劉俊亭出現在杜府，竟是二話不說，朝著劉夫人就是狠狠一巴掌。

「蠢婦！整個劉家都要讓妳害死了！」

說完頓了一下，終於用力一揮手。

「放火，把這些人全都燒死！」

洪熙，不是爹狠心，只是你一個人的命怎麼也抵不過家族……

冷不防一聲冷笑響起，然後門唰地打開，一個英俊男子一下步出門外。

「劉俊亭，你好大的膽子。」

劉俊亭本已上馬，陡然聽聞有人叫出自己的名字，剛要喝罵，一回頭看清對方的模樣，身子猛一哆嗦，險些沒從馬上摔下來，下一刻卻是猛然抽出弓箭，哆嗦著手，朝著傅老四就射了過去。

哪知斜裡卻飛出個人影，竟是個女子一下飛撲過來。

「不許傷我相公！」

她立刻把傅老四護在身後。

虧得黑衣侍衛眼明手快，提起劉洪熙往前一擲，堪堪擋住了劉俊亭三枝飛箭中的兩枝，剩下一枝卻被杜雲若探手抓住，鋒利的箭尖頓時刺得她手心鮮血淋漓。

眼看著鮮血一滴滴流下，杜雲若終於撐不住，再次仰面朝天暈了過去。

劉俊亭剛想下令萬箭齊發，哪想身後忽然鼓聲震天，然後，一位白衣白甲的男子挺著一杆蟠龍長槍，勢如破竹地殺了進來。

杜開成本來已經滿心悲涼地等死，待看到馬上之人的容貌，頓時如打了雞血一般。

天哪，竟然是安大帥！

不枉自己當年跟著大帥四處衝殺，所以大帥這會兒跑來是要救自己一家嗎？

還沒反應過來，安彌遜已經殺了過來，卻是衝著自己這邊大喊一聲：「四哥，你沒事吧？」

杜開成眼淚都下來了。只是……四哥？

正自發傻，就聽那個搶來的女婿道：「我沒事。阿遜，別讓劉俊亭跑了！」

「好，四哥放心，諒這混蛋插翅難飛！」

眼看著安大帥如風一般殺入陣中，杜開成終於後知後覺地看向傅老四，顫顫巍巍道：「老四，你、你怎麼……認識……大帥？」

隱隱覺得老四的答案恐怕是自己承受不了的。

果不其然，老四的聲音彷彿驚雷一般在耳旁響起。

「他是我妹夫。」

杜開成一個哆嗦，正好抓住什麼，低頭一瞧，可不正是自己那沒出息的大哥哆哆嗦嗦地跪在自己腳邊。

傅老四看了杜家兄弟一眼，又瞧了懷裡依舊緊閉雙眼的女子。

「對了，老四是我的排行。我還有一個名字，傅青川。」

似是為了表達自己求娶杜雲若的誠意，索性完全交了底。

「等這一仗結束了，我哥哥和妹妹就會來送聘禮。我哥哥叫傅青軒，是順興商號當家；我妹妹是鎮國長公主容霽雲。你們莫要擔心，他們都是很好的人，你們見了一定會喜歡的。」

傅老四每說一個名字，杜開成就覺得自己矮一分，若非傅青川忙搬了個椅子遞過去，可就要癱倒地上。

天啊，閨女竟然把當朝丞相給搶回來了？

然後，長公主和財神爺還會上自家求親？

還會和安大帥成為親家？

杜開成難掩激動之下，竟是起身放聲長笑。

咕咚一聲響，卻是一向囂張不可一世的杜開亮終於承受不住，直接嚇死過去了——

——全篇完